U0916070

朝颜
宋雷涛 饰

木小葵 栾舒越 饰

33

向Pluto学习

《人民文学》主编
著名文学评论家
李敬泽

《双生》中有梵高、莫奈、《小王子》、“贵族”气息、动漫式的日本男孩，当然，还有残忍、凛冽，孤寂忧伤，还有爱、温暖……

看上去很美，而且美得很正确。大概适于十七八岁的男生女生阅读。

Pluto生于哪一年我不关心。当然，我知道她肯定还是个孩子，在她这个岁数写了这么长的一部小说很了不起。Pluto小朋友是学美术的，她的构图能力很强——长篇小说在时间中展开，但就整体来看，它是个空间工程，前后左右，远近高低，张力平衡，对称呼应，虚虚实实等等。一个好的小说家写长篇时如同建筑师，建筑师不称职房子会塌，中国每年有那么多长篇，如果是盖房子早塌得遍地瓦砾，所幸小说是写在纸上，塌下来压不死人，所以每年的长篇照例那么多——绝大部分不过是顺着时间往前推，那不是盖房子，是犁地。

所以，我认为，我们这些成年人应该向Pluto小朋友学习写长篇，学习画画儿盖房子，学习如何反抗线性时间。当然话说回来，如果四十多岁了像我这么老了还没学，我看也不必学了，继续犁地吧。

要向Pluto学习的另外一点是“干净”——Pluto喜欢“干净”这个词。小说分为“残忍故事”和“温暖故事”两个相互映照、伸展的面，如物体与物体的影，如白日与白日的梦，如实与虚；在幻想性的“温暖故事”中，Pluto在描述两个人物时，都用了“干净”一词。

幻想并非都是“干净”的，这一点任何成人都知道，但幻想是有可能“干净”的，或者说，问题在于，人们是否有足够的信念、勇气或者足够的天真与诚挚去幻想一种“干净”。

Pluto无疑是有。其实不仅是“温暖故事”，即使在她所谓的“残忍故事”中，那里边的人依然是“干净”的，甚至可能过于“干净”以致损伤了现实感。

但这个所谓的“现实感”，它足够强大，它已经盘踞在我们心里，它可能有朝一日也将盘踞在Pluto的心里，这种感觉让我

们的文学不惮在最琐屑、最卑微之处揣度人，让小说家变成刻薄的老姑婆，就像张爱玲那样，只会对这个世界做“苍凉的手势”。

Pluto却依然相信“干净”的可能性。当然，她还年轻，我不敢肯定她十几年后是否仍有这份信念、勇气、天真和诚挚，但至少现在，我认为我应该向她学习，学习她对人、对人性的宽厚看法——我知道，“宽厚”差不多就等于“幼稚”，但是，谁能说我们的不幼稚就比Pluto的幼稚更值得向往?

顺便说一句，Pluto这个名字翻成中文就是“冥王星”——冥王星距热闹的太阳最远，冥王星已被国际天文联合会从九大行星中除名——很好，我喜欢这个偏远的、被除名的、不知在不在的冥王星。

PLUTO◎著

中国画报出版社

图书在版编目(CIP)数据

双生/Pluto 著. —北京:中国画报出版社,2007.12
ISBN 978-7-80220-230-6

Ⅰ.双… Ⅱ.P… Ⅲ.长篇小说—中国—当代
Ⅳ.I247.5

中国版本图书馆 CIP 数据核字(2007)第 184397 号

作　　者:Pluto
特约编辑:一　草　卢　鱼
封面设计:刘　军
版式设计:李　洁
彩页设计:利　锐　李　洁

双　生

出 版 人:田　辉
责任编辑:刘晓雪
出版发行:中国画报出版社
（中国北京市海淀区车公庄西路 33 号,邮编:100044）
电　　话:88417359(总编室)、68469781(发行部)
印　　刷:北京京都六环印刷厂
监　　印:敖　晔
经　　销:新华书店
开　　本:787×1092　1/16
印　　张:13.5
彩　　插:8 页
版　　次:2008 年 3 月第 1 版第 2 次印刷
书　　号:ISBN 978-7-80220-230-6
定　　价:22.80 元

双生 CONTENTS

引　子 浅夏·呓语 002

第一幕 你的独舞 005
Chapter A 木小葵
Chapter B 洛　遥

第二幕 蓝色狂想曲 033
Chapter A 木小葵
Chapter B 洛　遥

第三幕 像孩子似的倾听 061
Chapter A 朝　颜
Chapter B 洛　遥

第四幕 第三页旧事 093
Chapter A 周浅浅
Chapter B 冬泽井

第五幕 月光下的苏醒 123
Chapter A 朝　颜
Chapter B 洛　遥

第六幕 我不能悲伤地坐在你身旁 159
Chapter A 朝　颜
Chapter B 冬泽井

尾　声 虚空·捕风 191

后　记 196

浅夏·呓语

她在那个下午变成了一只小小的白色纸船，被人放于海边。蔚蓝的海水是如此温柔的暖。海风习习。涨潮了，浪花向她伸出洁白的手。她的全身被海水溅湿，可她没有丝毫恐惧。顺着浪花指引的方向，她在海中坚定却毫无目的地漂泊。海的中央，浪花消失不见。她睁圆了眼睛吃惊地看着四周，一片空寂。艳蓝的海水令她感到恐惧。还有阳光，温暖、黏稠、灼人。身上的海水迅速蒸发，留下细小的盐粒。

一朵巨大的浪花突然向她扑来，她完完全全地淹没在深海之中……

女孩木小葵从睡梦中惊醒，猛然坐起，环视四周，双目迷惘，散发着黯然的光。墙壁依旧和自己的睡裙一样，是单调且寂寞的白。天花板上的吊灯每当晚上就会发出冷冷的银白色光芒。窗框是木质的，已微微泛了黄色。曾经厌恶的环境此刻竟令她感到安全，仿佛是劫后余生的幸福。

或许，这一切皆是神的福祉。

她重新倒在床上，微微闭上眼睛。窗户微微敞开着，夏日带着浓烈的花香与草腥气的风吹进来，在她的耳边低声耳语。

深深浅浅的爬山虎不知何时早已遮盖住了一面砖红色的墙壁。黏稠的阳光快活地黏着这片绿色，如蜜糖般甜蜜温暖，又如幼小的尚且对母亲恋恋不舍的孩童般令人心存爱怜。这栋房子看上去已经非常像一只蓬松美味的绿茶蛋糕，叶子反射的微弱白光是蛋糕上的奶油。应该将它们放在一个银光闪闪的托盘中，再配上一小杯加冰的威士忌抑或与饮料调在一起的伏特加。这已经有点像个小型派队了。届时我会穿着带蕾丝花边的粉色裙子，随着舞曲接受亲爱的文森特的邀请，一起跳一支佛朗明哥或慢华尔兹。木小葵想。

"嗒……嗒……嗒……"墙壁上挂钟的时针稳稳地指向三。

她，应该快来了吧。

门未发出任何声音，一个被拉长的影子却倒映在了墙上。影子是薄薄的紫，毛茸茸的阳光透进来，勾勒出一个微微泛光的轮廓。

“是你来看我了吗，洛遥？”女孩木小葵仰坐了起来，如幼童般静静地微笑，笑容中是一抔清冽的忧伤，小溪样莹澈地流淌。

“是的，小木。”那个叫洛遥的女孩轻声回应。然后在女孩木小葵的身旁缓缓坐下。“我来看你了。”

“知道吗？最近我一直被一个问题所困惑。”木小葵重新躺下，将自己的身体蜷缩在白色睡裙中，仿若一朵睡莲。

“洛遥，你说幸福究竟是什么呢？”

“幸福应该是一种状态，与人形影不离。就像我与你。而人们之所以无休止地抱怨幸福不曾垂青于他们，仅仅是因为内心的不知感恩。”洛遥抚摸着木小葵柔软的头发，轻轻回答。继而又问，“你是否曾经因为某一个人的存在而感到幸福？”

木小葵平静地摇了摇头：“当幸福被我觉察时，已因为太晚而不堪温习了。”

“为什么这样说？”

“不知为何，曾经念过的许多书在我脑海中已模糊不清，但我始终记得印度的阿兰达蒂曾经在一本名叫《微物之神》的书中写道：事情可以在一天之内改变。在比现在更为久远的时代——我真正的少年时代，这句话曾可怜地遭到我无数次的鄙薄与嘲笑。然而，当我在那一年遇到那个男孩之后，才恍然发现，这句话何其正确。而我，自始至终所扮演的都是一个悲情的小丑，用至为深沉的口吻放肆着自己可笑的行径。”

“那么，究竟又是什么让你觉察到了自己的可笑与不堪？”

“一个男孩。”

“男孩？”

“是的。一个男孩。”女孩木小葵看着洛遥，点头，继而补充道，“他的名字叫做，朝颜。”

“朝颜……一个让我联想起诸多意象的名字。”洛遥握住女孩木小葵冰冷的手，“你们之间，应该拥有美丽的故事吧？”

“是的，我们之间拥有美丽的故事。”木小葵的眼圈微微泛红。“可是，却如此短暂，仿若昙花一现，流星划过天际。正如我刚才所言，当它被我觉察之时，早已因太晚而不堪温习了。”

“讲给我听吧，小木。”

“可是洛遥，”木小葵的眼睑忽而垂下，身体不由自主地轻轻颤抖起来，“这段时间，每当我在这间空空荡荡的房子中回想起我与他的故事，哪怕只有一丁点，也会让我感到最为深切的寒冷。洛遥，你知道温暖对于现在的我是多么重要吗？虽然现在的我日日都能在阳光的沐浴中醒来，可是，可是我总觉得它们咫尺天涯，伸手而不可及。我多么希望能够得到一些真切的温暖啊。”

“小木，我亲爱的小木，”洛遥柔声道，“在我们凛冽的成长中，总有一些故事会让人感觉到疼。可是，你不要忘记，还有许多温暖的故事存活于这个世界，当它们与这些疼痛相交融时，便能够在人的心中播撒下温暖而伤感的花种。小木，我愿意用我的故事为你驱散寒冷，消除疼痛，只留下一抔清清淡淡的忧伤——拥有忧伤姿态的人总是能够活得自省而严肃。”

“洛遥……”木小葵的眼泪终于落下来，“我多爱你啊！”

“我也是。那么，就让一切都开始吧。不要怕，我的女孩。”

“其实一切故事都已经以它们自己的姿态开始了，不是吗？”从唇间吐出这句话的时候，女孩木小葵的思绪仿佛已经飘至很远，很远。“亲爱的洛遥，知道吗，此刻你是我全部的精神寄托。现在的我已经抛开了一切顾及。再没有什么力量可以阻止我去回忆——哪怕我知道这场回忆终归会让我再次伤痕累累。”

第一幕

你的独舞

|| Chapter A ||

我热爱着以红色绿色为手段来表现人类可怕激情的“夜晚的咖啡馆”，我热爱着“星夜”前景中意味着包围这个茫茫世界的深棕色柏树。而我最为热爱的仍旧是“麦田的收割者”与“向日葵”。前者为我开启了一扇光明之门，后者激发了我内心深处难以言喻的狂野与热情。它们将陪伴我一生，直到我跳着悲伤的舞蹈进入黑暗的坟墓。

而，这些画，以及更多更多的画，都出自我亲爱的文森特之手——我亲爱的文森特，也就是世人口中传诵的梵高。自我还是一个孩子的时候，便如此固执地称呼他。文森特。文森特。仿佛这个称呼能够令我感受得到他身体的温度。

他是我的神，我的主，他眼中清亮的漆黑是我前进的明灯，他冷淡的笑容是我心灵深处的茂密森林中肥硕腥红的花朵。

我爱他，生生世世不渝。

他的灵魂将在我的体内嘹亮地歌唱，生生不息。

木小葵

1

“青青子衿，悠悠我心，纵我不往，子宁不嗣音？”

琅琅的读书声从教学楼传来，继而被风吹得很远。

《诗经·郑风·子衿》中的这句诗总是会勾起许多女孩内心深处对某些事物不为人知的幻想。

比如——爱情。

2

教学北楼三层第二个教室几乎是全校所有女孩都想去的地方。

那是一间废弃已久的画室。终年潮湿，极少见到阳光，独处一隅的青苔大摇大摆地恣情生长，森森入目。无论何时从操场上望去，窗帘都定然紧闭。甚至有谣言称这里被废弃的原因是曾经有一个学生在这里上吊自杀。然而无论将这里渲染得如何恐怖，都阻挡不住女孩们因强烈的爱慕而激发出的或许本身并不具备的勇气和坚定。

只因为他在这里。

星期二的下午，三个班同上体育课，操场上一浪高过一浪的喧嚣吵嚷竟让他感到无着的寂寞。

他起身将冬日里用来御寒的厚厚的窗帘狠狠拉下。房间瞬间变暗。已无法看清任何事物，好在屋外的吵嚷声因此减弱了十几个分贝。

坐在一张桌子前，随手拉开身旁的静物灯照明。

灯光斜斜地打在他脸上。恬淡安详的暖色却像一把雕刻刀般完美勾勒出他周身的轮廓。

他是一个非常清瘦的男孩。漆黑的头发略微有些长，后面的部分遮盖住了脖子，前面的刘海遮住了眉毛。苍白的皮肤和高挺的鼻梁搭配在一起有一种北欧人在寒冬的神韵。薄如刀片的嘴唇抿得很紧，嘴唇不自觉地向上翘着。上身是一件开了三个扣的黑色衬衣，袖子挽到胳膊肘，白色的校裤由于过长而遮住了板鞋。

这样的外表本应给人留下一个单纯的印象，却因那双漆黑并且迷离不清的眼眸而打上了“冷漠少年”和“拒人于千里之外”的烙印。

事实亦然。

此刻他的面前是厚厚一摞四开水粉画稿，由于颜料的干涸，画纸表面已凹凸不平。他将它们平放在膝盖上，修长的手指一张一张地翻阅，指尖仿佛即将绽开绯色的花朵。

画室西面墙壁挂着三幅水粉画，内容是同一地点的湖水、天空与远山，然而由于作画时间不同，色彩的运用大相径庭。

第一幅画是一个深色的罐子与三个苹果。罐子是用完全没有色彩倾向的墨黑画就的，而原本应该像水滴一样透明闪亮的高光此刻却成了一大块纯白色的胶布，黏糊糊地贴在漆黑的罐子上。三个苹果一个被画成了大红色，一个被画成了翠绿色，另外一个则一半大红一半翠绿。男孩看过之后顿时感到胃里翻江倒海，迅速将之翻过来扔到了地上。

他的右嘴角向上翘起，无奈地摇了摇头。顺手拿过第二幅画。

第二幅画是一张伏尔泰石膏色彩写生，原本应该用普兰加深红再加白调就的亮部完全被纯白代替，暗部是毫无神采与高贵可言的灰。最为可笑的是伏尔泰原本神采奕奕的眼睛竟然被画成了不怀好意的抛媚眼，微笑的嘴角也被画得像要哭一般。

男孩的眉头顿时皱成了一个结。怎么会这样差？他显得疑惑而不满。

重复了两分钟之前的动作。翻过来扔到一边。

接下来是第三张。

第四张。

第五张。

……

突然。一个信封从第六张画上掉出来，轻飘飘地落在地上。

一个非常精美的粉红色信封。两颗带翅膀的心紧紧依偎在一起。可爱的字体写着“I LOVE YOU”。

他没有捡起拆开，而是用脚踢到一个角落。阴暗的青苔将迅速地把它吞没。

第七张画里掉出一张直截了当的求爱信：“朝颜，自我在那个弥漫着花香的清早遇到你之后，便对你再也无法忘却……”

面对如此深情的告白，男孩漠然的脸上没有任何表情。冷冷地将膝盖上的画稿放于一边，将求爱信举起，接着，双手用力。

“嚓——”这封可怜的信被一撕两半，又毫无分量地轻飘飘地落在地上。

嘴角是轻蔑的笑容，类似的事情，他早已屡见不鲜。

三分之一的画稿很快看完了，大概有六十张。面前很快堆满了画纸和厚厚的情书。

他脸上的表情在灯光下一分一秒地发生着变化，犹如制作动画时每一帧都需要一个交代。

冷漠——嘴角戏谑地上翘——眉头微微皱起——轻微的失望——

然后是——

强烈的失望。

“完了，竟然比上届还差——莫非这世界上的庸才全学美术了？”

他想起了去年的九月，同样是微微萧瑟的秋。那时自己还不是油画社的社长。每当看到别的社员的画作，都深感耻辱。这门神圣的艺术正在被一群蠢材玷污亵渎。却没想到，今年的耻辱感竟然更甚。难道他们为了自己的目的真的可以不惜一切吗？

他猛地站起，将手中剩余的三分之二的画稿狠狠地摔到地上。

画纸横七竖八散在地上，像一个个战死沙场的士兵。

夹杂其中的，还有信。花花绿绿的信纸和信封。据目测至少有几十封。

他斜靠在椅子上，迷离不清的双目缓缓扫过那些画稿。

心中猛然腾起一种绝望感，像是在密不透风的房间，呼吸逐渐困难。于一个学画的人而言，倘若身旁皆是庸才，势必折损自己的锐气。想到这儿，心中的绝望更甚。

突然——

在诸多令人作呕的画稿之中，一张被遮挡住一半的画稿露出了不可一世的光泽。

他双目一亮。快步走过去。俯下身。将它小心翼翼地拿出来。

这是一幅用干搓技法完成的画，很难定义它偏向何种画派。画中一个长发的女人，一半面庞被头发遮住，而另一半面无表情。嘴唇是鲜红的。有一滴清晰的泪，氤氲出晶莹剔透的高光。作者用了大片大片的深暖色，使整幅画呈现出了一种暖昧、优雅，疏离于尘世而又在尘世之中的感觉。

他静静地凝视这幅画，目中的迷离仿佛被画中的星光驱散。

夜降临。夜离去。穿过光阴的空隙，他恍然之间回到了十八世纪的荷兰，那个盛开着郁金香的光明之国。纵然黑夜，墨蓝色的天幕也异常清澈，点缀着几颗明亮到让人掉泪的星星。一个瞳仁与头发皆如火焰一般，叫做梵高的男人坐在这片星空之下，时不时地仰起头，将自己所看到的物象涂抹在画布之上，执著而狂野。毫无疑问，眼前的这幅画继承了梵高的衣钵。

又或许，是他们本身便具有相似的灵魂。

“太好了……真是太好了……”他喃喃低语，全然沉浸于作者所营造的氛围之中。

“砰……砰……”叩门声不合时宜地响起。

门外是一个留着短发的女孩，穿了件蓝色的运动T-shirt，眉毛浓密而黑，且恰到好处地微微向上挑着，形成一个小小的弧度。略显厚度的嘴唇抿得紧紧的。双目明亮，其中有一抹炙热的色彩。

倘若把她的五官分开看，皆非精致的那种，但组合在一起便形成了眼前这张略带男孩气可又不乏女孩清秀的脸，干净至极，令人过目不忘。

男孩面无表情地出现在她面前，目光却根本没有落在她的身上。非但如此，漠然的脸上还写满一种叫做“厌烦”的神色。

而她并非诸多爱慕他的女生之一，或许连他的名字也不曾记熟。但，她仿佛很急，连一句简单而客套的问候都没有，直截了当地问：“朝颜社长，我推荐的那幅画怎么样了？”

“你推荐的画？”语气冰冷，夹杂些许疑惑。

“是的，我推荐了一幅朋友的画，她叫……”女孩刚准备向他详细解释，却被男孩突兀地打断，“我没有看到。我现在很忙，请不要打搅我，过段时间油画社录取名单就会公布，到时候留意一下吧。”

“可是……”

“砰！”

朝颜已经不由分说地将门重重关上。虽然从小受过的教育告诉自己，平时面对类似的人要懂得礼貌与分寸，可是没有人乐意正醉心于某件事物时被不知趣的人打扰。

回到座位上，他继续凝视着那幅画。女人哀怨的眸子望着他，似乎要将他穿透。

“真是太棒了！”他不时地赞叹，良久之后才恍若惊梦一般地想起，自己竟然忘记看作者的名字。

扫视一遍正面。没有任何字迹。

又将画翻过来。画纸的正中间赫然写着三个字：木小葵。

朝颜倚在冰冷的墙壁上，眼睛微微眯起，一会儿将这个名字拉到远处看，一会儿又放到近处。嘴里念念有词，仿佛在玩味些什么。

木小葵——木——小——葵。

真是个特别的名字。

本人会怎样呢，不会也是庸人花痴一个吧。

想起这些，朝颜的右嘴角轻轻向上翘起，露出了戏谑的笑容。

那个下午，他反复凝视着这幅给他带来惊喜的画作，直到晚霞漫天之际，眼神才最终恢复笃定。

他推开门大步向外走去，显然是做出了什么决定。

3

湛蓝的天空正被自西而来的一抹红色吞噬，逐渐交融。大朵大朵洁净的云也沾染了这诡谲的色彩，沉醉如绝美凄艳的莲花。一群群寂寞的白鸽围绕着学校房顶静静然飞翔，夕阳像是用赭石与金黄调就的，之后用二号水粉笔一笔笔摆在天空之中。是这样一个美好而寂静的黄昏。空气中若有若无跳动着的尘埃始终以一种静默的姿态观望着校园中发生的一幕幕。

“丁零零……”

放学了，寂静的黄昏校园顿时人声鼎沸。学生们三五成群向校门口走去，有一个女孩，与他们同行，却不曾结伴。相反，她距其甚远。

女孩的身体非常单薄，甚至有些弱不禁风。上身着一件黑色短袖小衫。右肩斜背着的四开画板高出头顶许多。额前的刘海从右向左越来越长，两边刚好盖住了耳朵，长短不一。逐渐沉落的夕阳令她漆黑的头发散发出暗淡的光泽，可却真真切切地浮现出一种与年龄极不相称的、时光带来的错落的美感。

踽踽独行。今天语文课上刚刚学到的新成语俨然成了此刻自己的写照。

女孩三五成群地从她身旁快乐地离开，她连眼睛都不抬一下。

在她心中这些快乐距离自己甚远。更何况在她看来，这并非快乐的本来面貌。因此，她从未期许自己会经历如此温馨的场景：与一个彼此关爱的女孩一道迎着夕阳薄暮步行回家，谈着独属少年的快乐抑或忧伤。然后在家门前平静地告别。

在她心中一直有一片处女地，那里有着极好的阳光，她一切诡谲的想法在此萌芽，安然地成长为茂密的植物，相互错杂，最终阻断了别人进入的路径。她在自己的世界中兀自繁华，兀自起舞。她是自己的公主。这便是独属于她的骄傲。若为这而摒弃普通少女的一切快乐，她心甘情愿。

学生渐渐走散了。快出校门时，她的身后突然响起一个干净而低沉的声音："你的画，不错么。"

若按照她平日的性格，定然不会回头看一眼的。但此刻她感到说话之人距离自己也许只有一步之遥，并且她预感这句话与自己有关。

于是她停下脚步，回过头。夕阳惶惶地坠落，她眯起了漆黑的眼睛。

面前的男孩穿了一件白色的外套，里面依旧是开了三个扣的黑色衬衣。歪着头，似笑非笑地看着她。他有一半的面庞沉浸在徜徉的余晖之中。眼睛是纯色的，却并不明亮。其中有一团吹不散的雾，似一只惫懒的刚刚睡醒的黑猫，孑孑地等待着夜的来临。

"你，在说什么？"女孩冷冷地看着他，她的目光像是在暮春依旧冻结的湖水。

"我已经看过你的画了。"他也看着她，努了努嘴，重复了一遍，"画得还不错。"

"我的画？"女孩一时竟不知该如何回答。

男孩的嘴角竟然斜斜地翘起，显得既桀骜又挑衅："你应该为我对你的夸奖无比自豪。"

"为什么？"

"因为，你是这两年来在学校第一个得到我夸奖的人。"他的骄傲显得那样

理所当然，丝毫没有察觉到女孩眼眸中逐渐升腾起来的厌恶。他伸手理了理额前的刘海，露出漂亮而模糊的笑容，“好了，我想说的是，你，已经提前被油画社录取了。”

“油画社？录取？”女孩眼中的疑惑与厌恶更为深重，又在瞬间恢复冷漠，“不，我对这种团队组织一点兴趣也没有。”

“没兴趣？”男孩桀骜的嘴角立即变得愤怒，“那你为什么还向我投递作品？”

“我没有。”淡漠的口吻充满了抗拒。说完这句话，她兀自离去，再也不给他半点机会。

真是个奇怪的女孩，男孩长时间凝视着她的背影，嘴角再次流露出笑容，仿似自嘲：“竟然会拒绝我，很好，很好。”

4

这是一条非常宽阔的毫无色彩倾向的灰色马路，水泥铺就，冰冷粗糙，像极了不解风情的汉子。微凉的秋天，萧瑟的气息无法抑制地扑面而来。枯黄的梧桐叶毫无生气地落在地上，被行人随意践踏，发出脆弱而敏感的呻吟。她站在马路边低垂着头，盯着自己脚上的白色帆布球鞋出神，丝毫不在意红绿灯的变化。突然一阵风卷起了马路上的叶，它们在死亡降临之前完成了飞翔。同样席卷而来的，还有一股甜美芬芳的气味——是从面包房里飘出来的芒果沙司的味道——既熟悉又遥远。她的鼻翼因此扇动了两下。

下意识地抬起头，灰蓝色的天空像是暗着脸色生气的姑娘，而正是因为年轻，所以仍旧那么美。

她从书包里扯出一副耳塞，塞进耳朵。汪峰平静的摇滚瞬间淹没了一切。

别哭我亲爱的人/我想我们会一起死去/别哭夏日的玫瑰/一切已经过去

你看车辆穿梭/远处霓虹闪烁/这多像我们的梦

绿灯亮起。身边的人一股脑地冲向马路对面。

她却迟迟未动，目光鄙夷地看着急匆匆过马路的人们——像是一场漫无目的的逃亡。

五……四……三……

绿灯已经开始闪烁。所有的司机都已经准备好踩油门。

她仍然一动不动。

现在，她要做一个每天都会做，反反复复做了十几年的游戏。

一个充满危险却有无比快感的游戏。

二……一……

绿灯终于熄灭，黄灯开始闪烁。

这时，所有人都注意到，一个背着画板的女孩开始向马路对面跑去。她的身体那么地轻盈。犹如一只诡异的精灵。

当我在马路中间飞快奔跑的时候，红灯已经亮起，各种机车在我身边呼啸穿过，其中任何一辆都有足够的力量将我的身体撞成粉碎。而距离我不远的地方又重新出现了许多准备过马路的人。他们就像是提线木偶一样静静地望着我，表情空洞。他们定然怀疑这是一个神经错乱的女孩。因为任何一个正常人都不可能面对死亡不为所动。画板撞击着我的脊背，发出嘎啦啦的声响。黄色的车灯打在我的脸上，一晃一晃，我甚至能够想象得出司机错愕而气急败坏的神情。我幻想着自己是一只鸟，有着宽大的翅膀，羽毛柔软而洁白，能够在黄昏暮色的教堂钟楼之上静静然地飞翔。

隔着耳机。我隐约听到鸣笛声，喇叭声。其中夹杂着司机粗俗的谩骂声。一定是乱了。

此刻的我正与死神擦肩而过。我仿佛看到他的面容。不是他征服我，就是我逃离他。

我的快感难以言喻。

可就在高潮将至时，她突然感到一只手用力拽住了她的肩膀，之后飞快地将她拉过马路。她踉踉跄跄地重新站到了一块平坦并且安全的地面。那令她痴迷的快感却像被海绵瞬间吸走，荡然无存。

不，不可以这样，我不能就这样放弃。

她仍是一动不动地闭着眼睛。红灯映在脸上，像着了火。火是温暖。火是希望。火是文森特瞳孔中熠熠生辉的激情。那一刻她的面前仿佛出现了他的面容，从颧骨到下颌如同被刀砍斧削一般，突然地瘦下去。他对着她伸出手。当她正要对着这一片虚无施爱时，身旁传来的气急败坏的抱怨彻底将她从臆想中硬生生地

拽了出来：

“小葵，我跟你说过多少次了不要这样不要这样，可你还是不听！知不知道我有多担心？！”

直到此刻，她才缓缓地张开眼睛。双目有一秒钟的模糊，闪烁的霓虹仿若《星夜》之中悬挂在天空中那些令人掉泪的星。但是看到眼前这张熟悉到不能再熟悉的俊朗的脸，才不得不收起了方才的一切幻想。她静静地看了短发女孩一眼，缓缓地摇了摇头，目光移向前方更加遥远的景致。

“下次过马路一定不要闯红灯，听到没？”短发女孩胸口轻微起伏，眼眸中满是疼爱，“刚才，真是吓死我了。”

“周浅浅，我说过很多次，我的事不用你管。”女孩的口吻依然平静冷漠，充满了决绝的意味。

自己的关心竟得到如此不讲情面的回绝，换作别人，定然暴跳如雷。然而，同木小葵长时间的交往早已使她对诸如此类的话语产生了强大的抗体。于是，沉默了一秒钟之后，她小心翼翼而略带期望地岔开话题：“我家附近新开了一家哈根达斯，那里有一款叫落日镕金的芒果冰点——我记得你最喜欢芒果了。”

顿了顿，眼眸期盼，又小声问道：“今天晚上我请你去吃吧？”

“不了，晚上要画画，先走了。”当最后一个字的尾音破碎在空气中的时候，木小葵已经转身离去，影子投在寂寞的墙上，连一句告别的话都不曾说。

周浅浅望着木小葵的背影，这个与自己一起长大的女孩。她们已经共同度过了弥漫着桂花香的童年，并即将进入最为放肆与忧伤的少年时代。原本期许在人一生中最为美好的年华同她休戚与共，但她对自己却越来越冷漠疏远。想到这里，心中的感伤忍不住犹如莹澈的水滴在宣纸上，逐渐氤氲。

她无奈地摇了摇头，正准备转身离去，突然听到身后木小葵的声音——

“周浅浅，你等一下。”

依旧是不带任何感情的语气，可是却令周浅浅的心突地跳了一下。她用双手揉了揉脸，调整出一个温暖的微笑之后回过头去。

“小葵，你改变主意啦——”

飞鸟低低地拍打着翅膀，在天空中留下一道一道透明而哀伤的痕迹。

眼前，木小葵面无表情的脸由于光影的错落而显得更加冷漠。

“你是不是把我那张《泪》交给油画社了？”

“是啊，”周浅浅的声音略微抬高了一些，“小葵你知道吗，我听说油画社是全校最受瞩目的社团。而且……而且朝颜社长是个画画非常厉害的人。可我觉得你的画比他的好一万倍，所以就拿去——”

“我不是一条柔弱到需要依附别人而存在的藤子，我也不需要任何人为我编排前进的路该如何去走。”说出这句话，木小葵冷漠的脸上竟平添了几分怅然与感伤。

周浅浅低下了头，手指不断地绕着衣角，似乎连呼吸的声音都刻意降低了，犹如一个犯了严重错误等待惩罚的孩子。

“对不起，小葵。我这样做完全是因为……我觉得你的画是世界上最出色的，我想让所有人和我一样看到你的灿烂。知道吗？当我还是一个孩子的时候，我就觉得你将来会成为很伟大的画家——”

“可以不说这些吗？”

“……哦。”

长久的缄默。空气在此刻变得异常宁静，甚至听不到彼此呼吸的声音。缓缓抬起头，眼前是木小葵安静的脸。周浅浅的脸腾地红了，她以一种充满渴求与期待的眼神望着眼前的女孩，希望得到一个令人心暖的回答。然而——

“我先走了。”她淡淡地说，然后转身就走。

周浅浅没有再说话，只是目送她离去。木小葵瘦小的身影渐行渐远，茕茕孑立，倏忽消失在街道拐角处。

这样的场景她并不陌生，在她生命中上演过无数次。

她总是这样拒绝自己。言语平静，却不给自己留丝毫余地。

失落与感伤只在周浅浅的内心驻足了一秒钟的时间。下一秒一朵笑容在她的脸上缓缓绽放。

“小葵，你要加油哦。因为，我那么爱你。”

可是这明朗的声音又转瞬暗淡下去，像一朵在秋天蔫谢凋零的矢车菊般令人心疼。

“虽然你……一直都察觉不到……”

来吧我亲爱的人/今夜我们在一起跳舞/来吧孤独的野花/一切都会消失

你听窗外的夜莺/路上欢笑的人群/这多像我们的梦

5

女孩木小葵穿过巷子时，天已经完完全全地黑下来，画板包粗糙的带子勒得她肩膀酸痛。冰凉的青石板路日日与她的双脚摩擦，每当此刻她都会觉得自己是那个用漂亮的鱼尾换来人类双腿的哀伤的人鱼。抬起头，没有星斗。空气中弥漫着物质腐败的气息。月亮从乌云之中露出了半边，是沉沉的银色，光芒细碎地落在木小葵苍白的脸上——依旧是冷冷淡淡的，难以觉察任何情感。

“喵呜……”

路边的深色垃圾桶中倏忽蹿出一只黑猫，它蹦得那样高，继而稳稳地落在了地上。木小葵微微怔了一下，不由得停住。黑猫转头用幽蓝色的眸子傲慢地瞥了她一眼，之后跳上了对面的那座矮墙。

面前是隐约可辨的房屋轮廓，在路灯下呈现出黯淡的灰色。房屋的旁边是一棵粗壮的梧桐树，只是叶片已落尽——这便是木小葵的家。然而此刻从她的脸上却看不出任何愉悦。仿佛出现在面前的，只是一处陌生的景致。

她将画板和书包取下，从书包里掏出一串钥匙。取出其中一把打开门。

狭小的过道上空是昏黄的灯。一切看上去犹如二十世纪三十年代老电影中的场景。

她很快钻进了自己的房间。

顷刻间，她仿佛置身于另外一个时空，一个脱离了现实而独立存在于艺术家臆想之中的世界。苍白寂寞的墙壁上是各种各样被普通木框镶嵌起来的油画摹本。木框右下角的白色纸条上用规矩的字体认认真真地写着：星夜、向日葵、奥维尔的麦田、雏菊和罂粟……它们大大小小，错错落落。唯一相同的是作者勇于使用高纯度色彩作画，所有的色彩几乎未经调和便涂抹到了画布上。狂野又稚拙。

诸多画当中，有一幅人像悬挂的位置最高。于是这些沉默无言的画作皆以一种仰视的姿态凝望着它。

木小葵站在这些画面前，长久地凝视着。然后双膝一软，跪倒在这些画前。

她静静地凝视着它们，目光最终落在了人像上。从未有过的深情从她浅灰色的眸子中倾泻而出。

接着，她伸出激动到微微颤抖的右手，轻柔地，轻柔地抚过这幅画的每一个角落。

这是一幅人物半身像。红绿蓝三种颜色的构图使画面给人一种跳跃的活泼感。戴着藏蓝色帽子的男人。面色苍白没有红润。嘴里斜斜地叼着烟斗，白色的烟雾逐渐飘散。时为一月，他着一件绿色的大衣，微微泛黄，绿得苍颓。他右边的脸被白色的绷带包裹起来。目光呆滞——

如你所知，男人名叫梵高。文森特·梵高。

她轻轻地闭上眼睛，眼前恍然出现了漆黑的巷子。

如果这巷子能够再多些星光，多些明亮，那么，与他的《夜晚的咖啡屋》何其相似。

不过，其实也没关系，重要的是此刻可以和他紧紧相偎，她仿佛闻到他身上散发的重重的颜料味，那美妙的味道让她沉醉。

不愿醒来。

“砰！”

隔壁房间突然传来重物落地的声音。那么地闷。半晌无声之后——

瓷盆被踢倒以及洒水的声音忽然传来，依旧是那么闷，像是从不透风的鼓中迸发而出。

继而传来男人的怒吼声——

“臭女人！刚才饭里放了那么多的盐，现在又想烫死我是不是！”

女人软弱的声音断断续续地传来——

“你……你别……我再去接一盆……就是了……”

女孩木小葵因这场突如其来的争吵而睁开了眼睛。方才出现在眼前的星空蓦然消失。她的面色瞬间变得更加苍白，右眼角跳动不止，左手也随之颤抖起来。这是她每次在父母战争升级之前必定做出的不自控的反应。女孩伸出刚才抚摸过梵高面庞的右手，紧紧地抓住左手的手腕。心脏正以一种无规律的节奏突突地跳着，仿佛要冲破胸腔一般剧烈。紧蹙眉头，扬起脸。强迫自己露出的笑颜却浸透了苦涩与哀伤。

“不，文森特，你所看到的一切只不过是一个虚伪而令人疑惑的假象，一点儿也没错，他们只是在开玩笑——我是一个幸福的孩子……”她如念咒语一般絮絮不止。画像上的男人丝毫没有反应，依旧以一种长久不变的呆滞的神情望着她——这可怜的等待被救赎的女孩。

女人抽噎着离去了。男人嘟哝的谩骂间或传来，在短暂的沉默过后达到顶峰——

“你这个歹毒的女人！这么凉的天你又想冷死我是不是！”

“这也不是那也不是……我究竟要怎样做你……你才能满意……”

钝重的身体与墙面接触的声音在夜晚听起来格外揪心，更何况其中同时夹杂了怒吼与哭泣——

“你他妈的敢跟老子犟嘴？！老子打死你！”

“啊……救命……”

木小葵右手的指甲已经深深地掐进左手手腕，但她感觉不到疼痛。

面对这场自拥有记忆以来便接连不断的战争她理应麻木，可是，听到隔壁房间传来女人撕心裂肺的哭喊声，她仍旧感觉空荡荡的心底莫名吹来一阵风，一切回忆都汇聚于她的眼前，越来越沉越来越沉。她终于被它们拉进了深不可测的谷底。

那里，记载了她童年时代全部的晦涩与潮湿。

6

她仿佛重新回到十几年前那个寒冷的冬日，雪已经持续不断地下了一整天。男人在傍晚时分又出去喝酒了。在他出门的那一刻，女人轻轻地拉住他的袖子哀求他早些回来，却被他冷漠而凶狠地推开：“你凭什么管我？你这个只会花钱不会赚钱的臭女人！”听到这句话，女人的双手突然松开，嘴唇微微颤抖着，没有再说一句话。

炉火已经熄灭，屋内冰冷如地窖。刚刚六岁的女孩木小葵穿着一件深蓝色的毛衣跪在窗台旁边，积雪在黄昏时发出的光芒映在她忧郁的小脸上。她把脸伏在胳膊上，出神地盯着窗台上的含羞草。它的叶片早已呈现枯黄色，并且颓丧地垂着头。哦，你多么可怜啊。木小葵小声的叹息犹如一阵风，从她发白的唇间缓缓吐出，含羞草的叶子终于在这寒冷的黄昏凋尽了最后一片。

“你这个讨债的女人！丧门星！你就不能闭上嘴吗！”

——午夜平静的睡梦中突然传来熟悉而凶狠的吼叫，木小葵坐起来拉开灯，已是凌晨两点。她抱起布娃娃赤脚下床，轻声来到父母的房门前，悄悄地将门开了一个小缝。然后自拥有记忆起最为血腥的一幕闯入她清洁的瞳孔——因为醉酒而眼睛通红的父亲拽着母亲的头发，恶狠狠地将母亲向墙上撞去。

“嘣——嘣——”他突然又将她狠狠甩向墙角。嘴中依旧絮絮不止地咒骂着：“你这该死的女人……丧门星！”原本早已不再雪白的墙壁上竟盛开了一朵嫣红的玫瑰，瞬间氤氲开去。

年幼的木小葵吓得“哇”的一声哭了起来。她冲进去跪在父亲的腿边，双手抱住他的膝盖，苦苦哀求道：“爸爸……求求你不要打妈妈……”

然而这狂躁如野兽的男人竟一下将木小葵狠狠地推开。

“啊——”

布娃娃在空中划出了一道弧线，摔在了地上。木小葵的腰撞到了墙，钻心的疼痛令她晕眩。恍惚之中她听到母亲的哭喊：“我究竟造了什么孽……我究竟造了什么孽啊？！”

从那之后，每当父亲不在家，母亲心中的苦闷无处宣泄时，她就会将年幼的木小葵抱在怀中，双目呆滞地絮絮不止。

“小葵……你应该知道妈妈的苦……可是我没有办法……我恨他……我恨他……我要杀了他……可我下不了手……如果我进了监狱，你该怎么办……”每当这时母亲的眼泪如开闸的水汹涌而出。

最初，木小葵会边陪母亲一起哭边为母亲擦去脸上的眼泪。时间久了，面对母亲的哭泣，她逐渐显得无动于衷甚至厌恶。

无论她还是他，都没有丝毫顾忌木小葵幼小心灵的感受。这个成天哭哭啼啼的女人根本不是真正地爱她，她只是企图通过倾诉而获得宣泄与满足。可木小葵只是个六岁的孩子而已，如此被动地接受的痛苦，又该向谁宣泄？

争吵声连绵不绝，仿佛从未休止，家庭暴力日日升级。

已经忘记究竟多少个日日夜夜都在这残忍的争吵中度过。童年的时光从未有过一丝明媚的幸福。

“臭女人，我打死你……打死你……”

“救命啊！……我不想活了，你打死我吧……”

“不要打了……求求你……”木小葵在自己卧室的门边对门外正在殴打母亲的父亲低喃。但父亲根本不为所动：“滚！不想一起挨揍就给我滚得远远的！”

哀莫大于心死。她已经做出了最后的反抗。

木小葵面色苍白地关上门，踢掉鞋子，跪在床上。

“娃娃，你愿意听我说话吗？”木小葵失神地望着面前金色头发的布娃娃，轻声问道。

“哦，娃娃，请你原谅我……我……”

“你说我究竟应该怎么办呢，娃娃？”

娃娃没有说话，淡蓝色的眼睛一直望着不远处的写字台。木小葵顺着看过去——写字台上，放着一把灰色的手工剪刀！

木小葵的脸上突然露出了莫名的笑容，她将娃娃轻轻地抱起，重重地亲了它的脸一下。“哦，谢谢你，娃娃。”她继而无比平静地说。

她缓缓地走过去，将那把剪刀握在右手，定神细视。剪刀仿佛在对她说，来吧，快来吧孩子，我已经很久没有闻到血液的芬芳了。

我来了。她闭上眼睛。右手缓缓抬起，向左手脉搏割去——

“砰！”

门突然被父亲一脚踹开。或许出于本能，当他看到自己的女儿正准备把剪子刺向脉搏时，竟上前一步将剪刀一掌打掉。殷红的血液顺着他的右手手掌一滴一滴地坠到地上。当木小葵正用残存的力气思考是否应该向父亲道歉时，他仍然没有丝毫觉悟，劈头盖脸地怒骂：“你这个小丧门星！”他用那只受伤的右手拎起木小葵的衣领，“小讨债鬼，要死也别死在家里晦气老子！”

很快，当满脸是泪的木小葵被父亲像拎兔子一样拎出门去的时候，她没有忘记拿着自己的娃娃……

“我恨你们！我恨你们！……”

她躺在一间阴冷的没有窗户没有任何利器的房间里，全身疼痛。刚才她是被父亲像丢垃圾一般重重地丢在地上的。自始至终，他都根本没有顾及过女儿的死活，当然，她也一样。门外又是一阵“乒乒乓乓”的摔碗声，女人的哀号愈发像那日的雪一般汹涌。木小葵微微抬起头，试图坐起。然而腰部的疼痛让她的头重新与水泥地面接触，发出空洞的声响。

“嗡……”伴随着头与地面的碰击，父母争吵的声音似乎减弱了。女孩顿时被这既普通又奇特的声响所震慑，在她心中那是从遥远地狱传来的死亡之声。接着，她再次将后脑勺撞向地面……三次……四次……她甚至强迫自己爬起来用前额撞地……她尖叫着，哭喊着。我没有权力选择活着，为什么没有权力选择死去！剧烈的晕眩木讷之后，她的头部已丧失了任何感知疼痛的能力。此刻，一切的撞击一切的叫喊只是一种可笑而悲凉的惯性。

死亡仿佛已经很接近，她甚至看到了身着黑袍的死神，而她也早已做好了准备。

突然一道神圣的光芒刺透她那早已绝望的心灵。

她抬起头，瞪大眼睛，正前方的墙上悬挂着一幅画，大片大片的金色交织在一起，璀璨夺目。

那是麦田。

画面的远景是几笔群青与紫，模模糊糊，有一种柔和安详的美。

那是远山以及房屋群落。

天空是绿色的，太阳与麦田一样耀眼。

一个小人儿站在这片麦田之上。那么小。渺小。

她瞬间平静下来。心中的怨恨委屈顷刻荡然无存。她略微挺直了身子，用稚嫩的双膝一步一步地移向墙上的那幅画，犹如一个虔诚的朝圣人。她一直跪走到墙边，试图扶着墙站立，双膝立刻传来一阵刺痛。然而她并未因此而怯懦。努力了很多次，她终于站到了这幅画的面前，她那清澈漆黑的瞳孔里立即闪烁出奇特的光芒。它不属于一个六岁的女孩，它属于真正热爱艺术并对其顶礼膜拜奉若神明的人。她伸出沾满鲜血的右手试图仔细抚摸那幅画，然而当看到血污时立刻将右手放下，换为左手。

她稚嫩而透明的手指颤抖地抚过小人儿，抚过远山以及房屋群落，抚过太阳——

最终她的手落在那片宽广无垠的麦田上，阳光将在此结出美丽的果实。

她游弋的目光继而落在油画下面的注释上——

《麦田的收割者》

DRAWN BY Vincent Van Gogh

也不知过了多久，她不但彻底恢复平静，并且联想到自由和幸福。

最后，她微微欠身，轻轻亲吻了那个给她带来奇妙感受的名字。

那一刻，她知道，她的生命已经走向另一个世界，一个充满梵高和色彩的世界。只有在这个世界里，她才能收获平静，收获幸福，以及，收获爱。

7

房间的灯光依旧暗淡。木小葵轻轻揉了揉眼睛，思绪回到现实。面对着墙上

梵高的自画像露出笑容。

那不是对志同道合知己的笑容，不是对在寒冷中施温暖于你的好心人的笑容，甚至也不是对自己长久以来崇拜的偶像的笑容——

那是一种充斥着淡淡暧昧的笑容，那么幸福，那么温情，那么真诚。又偏偏带了丁点的诡谲。

是独属于给情人的笑容。

她起身亲吻了画上男人叼着烟斗的唇，犹如一次真正的接吻。她的喉咙甚至发出了低低的呻吟。然后她又重新跪在那幅画的面前。

“我亲爱的文森特，是你拯救了我。我何其爱你，你知道吗。当我还是一个孩子的时候，我就抱定了爱你不渝的念头。或许，你觉得很可笑，是不是？哦。求求你，不要把它当做一个经不起时间推敲的出自幼稚女孩口中的誓言。我说的都是真的。我将一生忠贞于你。”

她再次起身，从身旁的桌子上搬起一个花瓶，又轻轻地放在了静物台上。

陶制的花瓶中插着十二枝硕大而繁盛的向日葵，轰轰烈烈。

她从口袋里拿出一把小刀，挽起左臂的袖子。灯光下，她的左臂竟布满了爬虫一样蜿蜒的伤疤。

再也不会有人在此刻冲进来打掉自己手上的凶器。刀刃刺进她的胳膊。最初出现的零星的红色迅速汹涌泛滥，迅速滴入女孩早已准备好的橘红色中。此刻女孩的表情中非但没有痛苦，相反露出了幸福的笑靥。她拿起一枝六号水粉笔，将鲜血与橘红调匀，调色盘中顷刻出现了一种奇异的红色。她盯着面前的向日葵看了几秒钟，然后将这奇异的红铺在雪白的画纸上。刷刷。刷刷。不知是父亲停止了谩骂还是自己完全沉浸在了向日葵的意象里，除却笔与画纸摩擦的声音之外，女孩木小葵的世界安静无声。她凝视着逐渐成型的向日葵，嘴角露出了一丝笑容。

“文森特，我最最亲爱的文森特，此刻我的灵魂是否已与你相依相偎？”

Chapter B

我亲爱的小木，时至今日，他离开中国已有一年之久，我仍旧会在看到任何一处熟稔的景物时想起他。然后，那些同他在一起时的琐碎的片断便会在此刻就如一条条长满闪亮鳞片的鱼，吐出水泡，之后又缓缓地沉浸在记忆的长河之中。

夜晚的时候我总会伏在窗台上看星星，这个习惯自我还是一个年龄上的孩子起一直保持到现在。曾经的曾经我以为这样固执的姿态会让我看到我的小王子以及他居住的小小星球。然而现在，我仅仅是为了想要同他在同一片星光之下，共沐一样的月光。

我亲爱的小木，其实我与他的故事是那么的短暂而简单。

简单到，我已不知如何用充满了情节的语言来表述。

洛遥

1

说说我的喜好吧。知道吗，我最喜欢的一本书是法国作家安东·德·圣埃修伯里的《小王子》。当然，是中文版。许多人都习惯叫他修伯里，然而每次同别人提到他时，我定然要将他的全名说出来的。我身旁的人因此说我是个繁复并且教条的姑娘。可事实上，我只是觉得这个名字能够带给我沉静与安详。

这本可爱的童话每天都放在我的书包里，伴我上学，帮我打发在公交车上漫长无聊的时光。

晚上回到家，我便会将它从书包中取出，放在床头，让它透透气。

“如果你爱上了一朵花，那么当你仰望星空时就会感到非常温馨，满天星星都像是一朵朵盛开的鲜花……”

每当我遇到什么令人烦忧的事情，抑或难过得不知所措，我便会一遍一遍地将这一段念给自己听。安静的房间之中只有我的声音与墙壁相接触，它们犹如精灵一般翩跹，温暖而忧伤。闭上眼睛，一切就会变得很淡很淡，我仿佛能够看到那个金发碧眼的围着围巾的小人儿走过来，忧伤地问我，你能为我画一只山羊吗？劳驾，一只山羊。

我曾经想，是否因为这本小小的可爱的童话，才令早已经不再年幼的我对这个世界依旧保留美好而纯澈的幻想。

可是，我身边的人却像极了童话中其他星球的人，他们总是在乎着分数啦，排名啦，今天学生会是不是要改选啦，明天哪个明星又要开演唱会啦……

简直无聊透顶。

但是这也就不难解释，为什么每当我试图向他们推荐这本曾经让我泪流满面的小童话时，他们的嘴角都露出了戏谑的笑容，然后从牙缝中蹦出两个字：

无——聊——

他们还是懵懂无知的少年，却总是要做出独挡一面成熟无比的样子。这令我感到非常可笑。

知道吗小木，我甚至想要去学习法语，原因只有一个：我想要看法文原版的《小王子》。那一定是件非常幸福的事情。

洛遥，晚上早点回家。早上出门的时候，妈妈这样对我说。

哦，知道了。我一边应答着，一边推开家门。

每天清晨六点四十五分我都会在离家不远的一条叫做“七点四十五”的街道等车。有人曾在春天的时候在那里播撒下向日葵的种子，虽然现在看来已有颓败之势，但不可否认每到盛夏那里就会盛开出大朵大朵美丽的向日葵，浓郁的黄色犹如摩卡一般遮天蔽日，成片成片的流淌，像一个个饱满的小小太阳，散发出温润美好的光泽。很多次我背对着车站，出神地望着这片花海，意犹未尽地转身之际却发现公交车正绝尘而去，卷起层层烟尘，弄脏了我的脸。

这个时候我便会在心中捶胸顿足啊啊啊啊为什么为什么这究竟是为什么！

终于有一天我安静下来。不再抱怨。因为他——出现在了这班车上。

2

开学一个星期的时候，立秋了。不过天气还不算太凉。

我抱着《小王子》上车，天色还早，车上空空荡荡。我随便找了个位置坐下来，插上MP3，耳朵里是傅佩嘉的《听小王子讲话》，随便翻开的某一页，然后顺着断章开始往下阅读。

听他说话/说玫瑰花/还想念着他/昨天碰见狐狸抱怨日子没有变化

有点害怕那巴尔巴巨树再变化大/地球几十亿成人呀/只有我是真的了解他

女子的声音是慵懒而美好的，初次听的时候带着一点点缱绻，犹如一只蜷缩在沙发里的波斯猫。可是当听到那句“地球几十亿成人呀/只有我是真的了解他”的时候，我的鼻子竟然莫名其妙地酸了起来，眼睛里顿时充斥苦苦涩涩的液体，模糊了眼前字迹。倘若公交车在此刻哪怕只轻微的颠簸一小下，它们就会迅速滴落。

傅佩嘉说，只有我是真的了解他。

可是，又有谁真正了解我呢？

我把手中这本可爱的小童话合上，可爱的封面顿时闯进视线。一个满头金发的小人儿站在一颗被夕阳染红的绿色星球上，挥动着几乎与自己一般高矮的铲子，周围是几朵娇滴滴的红色玫瑰。小男孩的黄色围巾随着风飘扬。

在这幅图的上面，写着一句话：很久很久以前，有一个小王子，他住在一个只比自己大一点点的星球上。他很想要一个朋友……

他很想要一个朋友。

一个朋友。

方才的伤感由于这句话变得更加强烈。也许，秋天凄清的早晨总会带给人这样一种情绪吧。

也许，他的孤独感染了我的孤独，其实我和他一样，多么渴望能够遇到一个真正的朋友。

可是，我们都不能够。我们能做的，只是日复一日地孤独下去。

车慢慢停下了。我的眼泪也在刹那间掉下来。

我强迫自己抬起头，看着灰绿色的车顶，把眼泪逼回去。然后又用双手死命地揉了揉眼睛。

仿佛我根本就没有流泪。

仿佛我从来都不曾孤独。

“吱……”车门打开，一个男生慢悠悠地走了上来。

他晃了晃，又晃了晃，最后，坐在我对面的座位上。

我的目光自始至终都落在封面中的小男孩上。

我的小人儿。不要害怕，从今以后，夕阳满天的时候，我与你一同观望。好不好？

他是个不会回答问题的奇怪的小人儿，可是此刻，封面上的他仿佛对我露出忧伤的笑容。而他的目光，似乎注视着我的前方。

于是，我重新揉了揉眼睛，抬起头，将目光移向对面的座位。我看到了他。

坐在对面的男生头发略有些长。小小的眼睛注定了不会是很英俊的类型，可是鼻子很挺，薄薄的嘴唇抿得紧紧的。总体感觉还算好看。顺着他的脸继续向下看，他穿着中规中矩的校服衬衣，打着一条黑色的学生领带，黑色校裤旁边镶了一条银色的边——这这这竟然是我们学校男生的统一校服。可是为什么我在学校从没见过这个不算难看甚至可以说是好看的男生呢？

他像我一样，手中捧着一本书。

蓝色的封面，上面似乎有一个小人儿，站在一颗星球上，旁边有几朵玫瑰花。最上面写着：中法文对照本。

啊小木，他竟然也在看小王子。而且，而且是中法文对照本。

中法文对照哦。

于是，那天，在公交车上，我情不自禁地看着他，一眼，又一眼。他终于觉察到了，抬起头，看到我手中橙色版本的《小王子》，顿时明白了一切。他冲我笑了笑，接着客气地点了点头，他的笑容既羞涩又好看。而我的脸，竟然莫名其妙地泛了红。

其实那一刻，我非常想与他说话，哪怕问一句“你也喜欢小王子吗”，可是我没有勇气。

不知为何，虽然是一个学校的，他竟然比我提前一站下车。

我默默地注视他的背影，差点喊出来：“喂！下一站下才对呀！”

可这句话又被我硬生生咽了下去。

这一站上车的人出奇地多，大概有十几个。于是公交车停的时间更加久了些，这样真好，我就可以多注视他一会儿了。下车之后，他背着双肩包飞快地沿着墙走，瘦高的身影那么单薄落寞。我把脸贴在车窗上，心中仍旧在为刚才刹那间的抬头而窃喜。

他，应该也是喜欢《小王子》的吧。

安东·德·圣埃修伯里曾经说过，《小王子》这本书是给孩子们看的，无论是真正的小孩还是仍旧保持童心的成年人。那么，他也一定和我身边其他无聊的同学不同吧。我这样想着，竟然笑出声。公交车重新开动。而他穿着白衬衣的身影，不知何时已经消失不见。

那一夜我莫名其妙地失眠了。盯着墙上的挂钟，开始幻想前面有一个催眠师，一块悬空摆动的怀表在我的面前嘀嗒嘀嗒。

嘀嗒嘀嗒。

嘀——嗒——嘀——嗒——

后来终于眠去。梦里开满了茂盛的向日葵，成片成片地流淌。公交车从向日

葵的身上碾压而去，地上顿时布满了向日葵蔫蔫的支离破碎的身体。男孩仍旧坐在我的对面，略带羞涩地读《小王子》，甚至痴迷得念出了声。在梦中，我异常清晰地听他念道，如果你驯养我，那该会多么美好啊！金黄色的麦子会让我想起你，我也会喜欢听风在麦穗间吹拂的声音……然后他抬起头，望着我，枯萎的向日葵瞬间变成了清香朴素绿色的植物，空气中逐渐弥漫开眼泪一样的潮湿。下一刻他向我伸出了手，我的脸霎时开满了娇羞的绯红——我也伸出手，掌心冲着天空，手指微微握起。

然后我醒了。

冷冷清清的太阳散发着忧伤的光芒，犹如嘲笑我梦中的愚蠢与自恋。

又到了上学的时间。

在七点四十五街道重新看到那片向日葵的时候，我竟然感到有些哀伤，这些纯净而不谙世事的花朵竟然在梦中成为了我心绪萌动的牺牲品。

3

从那天起，我开始在意他。无论有意，还是无意。这份在意就像是每年的早春一般悄然来临。

他每天都会穿白色的衬衣，打着规矩的领带，日日不变。皮肤很白，像常年不见阳光所致，头发却异常地黑。黑于黑墨，黑于我所见过的最黑的天。也许，在下过一场大雪之后，他的头发会在雪地中异常醒目。

真正让我惊喜的是，我发现——我们之间竟然有一些奇特的、说不清楚的联系。

比如——

我们几乎每天都会乘同一辆公交车。并且，我们初次见面时所坐的两个位置从来没有被别人占过；

我坐在那个靠窗的位置翻阅我亲爱的橙色《小王子》，下一站他上车定然会坐在我对面的位置，翻阅着蓝色的《小王子》；

再比如——

我们的手表都戴在左手腕上，只不过我的是白色的MICKEY。他的是银色的SNOOPY。

每每从他的身上发现新的与我相似的细节，我都会在心中暗暗窃喜。虽然这些所谓的发现，都是我在数次“偷窥”中总结出来的。

小木，你现在一定认为洛遥与班里那些跟踪暗恋对象的女孩子的界限愈发模糊了。

可自始至终我都认为自己所做的这一切是与众不同的——也许你不懂。

实际上，我也不是很明白。

一天，我有意无意地向同学提起他，没想到同学竟大呼认识。原来他是学校与日本某友好中学的交换生，会在我们学校交流学习两个星期。汉语说得不算流利，可是阅读汉语书已不成问题。小学时代曾在法国待过一段时间，因此法语也不错。但不知为何，他的英语成绩却奇烂无比，教他的英语老师甚至说“从未见过学英语如此一窍不通的学生”。

而且他不太喜欢和别人接触。同学说道。

我知道，他总是形单影只的。我接话道。然而，刚刚说出这句话来便后悔自己的多嘴，因为同学以一种难以置信的神情看着我，夸张地问，哇，不会吧？你竟然也会留意一个男生哦。说罢“哈哈哈”大笑三声说不错不错，我过段时间会引荐你们认识的。我慌忙摆手说不要不要。面红耳赤，仓皇逃离。

那天夜晚十一点半，我还睁着眼睛静静地躺在床上，细细回想着今天同学对我说的那番话，竟然感到有些忧伤。窗外的星星一闪一闪，它们是多么调皮啊，简直像是一个个对我挤眉弄眼的小姑娘。突然，我想起了小王子，他说过：“每个人都可以拥有星星，但星星在不同人眼中意义不尽相同。对那些旅人而言，星星是他们的方向，而对其他的人来说，星星不过是天边会发光的小亮点而已……”我又想起了他。他干净的脸，白色的衬衣，倏忽消失的身影……我猛地从床上坐起。

星星对每个人的意义是不尽相同的……那么……我更应该努力追寻天空中属于自己的那颗星星——

因为，它承载着我的幸福！

我穿上拖鞋来到写字台旁边，扭开台灯。从左边第三个抽屉中抽出一张粉红色的信纸，它在台灯下散发出柔柔的暖暖的光。我仰起头，这些闪闪发光的小亮点儿们霎那间变成了一只只流淌清泉的泉眼，幸福的泉水汩汩而出，浸润了我的心，我的灵魂。我在台灯之下用黑色水笔写下了有生以来给男孩子的第一张纸条。我将它折叠成心形。最为简单的样式。

将它放在台灯之下，透明而薄的纸隐隐透出我的字迹。那是我内心最为甜蜜的部分。

我在上面轻轻吻了一下，之后将它放在胸口。那一刻，我仿佛感觉它活了，它在跳动，它被我的情绪感染，之后又成功地感染了我，驱散了我的忧伤。哦，它是一颗多么饱满而美好的小小心脏啊。

我将它放在胸口，沉沉入睡。梦中，我又看到了我的小人儿，他一步步地走向我，笑着对我说，当你抚平你忧伤的时候，你就是我的朋友，你要跟我一起笑。

4

次日清早，我提前半个小时走出家门。妈妈奇怪地问我，怎么今天走得这么早？

我在关门的瞬间故作平静地回答，嗯，学校有事。

当我到达车站的时候公交车刚刚到站。这次，我根本无暇顾及身旁的向日葵又发生了怎样的变化，只是护好书包，飞奔上车——我绝不能迟到！我这样想着。由于时间很早，公交车比往常都空。不过我只坐了一站——坐到他平日上车的那一站——然后便下了车。

距离他平时上车的时间还有大约二十分钟。我略微松了一口气。开始环视四周。

这是一片非常寂静的居民区，甚至比我家所在的居民区还要寂静。秋天，无一例外，所有的植物都凋尽了，原本应给人以颓败衰落之感。可是，这里栽满了冬青树，蓊蓊郁郁，一片齐腰的绿色，让人感到一种柔和之美。晨练的老人三三两两地走过，偶尔看我一眼，不言不语。

那一刻，我感到自己像是书中那个忧伤不已的小人儿，在荒芜的撒哈拉沙漠中静静地等待幸福和爱的到来。

六点五十分，他颀长的身影终于映着晨光模模糊糊地出现了。

——我的心在他出现的那一刻突突地跳起来，脸红得发烫。

可我还是走向了他——我强迫自己必须这样做，为了幸福。

他的头一直低着，直到发现前面有人挡道，才缓缓地抬起头……

我终于可以直视他。

我所看到的他也不再是一个大体的轮廓，不再是一个表象——

他的瞳仁是深褐色的，晶莹剔透，像是一粒熠熠生辉的琥珀。然而其中暗藏的一抹低调和华丽的忧伤却被我轻易看穿。看到我，他首先感到有些吃惊，继而又非常有礼貌地点头微笑。我忍住紧张害羞，双手递上那张心形的纸，那张承载着我内心最为柔软情感的纸。

他一愣。继而接过。我说，这是我的E-mail地址，你介意我与你交个朋友吗？

他微微地冲我笑着，笑容中有日本樱花的馨香。他缓缓地摇了摇头。

我的脸在他接过纸条的一刹那定然红到了极致——在那张写着我E-mail地址的心形信纸反面，我低眉顺眼地写了一句话：你介意我喜欢你吗？

他的名字叫做，冬泽井。

亲爱的小木，你知道吗，初次听见这个名字，我竟然感到寒冷。冬泽。冬泽。念的时候，舌尖顶住上颚，仿佛能够抵御住因这个寒冷的名字而落下的雪。然后，再轻轻吐出“井——”，刹那间，整个人像是坠入了无底深渊。

那一夜，我又梦到了他。梦到他站在最为寒冷的湖底，天光从湖水的上方缓缓飘落下来，他无助地仰起头，满脸哀伤。整个世界将因为他的哀伤而一片荒芜。

醒来之后，眼前清晰地出现了他的脸。他的眼睛。他透着隐隐雾水的双瞳。

我的心，竟然也隐隐约约地感到哀伤。

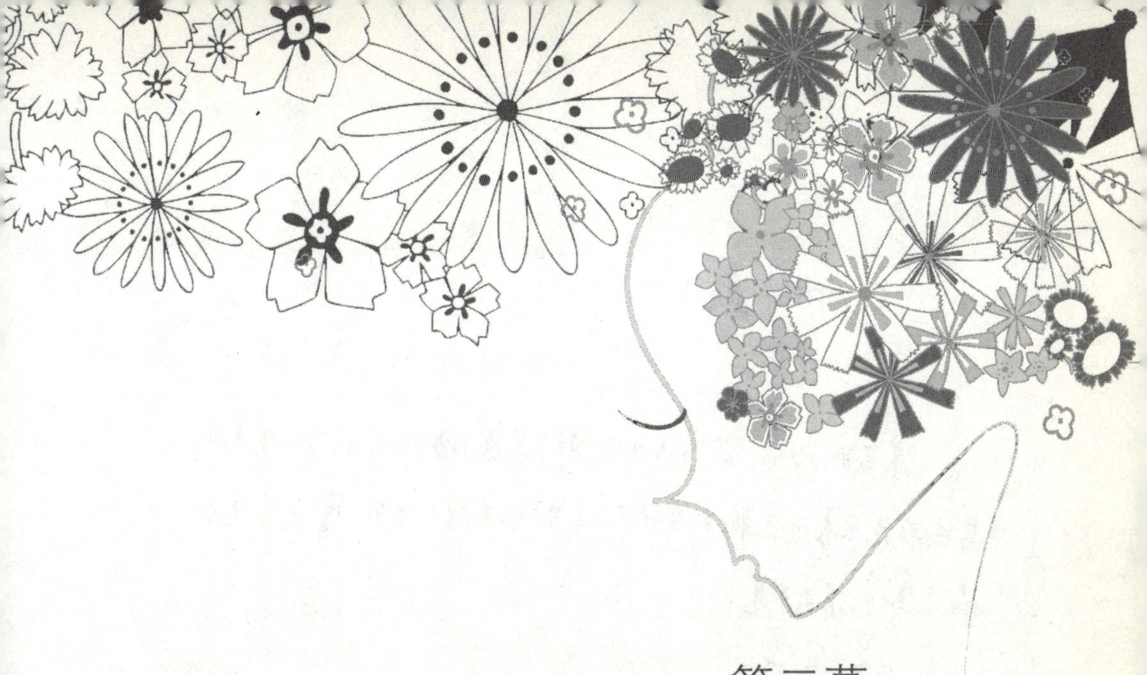

第二幕

蓝色狂想曲

|| Chapter A ||

亲爱的洛遥，我曾经以为，那个出现在夕阳之下的令人烦恶的男孩在我无聊而无聊的生活中只是白驹过隙，匆匆一瞥过后便轻描淡写地消失不见。

可是，我错了。

他犹如幽灵鬼魅，无论我身处何处，他都能够轻易地找到我。

他犹如一株水草，在我毫无防备之下缠住我的脚踝，令我难以脱身。

于是我知道，自己势必要在一段时间之内与这个鬼魅水草一般的男孩纠缠不清。

木小葵

1

随着下课铃声的响起，学生们纷纷走出教室，这是上午的最后一堂课。木小葵逆人群而行，黑色的上衣与左肩依旧斜背着的四开画板将她衬得格外孤立无援。她冷着一张脸面无表情地横穿喧嚣的校园。没有人记得，也没有人注意，她何时走的，去向何方，又会在何时回来。

最后，她在学校后山的湖边驻足。

这仿佛是与学校的喧嚣一刀两断的世外桃源，是独立于现实而存在的幻境。无风。水藻与青荇在湖底温柔地招摇着曼妙的身姿，将内心熠熠生辉的激情暗藏于心。于是湖面呈现出了一种浅淡的绿色，如此静美。时光得以流连。湖的旁边生长着丛杂的野草，已呈现出枯黄的迹象。这万物凋敝的季节原本该是一片颓凉，但湖面上竟然星星点点地开满了黄色粉色的睡莲，被荷叶环住，羞涩地打着朵儿。正午的阳光映在湖面上。睡莲兀自欣赏着湖水倒映的袅娜的身影，湖边的草映衬着它们。沉默无言。

湖水的背面，是连绵不绝傲骨无言的远山。由于过于遥远和模糊而呈现出醉人的黛色。

这是她来校后寻找数日发现的世外桃源，一个最适合作画的场所。

面对这样的景致，木小葵已无暇顾及其他。她静静地望着这片湖水，冷漠的脸逐渐变得柔和起来，双目之中流露出欢欣的神色。

深深地吸了一口气，放下画板，打开颜料盒。

正要席地作画，突然不远处传来一声兴奋的大喊——

“哈哈，简直太棒了！简直太棒了！！”

她被突如其来的叫喊声吓得打了个激灵。循声望去，一个穿着白色短袖T-shirt

的男孩正背对着自己坐在不远处湖边的一棵树下，他的头发遮住了双目，侧脸看过去漂亮到无懈可击，然而就是这样一个在一万个人眼中都会与“安静内敛”等词汇挂钩的人，此刻竟如此放肆地大喊大叫着，声音中满是掩饰不住的兴奋与喜悦。

木小葵顿时收起方才露出的愉悦的神情，怎么会在这么美好的地方遇到如此轻佻的男生呢。定神一看，又似有些面熟。她突然想起，他不就是那天放学时在自己身后说了一堆莫名其妙的话的男生么？他叫朝……朝什么来着？

他为什么会在作画的时候如此失态——

木小葵并未就这些问题继续想下去，心中平添几分反感，早已兴致全无，快速收起颜料盒和画板。刚欲离去，男生却忽然在此时转了个身，虽然位置不动，可却露出原先被身体遮挡住的画板——

于是，木小葵看到了他的画。只看了一眼。只有一眼，双腿就像被钉在了原地，再也无法挪动半步。

那是一幅用大片大片的绿色与蓝色幻化出的水彩画。清澈的湖水。矜骄的睡莲。远处黛色的远山……唯一不同的，是男孩将正午明媚的阳光改为暮色的夕阳。一切的一切通过男孩强烈的色彩表现力交织在一起，比眼前真实的景致还要美上百倍。

站在一旁的木小葵悄然无声地犹如观望一个幻觉。浅灰色的眸子中时不时地闪烁出一丝难以言明的神情。这一切都是真的吗？是真的吗？她瞬间恍惚了。除却那个已经故去近一百年的法国画家，还有谁笔下的风景画能够如此灼人心脾？

然而，她突然发现方才还在男孩脸上的极度兴奋的神色随着西斜太阳的消亡而一分一秒地消失。最终脸上留下的，只有大片大片的疑惑。

他的头时而左歪时而右歪，画笔叼在嘴中，双目直直地盯着画板。耳边隐约传来他低沉的叨念声。

这又是怎么一回事？木小葵定了定神，目光重新聚集在那幅画上，终于发现了缘由——

问题出在湖面的塑造上。面对旁边盛开的粉色睡莲，他竟然没有将丝毫的睡莲本身的颜色用在湖面上。因此，碧绿清澈的湖面便显得过于孑然和寥落。

如果他能够将一笔绯色轻扫于画面之上，画面就堪称完美了。木小葵心想。

但是她并没有说出，也不准备说出。

这本来就与我无关，何况他是一个让自己多少有点厌恶的男生。想到这儿，木小葵背起画板转身欲走。

身后又是一声惊呼——

“啊！我找到你啦！你这个坏家伙！我终于找到你啦！”

木小葵再次无法自控地转过身去——

只见男孩迅速从嘴里取下画笔，欲在调色盘中调色，无奈调色盘早已被各种杂乱的颜色占据，再也无法找出一丝空隙。于是他没有思考分毫便将红色与白色颜料挤在自己左手臂上，又加入了少许翠绿。他将调就的颜色用侧锋轻扫于湖面之上。画面顿时变得更加整体，其中的每两个事物之间皆有着看似若即若离状若无物，实则千丝万缕的联系……

呵，木小葵情不自禁地露出了笑容。这幅画，堪称完美了。

然而，男生接下来的反应却又让她更为惊愕。只见他一跃而起，一会儿将画举在空中，一会儿又将画放于地上。漂亮的脸上露出了癫狂的笑容，头发被风吹乱，原本迷离不清的双目也在此刻变得格外清晰明亮，仿若夜空的星辰。

“哦……太好啦！简直太完美啦！我是天才！哈哈！我是天才！”

他一边兴奋地大叫，一边疯狂地奔跑，在草地上翻腾、打滚——

最后，他竟兴奋地冲进了湖中！

男孩在湖中依旧遏制不住地兴奋地大笑，他的手不停地拍打着水面，溅起无数水花。正午的阳光在此刻不偏不倚地射在男孩的身上，他的全身都已湿透，漆黑的头发湿漉漉地贴在脸上，几颗水珠犹如点缀一般地挂在他的眼角下方，如此晶莹。被阳光照射后反射出的华美光泽使男孩原本就精致如画的脸更加漂亮。肌肤如皎洁的月光一般白皙，那是一种细腻于其他男孩的清美。

面对眼前这一幕，木小葵简直惊呆了，面前这个如孩童般心无城府的家伙与之前那个盛气凌人的男生简直判若两人。

究竟哪一个才是真实的他呢？

到此为止。今天已经为这个陌生人停留太久了。

木小葵决定离开，无论发生什么事情都立即离开。

可她再次违背了自己的意愿。

“哎呀……”

身后突然传来一声男孩的叫喊，之后就没了声响。

这实在太蛊惑人心。木小葵驻足，挣扎了十数秒，还是回了头。

湖面风平浪静，哪里还有男孩的身影？

“莫非……”木小葵心一紧，完全被这突如其来的变化吓得不知所措，飞快地跑到湖边，对着湖水大声喊道：“喂——你没事吧？——你在哪儿？”

依旧一片寂静，没有任何应答，水面泛起涟漪，那是风的杰作。

“救命啊……”木小葵心中的恐慌终于爆发，无可遏制地高声呼救。

可这儿如此偏僻，哪里会有人过来？

怎么办？现在究竟该做些什么？虽然是一个厌恶的陌生人，但也不能眼睁睁看着一个鲜活的生命在自己面前熄灭。

无助、慌乱、恐惧……木小葵急得眼泪都快出来了。

“哈哈哈哈，太完美了，我是天才！”

——突然，湖面上的涟漪急剧扩大。

然后木小葵张大嘴，眼睁睁看着男孩不染尘世雪霜的脸庞露出水面，依然兴奋地笑着，叫着。

“你——没事吧？”木小葵拼命压抑住内心的翻腾，小心翼翼地问。

“没事、没事，我只是好开心，哈哈哈哈——”男孩脸上徜徉着幸福的微笑。他游到岸边，用力甩了甩头，水珠四溅，在阳光下发出璀璨的光芒。

一滴水珠溅入岸边木小葵的眼里。

她闭上眼睛，心中略感轻松，却涌出说不出的恨意。

“这家伙，可恶……”

秋天的下午总是这样，阳光非常明亮，沉默高远的天空映衬着安静厚重的云朵，一切都变得安详起来。

他全身湿漉漉地坐在湖边的草丛中，衬衫贴着皮肤，面带微笑，轻轻拨弄着头发上的水珠，这些晶莹的小家伙们一滴一滴地滴落在被阳光晒暖的草丛间，继而消失不见。阳光放肆地倾泻在他的身上，很快蒸发掉衣服和头发上的水分，留下细微的痕迹。

而她则静静地坐在离他尚有一段距离的地方，双手抱膝，脸上重新恢复了冷漠肃穆。那表情就像——就像是刚才的一切，包括她的不懈、她的微笑、她的快乐、她的吃惊，全部抽离了她的身体，化作一只只太阳鸟，向着在它们睡梦之中出现过无数次的太阳飞去，纵然炙烤成灰，亦在所不惜。

这样的秋天，像是一幅引人入胜的油画。

“你怎么会来到这儿？”他终于开口说话，语气之中依然有几许挑衅与傲慢。

“这里只许你来么？”木小葵淡淡地反问。

“我不是这个意思，”男孩的脸上露出一丝干净的笑容，“哦，我知道了，你肯定也发现这里是一个特别适合画画的地方，对不对？”

木小葵没有应答。

男孩丝毫没有在意，兀自说道：“你看这里的景色，如果用色彩的角度分析，是大片大片的冷色调。可是，偏偏在碧绿的湖水中又有几朵点缀色一般的暖色睡莲——这叫做冷暖结合，相得益彰。”说罢之后，他突然又叹了一口气，“可惜学校里那些庸才，天天只晓得对着静物做考试练习，根本看不到这样美的景致……”他的脸上露出了微微沮丧的神情，好像又想起了那次油画社招募带给自己的耻辱。

木小葵的目光冷冷地扫向男孩，心里愈发觉得厌恶。在她眼中，别人作画水平的高低与自己毫无关系。作画一如日记，是一种非常私人的行为。

男孩依然没有在意，突然想起了什么似的，拿起刚刚完成并让他为之颠狂的画，递到木小葵面前，兴致勃勃地问：“对了，你觉得我这幅画怎么样？”

木小葵重新认真地看了一遍这幅画，那些沉默的风景深深再次刺入她浅灰色的瞳仁。

片刻的沉默过后，她说：“很好。”

纵然无限厌恶张狂的人，但她毕竟没有学会撒谎。

“你真的觉得很好吗？”男孩显得很兴奋，然后追问，“究竟是哪里好？你该不会是蒙的吧？”

木小葵看了他一眼，顿时读出了他的挑衅。然而这次，她没有再回避，而是同样高傲地仰起头，直视他那挑衅的目光：“构图好最为重要，色彩搭配也好，冷暖和谐，点缀色就像是裙裾上的蕾丝，用得恰到好处，优雅而高贵。对了——从这幅画能够看得出，你对造型足够淡漠，你所注重的只是正确的层次关系。还有，你能够描摹出幻想中的事物，而且与你笔下的客观事物一样引人入胜。就像，就像这片尚未出现的夕阳。”

说这番话的时候，她虽未曾抬头，却能够用余光看到男孩点头的次数愈发频繁，脸上的激动之色越来越强烈。

而当她说完最后一个字的时候，他突然抓住了她的手。

她将手快速抽开，起身，惊恐地望着男孩："你要做什么？"

"对不起，对不起，"男孩脸上立即流露出歉意，"我太激动了。因为，因为我真的没有想到，你对我的画竟然有着与我自己如出一辙的看法。我一直以为你会反感我的画呢。"

木小葵不再慌乱，眼眸里闪烁着疑惑，却依旧不动声色地问："我为什么要，讨厌你的画？"

"因为你崇拜梵高啊。你应该能看出来——我崇拜的画家，是莫奈。实际上，这处风景已经被我在不同的时间内画过许多遍了。而这一次，画得最为成功。"

"不，你错了，我对梵高的感情根本不是崇拜。"木小葵没有接话，而是严肃地纠正男孩最初的那句"你崇拜梵高"。

"不是崇拜——又是什么？"

"是爱。远甚于崇拜的爱。"

"对、对、对。"男孩又欣喜起来，"是爱，你爱梵高，我爱莫奈！"

"嗯，是的，"木小葵认真地点头，"可是，你又怎么会知道？"

"很简单，"男孩瞥了木小葵一眼，自信满满地解释，"那幅《泪》，你还记得吗？你用了非常黏稠鲜艳的色彩，并且，笔触非常凌乱粗放——事实上，若说这些便是我认定你热爱梵高的原因实在牵强。可是当看到你画的一瞬间，我所想到的竟然只有梵高的《星夜》。我在心中想，如果这个人不热爱梵高，便是与梵高有着相似的灵魂。"

"但是，那幅画并非我给你的。"木小葵的语气稍稍缓和。在她的心中，一种淡淡的愉悦悄然腾起。

她深埋了许久的不愿对外人所说的心绪，就如此轻易地被眼前这个眼神迷离的男孩一语道破。

"是不是你给我的并不重要。重要的是——这是你画的。"男孩愈发激动，"怎么样，加入我的油画社吧？"

"对不起，我真的没兴趣。"木小葵摇着头，不由得往后退了两步。

"你总是这么固执吗？"男孩突然大声质问，语气中包含的不满令他犹如一个得不到糖果的顽童。

“是又怎样？”木小葵冷漠地反问。

“那我一定会打败你的固执。”他高傲而坚定地说，“我朝颜想做的事情一定会成功，我一定会让你加入我的社团的。”

木小葵没有再回应，他们四目相视，僵持着，目光中均写满了倔强与不屈。这种冷漠的对峙似乎令方才还温暖湛蓝的天空瞬间变得冷冷清清，忧伤凛冽。湖水倒映着他们寂寞的身影，睡莲似乎也为这心高气傲的少年们而倾倒，羞涩地将头藏于叶片之中。

“小葵……小葵……”

身后突然传来周浅浅的呼唤声，在黏稠的阳光之中荡涤，温暖明媚，又带着些许男孩气。

“你的朋友来了。”朝颜悄悄叹了口气，脸上恢复轻松的笑容。

刚才，刚才在与她的眼神对视的刹那，他也平添几分紧张。

木小葵仍旧没有回答，只是淡淡将脸转了过去，一副不置可否的表情。

“中午饭也不吃，我找遍整个学校都找不到你，担心死了。”周浅浅边跑边抱怨，很快跑至木小葵的面前，气喘吁吁地抓住木小葵的胳膊，脸上露出焦虑过后的欣喜，那神情极像一个刚刚寻回遗失的布娃娃的小女孩。

木小葵嘴角向上抬了一下，算作微笑，然后将周浅浅的手轻轻推开。

只是周浅浅仍旧沉浸在喜悦之中，对木小葵这一小小的举动毫不在意。过了一会儿，她才意识到身边朝颜的存在。

周浅浅歉意地看着朝颜：“朝颜社长，你也在这里啊。”

朝颜直视着周浅浅干净的孩子脸，微微点了一下头，“你好。”

阳光的影子在朝颜的面庞上不断地变化着，他看上去犹如一个不解的谜。

“对了，朝颜社长，你看了小葵的画没？就是那幅《泪》。”

“嗯。我看了。”

“太好了。”周浅浅脸上的疑惑又在瞬间变为欣喜。“那么你觉得怎么样？”

“非常棒。”朝颜再次微笑看着木小葵，“在你来之前我正邀请她加入我的油画社，可是……”

“真的啊？”朝颜后面的话还未说出，就被兴奋的周浅浅打断。当初他说没有看到你的画，我还以为你落选了，害得我担惊受怕了好久——现在看来，我所有的担心完全是多此一举啦！”

“我不会加入油画社，我不会加入任何社团。”木小葵再次推开周浅浅的手，身体侧向一边，缓慢却坚定地摇了摇头。

木小葵惶惶然的内心刹那间感到寂寞。这是在兀自起舞之后所独有的，曲终人散，空荡荡的舞台唯有她自己的身影，台下甚至连一丝掌声都没有。唯有空荡荡的风，迂回着从她张开的双臂穿越而过。然而，她并不因此而认为悲凉。有的时候，寂寞也是一种难以言明的骄傲。可这，并非每个人都懂。

“我先走了。”朝颜的声音打断了她的一切遐想。而他的眼神仿佛是漫不经心地扫到了木小葵，之后却久久地在她的身上停驻。只是他很快又发现了自己的不由自主，于是赶紧把目光移开。

“你最好劝劝你这位固执的朋友，”朝颜看着周浅浅，一字一字地说，“我的忍耐是有限的。”

“我知道，我知道。”周浅浅忙不迭地点头。

一朵傲慢的笑容在朝颜苍白的脸上缓缓绽放，之后又带着霸气与优越感缓缓荡漾开来。

他离开。突然来了一阵风。他已经晒干的白衬衣在风中展开，犹如一只振翅飞翔的鹰。

湖水又恢复了阒静，凋敝的杂草是此处最为悲凉的点缀。一群飞鸟蔽西天而来。翅膀拍打落下的阴影掉在周浅浅晶莹的瞳孔中。

“小葵，油画社是全校最受瞩目的社团。朝颜社长是一个多么优秀的人，学习成绩好，画画得好，而且——而且英俊潇洒……”

“对不起，我真的没兴趣。”木小葵又侧了侧身。声音中不带一丝感情，丝毫商讨的余地不给周浅浅留下。

“小葵，我这样也是为了你好啊。你整天独来独往，除了我之外身边也没有其他朋友陪伴，我是怕你寂寞，所以想试图帮你找些新的乐趣……”周浅浅突然变得委屈，像是刚刚被父母责罚过的女孩。一个可怜的小女孩，一个可怜程度甚至甚于木小葵的小女孩。

木小葵没有再拒绝。她看着眼前的周浅浅，瞬间有点心软。这个自幼儿园起便陪伴自己身边的女孩，这么多年过去了，依旧是一张清秀的孩子脸。可是，自己却不喜欢别人的干涉，哪怕只有一点，也会引起内心无限的反感。

“请你……以后不要再跟着我了，也不要再管我。”狠下心，木小葵说出了这句充满决裂意味的话。

“为什么？是不是我做错了什么？”周浅浅更加委屈，惊呼起来。

木小葵仰起头看了看天空，云朵厚重，令人不禁对生命产生敬畏。

而，生命最令人敬畏之处，便在于它的不可预知性。

曾经的曾经，那些散落在风中的日子，那些孩子气的相亲相爱的日子，那些手拉着手大声唱歌的日子——

灰飞烟灭。

“因为——我——们——都——长——大——了——”木小葵一字一顿地缓缓说道。

“可是——可是长大了又如何？”周浅浅的声音随即提高了八度，“长大了并不妨碍我们像小时候一样相亲相爱啊！”

木小葵浅灰色的瞳孔瞬间弥漫上了一层烟雾，周浅浅接下来的话于她而言已是语焉不详的断句。

脑海中只剩下这三个字晃来晃去晃来晃去，像催眠时用的怀表。

木小葵眼眸里的痛苦愈发模糊，口中喃喃低语道：“小时候……小时候……”

2

霎那间，她仿佛又变回了那个羸弱的不知如何保护自己的小孩，穿着非常不合身的衣服，头发枯黄如草，面色苍白。老师上课的时候，坐在前排的她时常发呆，双目不由自主地移向窗外瓦蓝的天空，透明干净，云朵像棉花糖一样甜蜜，偶尔会看到一只风筝若隐若现的身影。幸福便在此刻垂青于她。纵然她会因为这短暂的幸福付出代价。诸如书本上总是会留下大片大片的空白，数学作业本上总是会出现大大的红色叉号……

间或还会在老师悄悄议论时听到类似“父母不和的孩子就是不正常啊”，“我看这个孩子是完蛋了”之类的判断句。

在年幼的木小葵眼里，老师是天底下最坏的人。

然而，最让她感到痛苦的并非老师的议论与鄙夷，而是——

“哦哦哦……木小葵是个野孩子，木小葵的爸爸妈妈都不要她啦！”

“是啊是啊，我们都有爸爸妈妈，只有她没有。”

“我妈妈说木小葵的爸爸在海里背着她妈妈偷偷找了一个女人。”——他竟然把“下海”说成了“在海里”，这么奇特的句子引得小孩们哄堂大笑。他们充满稚气与无知的笑声犹如一把刀，狠狠地刺向了木小葵原本就已经伤痕累累的心灵。

“哇呃，真是怪物哦。”

“我们一起打怪物。”一个胆大的男孩子走过来，粗鲁地将她推倒在地。

“我们打怪物，把她当球踢……”越来越多的小朋友涌了过来，张牙舞爪伸向地上瑟瑟发抖的木小葵。

木小葵努力试图用胳膊撑住身体，然而身体却总是重重地倒下去。

一次又一次，一次又一次。

“我不是没有人疼的小孩！我不是！”——她大声哭喊着，沙哑的喉咙是针刺一样的疼。

超人一样的短发女孩便是在此刻出现的。只见她突然冲到木小葵面前，像一个真正的女英雄一样伸开胳膊，将木小葵挡在身后：“都给我住手！几个欺负一个算什么本事？”

“周浅浅，你干吗多管闲事啊？她是个怪物。”

“你们才是怪物呢！要打你们就和我打。”这个叫周浅浅的小姑娘摇晃着小拳头，挥向带头的那个男孩。

刚才还不可一世的男孩竟然吓得掉头就跑，边跑边嚷，“周浅浅，你打人，我们要去告诉老师！”

“木小葵，你不要害怕，我已经把他们都赶跑了。”周浅浅轻轻抓住浑身依然在急剧颤抖的木小葵的肩膀，柔声安慰。

“谢谢你！”眼泪汪汪的木小葵点了点头，看着眼前这个有着一张俊朗面容的女孩，怯怯地说，“我不是野孩子，不是怪物。”

“嗯，你不是。”女孩伸出手臂，将瘦小的木小葵紧紧搂在怀里，“不要怕，我会保护你，你会幸福的。”

“谢谢你，我要送你一件礼物。”

木小葵紧紧拉住周浅浅的手，然后向画室跑去。

画室里，周浅浅静静站在木小葵的身旁，一言不发地看她作画。这弱不禁风

的女孩画画时却与平日判若两人，她体内蕴藏的巨大能量仿佛汹涌喷薄而出，如火山爆发时的岩浆一般灼人。她的双目炯炯有神，自信地将颜色一笔一笔地摆在画纸上……一幅画很快便完成了。天空瓦蓝，白云淡薄，风低低地呓语，一只风筝在天空若隐若现。白衣女孩站在草丛之中，青草的汁液溅到了她的白裙上。她怀抱着一个布娃娃，绯红的面颊带着纯真的笑容……笔触纵然尚显稚气，但在同龄人中已可称得上天分极高了。

很快，她完成了绘画，小心翼翼地将画从画板上取了下来，递给周浅浅，“这就是我要送给你的礼物。”

“真漂亮，我好喜欢。”周浅浅深情地看着画，然后又深情地看着木小葵，“你说，我们会不会永远这样呢？”

“嗯？哪样？”

“我永远保护你，你永远给我画画。”

木小葵抬起头，看着眼前如男孩子一般率真的周浅浅，没有回应，嘴角却露出了纯美的笑容。

3

阳光逐渐褪去它炽热的外表，变得柔和起来。木小葵也从漫长的回忆之中挣扎着醒了过来，面前的周浅浅依然紧紧抓着自己的肩膀，喃喃低语：“小葵，我们说好的，你要永远给我画画，我也会永远保护你。这是我们说好的，一个不变的誓言。它与年龄与成长无关，那只是一道树叶的门，轻轻一吹便可重新开启。你懂吗？”

她的瞳孔灼然明亮，其中蕴藏着巨大的希望，以及充沛的爱。

然而她获得的只是再一次的失望。

“对不起，我真的做不到。”木小葵低下头，无限感伤。“我们都长大了，回不去了……对不起。”

说完，她兀自离去。

“小葵……小葵……”她知道自己的呼唤只是徒劳，这么多年来自己苦心呵护的或许只是一厢情愿的梦，“我的要求并不高，真的一点都不高，为什么，你还会拒绝我？”

伤心不已的周浅浅跌坐在草丛中。

4

午后的阳光蜿蜒出一条未知的路线，无人能够提前预知它演变的走向，因此也无人能阻挡它前进的步伐。

正如男孩朝颜。在学校其他女孩眼中，他究竟是什么样子呢？

英俊。干净。双目之中簇着一团化不开的冷漠。

对待陌生人冷淡而不乏礼貌，看得出教养很好。

形如鬼魅，神出鬼没。

而此刻的他，右手持四开的木质画板，正向着教学楼方向走去。很快，他来到一面爬满了爬山虎与牵牛花的墙前，秋天的雕琢令爬山虎呈现出微微颓丧的神色，然而牵牛花却是独为了点缀这素色的秋而悄然盛开的。花瓣没有分开，只是一个圆，最外部镶了一圈暖紫色，愈往里紫色愈浅淡，最终在花蕊处变为一抹纯白。花粉是纯香的，随着风缓缓飘洒。遥遥地望去，零星的暖紫色在这片冷色的墙壁之中显得愈发扎眼。

朝颜不禁驻足。静默片刻，在确认身旁没有人之后，他向着一朵牵牛花走去，右手牵起花藤，俯下身，在牵牛花瓣上轻轻一吻。他的脸上，呈现出一种少有的迷醉。仿佛世间万物都已消失不见，一切的一切皆化为与他的唇相接触的紫色花朵。

而牵牛花在被他亲吻之后，竟然仿佛变得羞涩不已。

嘴唇离开花朵的一刹那，他脸上迷醉的表情逐渐淡去，最终消失不见。

阳光继续沿着墙壁一路奔跑。

突然，朝颜感到身旁有无数双眼睛同时瞄准了自己，那些目光，或陶醉，或讶异，或激动，皆如火焰般炙热。接着，是些充满火辣意味的窃窃私语。

“他在吻花！”

“如果我是那朵花该多幸福啊！”

“你还真是个花痴……”

这些话通过秋日的风若有若无地撞击着朝颜的耳膜。他却假装没有听到，仍旧一副高贵的神情。然而内心，却在一分一秒地发生着变化。

他原本以为，早已听惯了这些崇拜赞美自己的话语后不会再有任何情绪变化。可事实并非如此。这些带着少女美好幻想的充满芬芳的句子依旧占据了他内心的部分位置——虽然小得就像是一粒干瘪的红豆，但却无法忽略它的存在。他

一直生活在这些女孩们爱慕与仰视的目光之中，虽然时至今日他依旧时常为了此事而失去耐心，但是，在内心深处，他无法否认其实自己一直非常享受。在女孩们的心中他是一个已经被神话的存在，那么完美而不真实。这么久以来，他一直生活得很高贵，在他的世界里，只有色彩和笔触，鲜花和荣誉，以及无数异性倾慕的目光。

“可是，我生活得真的幸福吗？”

他的心突然沉了下去，眉头微颦起。自己想要得到的一切，就果真能够毫无条件地获得吗？

眼前突然出现了刚才在湖边，倔强的女孩冷漠地三番两次拒绝自己的一幕——想到这些，他的周身甚至丧失了活力，瞬间变得沮丧无比，继而怒火中烧。

对于从未被拒绝过的他而言，丁点的拒绝也将在心中造成无法估量的耻辱。

他的眼睛刹那间更加黯淡，静静地望着未知的景致，低声说道：“木小葵，我一定要征服你……”

他再次大步向前走去，突然一股陌生香水的气息扑面而来。朝颜抬起头。

“朝颜社长，请你稍微等一下。”一个穿粉红色外套的女孩出现在了他面前。她精心涂抹了粉色的眼影与银色的唇彩，头发染成了黄色并且做了锡纸烫。他的目光扫过她的脸，她的大眼睛在闪光，可是却那么空洞无物。

花瓶。这个词瞬间从朝颜的脑海中飞奔而来。见多了这样的女孩，因此只要看她们第一眼便知道她们内心深处真实的想法。他不动声色地露出了客气的笑容。

“请问，有什么事？”

女孩子的脸红了一下，鼓足勇气：“我想要和你做朋友，可以吗？”

果不其然，正中朝颜下怀。

他的脸上仍旧带着笑容，然而，却缓缓地，摇了摇头。继而垂下头，准备继续向前走去。

毫不理会就是最为强势的拒绝，那一刻，他心中的快感难以言喻。

“难道你就从不会喜欢一个女生吗？”

这句话犹如一阵狡猾的风，轻易捕捉到朝颜心中某些柔软的细节。

他停下，背对着女孩——冷淡的目光突然出现了美好的色彩。

“我当然，会有。”

一丝曙光在女孩几乎绝望的心中重新燃起：“太好了，那么你喜欢的女孩子，究竟是什么样的呢？”

朝颜闭上了眼睛，身旁的一切都化作了大片大片绯红的云朵，顷刻之间他的语气丧失了所有高傲、拒绝与冷漠。剩下的只有黏稠的幸福。

“她是一个美丽的姑娘，有着大大的眼睛和温暖的笑容，像是我的姐姐……她还有着高超的画技，同我一般热爱美术，视美术高于生命……并且，她的高贵，她的温柔恬静，她的一切的一切如坠落凡尘的精灵……”

“朝颜社长，你说的不是人，是神吧？！”女孩听得目瞪口呆。

他仍旧闭着眼睛，睫毛轻轻地抖动着，如同一个沉湎于睡梦而不愿醒来的孩童。“是的，她是神……她就是我心中的爱神维纳斯……我今生最大的愿望便是同她携手且听风吟，一同用色彩将生活涂抹得五彩斑斓……与她在一起，我能收获到世间最充沛的幸福……”他突然睁开眼，望着眼前的女孩，然后默然。他对她所讲的已经太多，泄漏了太多原本该缄口不谈的任由在心中幸福膨胀的秘密。

女孩的目光更加嫉妒：“我一定要像她一样成为你心中的女神！”

朝颜突然收起方才的痴然，恢复冷漠，语气嘲弄——

“不必了，一切的痴心妄想到头来只能耽误自己的时间。因为，你永远都不可能取代她在我心中的位置。”顿了顿，更加坚定地强调，“没有，没有人可以。”

这心中承载着巨大幸福与秘密的孤单少年转过身去，幸福依旧如蜜糖一般黏在他温暖的心房。

他手持画板，大步向前走。

很快，路过办公楼。身后一个熟悉的声音突然叫住他——

“朝颜，你跟我来一下。”

5

团委办公室。

男孩朝颜低头坐在沙发上，右腿随意地搭在左腿上面，那么修长。

已经明显发福的团委书记坐在朝颜对面的凳子上，右手食指与中指之间夹了一根“黑鬼”香烟，空气中弥漫了一股淡淡的面包香，烟雾缭绕，他们看不清彼此的脸。

“朝颜，恭喜你又获得了省绘画比赛第一名，喏，这是教育局发来的祝贺

函。”团委书记兴奋地将一张薄薄的纸张递到他的眼前，“校委会决定明天召开全校表彰大会，教育局局长要亲自来学校为你颁奖！”

“嗯。”朝颜轻轻接过，却只是淡淡地扫了一眼，又抬头看了看团委书记，略微一点头，竟没有半分兴奋。

“你从小就在美术方面具有极高的天赋，”团委书记狠狠吸了一口烟，无比享受地吞进肺中，再化为两股浓烟从鼻孔喷出，然后笑眯眯地看着朝颜缓缓说，“你十三岁就参加过这个比赛，在那次就得了第一名，是全国年龄最小的金奖获得者，对吗？”

朝颜的脸上依然是一副不置可否的表情。

“所以，我知道这种级别的比赛对你而言早就没有任何挑战性了，”团委书记将烟蒂狠狠地按灭在烟灰缸里，“可你还是为了学校的荣誉参加，并且全力以赴，这种责任心让我们很感动，我代表学校感谢你！”

“老师，您不必谢我，”朝颜客气地回应，“这是我应该做的。”

“很好，不愧是油画社社长，说得好啊！”书记大悦，再次点燃一根烟，然后从抽屉里取出一份红色邀请函递给朝颜，“对了，今天学校刚刚接到一份比赛邀请函，也许这次你会有兴趣。”

朝颜微微欠了欠身子，很有礼貌地双手接过，然后打开。

刚刚看过标题，被黑发遮挡住的双目就发出了灼人的光芒。

“卡隆布兰加国际少年美术大赛……”他自言自语，继而询问，“就是那个有着中学美术奥斯卡之称的国际比赛吗？”

“没错，全世界水平最高的中学美术比赛，届时国际最顶尖的中学生画手将会全力角逐唯一的金奖——朝颜，我们综合考虑了你的实力和心态，所以决定推荐你代表学校参赛，这是证明你实力的最佳方式，你一定要全力以赴，为学校赢得更大的荣誉。”

“我一定不会让大家失望的。”朝颜的脸上瞬间混合了幸福与喜悦，这是从未有过的挑战，如果能够问鼎世界冠军，将是何等的荣耀？他素来苍白的脸甚至由于愉快而泛起了红润。

听到此言，书记比朝颜还兴奋几倍。他起身用粗壮的手臂拍了拍朝颜的肩膀，笑呵呵地说：“太好了，我们对你有绝对的信心。学校也会为你创造最大的条件，你有什么要求尽管提，我们一定积极配合你。”

“嗯……书记，我只有一个小小的要求，想麻烦……”朝颜想了想，脸上突然露出了得意的笑容。

6

温度还是有点高，但又仿佛不那么高了。

广播喇叭一直处在调音阶段，偶尔传来试音时发出的“哇啦哇啦”的声响。

操场宽敞的用大理石砌成的主席台上摆满了红色黄色的菊花。主席台后面悬挂着一轴横幅，上面写着“热烈庆祝我校朝颜同学荣获省绘画比赛第一名”。

距离表彰大会开始的时间还剩下十五分钟，此时操场上已经开始人头攒动。

提前到场的大多是偷偷或者明目张胆地恋着朝颜的女孩子，她们手持朝颜的大幅写真、写满了“朝颜我爱你”“朝颜我永远支持你”的牌子，那种架势犹如即将参加的是一个明星见面会。

她们试图坐在距离主席台近一些的地方，以便能看清楚这个面容近乎完美的不染尘世雪霜的漂亮男孩。然而学校规定学生必须老老实实地坐在本班所在的位置，不能挪动半步，无奈之下她们只好悻悻离去。

一阵风吹来，树叶哗啦哗啦地颤动，阳光映在每个学生的脸上。

“当……”

半点的钟声响了起来，表彰大会正式开始。

由于是正规的颁奖大会，而且给自己颁奖的又是教育局局长，所以朝颜只得将额前的长发梳至一边，露出额头与双目，换上了平日里几乎从未穿过的校服。然而就是在别人眼里非常难看的校服，竟然也被他穿出了轩昂的气质。

音乐在此刻响起，团委书记兼本次表彰大会主持人宣布朝颜上台领奖。

台下顿时一片沸腾，几乎所有的女孩都举起了手中的牌子，拼命地挥舞着。

“朝颜！朝颜！……”

台上，从教育局局长手中接过那块于自己而言证明不了任何东西的奖牌，朝颜客气地笑了笑，并且主动伸出手，微微弯腰，与教育局局长握手。

“咔嚓——”团委书记不失时机地抓到了这个镜头。明天就刊登在校刊上，校刊的阅读量肯定会急剧上升。他想。

颁奖之后，朝颜转过身，面对着台下的同学，脸上瞬间又恢复了漠然的表情。

他的目光仿佛正在搜寻着什么。

第一排……第二排……第三排……第五排……

身着黑衣身材娇小的木小葵并没有站在前排，相反她站在了队伍的末尾，仿佛是有意逃避开这场原本与自己无关的闹剧。

是的，闹剧。至少在她的心中是如此定义的。

突然——

他与她终于对视。

站在台上的朝颜原本便是俯视木小葵，而那一刻，他更是仰起头，目光努力地向下，傲慢而不羁。

然而，她的目光依旧是冷冷的，闪烁着平日常见的凄清光芒。可是，从中竟然看不到嫉妒，看不到羡慕。甚至可以说，看不出任何感情。

的确，于她而言，这确实是身外之事。

台上，团委书记拿过话筒，大声说道："大家都要向朝颜同学学习，发扬集体主义精神，为校争得荣誉！"

"哗……"台下顿时响起一片掌声。

朝颜却感到一阵沮丧。是由于自己在她面前总是无法显示出优越感而失落吗？为什么她总是对自己坐视不理，为什么她总是一副无所谓的态度，为什么……

那一刻，他突然觉得自己像是一个浓妆艳抹的小丑，台下都是抱着戏谑心态的看客。

来不及多想，团委书记那热情洋溢的话打断了他的思绪。

"接下来，我还要向大家宣布一个振奋人心的消息：朝颜同学即将代表我校参加第三届卡隆布兰加国际少年美术大赛，现在请大家用热烈的掌声祝福他再次取得好的成绩！"

"哗哗哗……"掌声热烈于前，经久不息。

"好了，今天的表彰大会就到此为止，高一（四）班的木小葵同学，请你会后到我办公室去一趟。其他同学散会。"

夹杂在人群中正欲踽踽独行的女孩一脸迷惑地看着台上的团委书记，还有他身边那个模糊的少年。

天边的太阳摇摇欲坠，仿佛即将沉入无边的黑暗梦境。

7

“我不想参加油画社。”站在书记面前的木小葵低着头，双目失神地望着眼前的一小块地面，兀自说道。

“咳……咳……”书记正翘着二郎腿坐在沙发上悠然地抽着烟，可是听到这句话烟一下子呛得他连连咳嗽，一边瞪大了眼睛看着木小葵，脸涨得通红，“你——再——咳咳——说一遍！”

“我不想参加油画社。”口气更加坚决。

书记顿时勃然大怒，在学校这么多年，从一个数学老师走到今天这个位置，从未有哪个学生敢当面拒绝他。他拼命抑制住咳嗽，把嗓门提高了八度——

“你……你这是什么态度？！你要知道，你是学校的美术特招生，如果不是学校看重了你的绘画能力，凭你那只能考上三流技校的糟糕成绩根本进不了这所百年名校！而且——而且你的家境不好，学校还为你适度减免了学费！你搞搞清楚，学校这样做是为了什么？！不就是为了让你给学校争光吗？你现在在这里摆什么谱？你觉得你很了不起很高傲吗？”团委书记气得“腾”地站起来，手舞足蹈，“作为一个学生，你应该懂得集体利益高于一切的，个人荣誉不能凌驾于集体荣誉之上！——你懂不懂？！”

“我……”木小葵拼命压抑着内心的慌乱，这种阵势，她何曾见过。

“你什么你？我警告你，如果你敢拒绝，学校将恢复你应缴纳的一切费用！因为，你特招生的身份已是有名无实的幌子！”

这句话无疑是木小葵最怕听到的。

“我……”她想说话，却不知从何说起。

深重的耻辱感从她的心底腾起，然后顺着四肢流向身体的各个角落。

于学校而言，她只是被接济的群体，是舞台剧中每当人们想起就会眼泪汪汪的悲情角色。这一切只因为——她的弱小，她的乏力，她不曾拥有一个殷实的家境。

“好了，你什么都不要说了，我是老师你是学生，学生听老师的话天经地义。”老谋深算的团委书记从木小葵的表情中已经看到了胜利，再次悠闲地点燃一根烟，“就这样决定了。你，现在赶快去油画社报到，朝颜社长正在等你。”

“嗯……”她终于在现实面前屈服，低下傲慢的头，黯然离去。

8

又是一个橘色的黄昏，酒红色的爬山虎遮住了一整面墙。偶尔一阵风吹来，整面墙壁都像在翩翩起舞，跳着绚丽的华尔兹。

太阳仿佛离自己很遥远，暮色比牧师的布道还要冗长。

他一进门就将校服脱下扔在地上，露出里面白色的衬衣。

然后打开灯，坐在了一张静物桌上。从旁边的书架上随手抽出一本书。《莫奈画集》。一页页地翻过去，那些黏稠而美的色彩几乎要沾染到了他干净的手指。

门口突然响起了稀疏的脚步声，夹杂着迟疑的意味。

朝颜没有抬头，嘴角却微微翘起，轻声说道："你来了。"

木小葵走到门口，停了下来，冷冷地看着房间里的少年，淡淡地回答："我来了。"

一阵风从窗口吹来，扬起了朝颜额前的头发，于是她看到了他的眼。这几乎是木小葵第一次完全正视他的双目。一双漆黑的眼睛，却犹如一口井，深邃而令人感到寒冷。

"我赢了。"骄傲是他嘴角永不褪色的风景。

"是的，你赢了。"

"我说过，我要做到的事一定会做到。"他轻轻合上画集，缓缓走到她的面前，"所以，我一定会征服你。"

"不，你没有征服我。"她低头，他的目光实在太刺眼。

"什么？"

"你没有征服我。"她再次强调。

"可是你现在过来了，并且同意加入油画社，不是吗？"

"是，可那不代表你征服我，我的确输了，可我没有输给你，我输给的，是学校的专制体制。"她再次抬头，目光隐含愤怒。

"你……"朝颜轻轻扬头，头发重新遮住了眼睛。他那郁闷却依然倔强的声音在空气里散落开来，"只要你肯加入油画社，其他的都不重要。"

她没有再回应，头却一直高昂着。

再次四目相对，再次沉默。

"你难道不想问我为什么一定要你加入油画社吗？"半晌，他才主动打破沉默。

“随便吧。”她看着眼前的男孩，他有着那么白皙的肌肤，犹如贝多芬月光奏鸣曲中描摹的意象一般清美。

“呵……”他轻笑，化解谈话中的僵持与尴尬，“你知道，我即将代表学校参加第三届卡隆布兰加国际少年美术大赛，这是世界上最悠久也是最高级别的中学生美术赛事。全世界最强的中学生美术高手都会参加，这才是一次真正的较量。”

木小葵始终没有应答，只是眼眸冰冷地看着面前这个雄心万丈的男生。

突然，她看到他用无比兴奋和期待的目光看着自己。

“我要你亲眼看着我获得冠军。”

“冠军？”她瞬间疑惑而迟疑，这个词离她的世界好遥远好遥远。

“没错，这是中学美术界的最高荣誉，也是我梦寐以求的理想，我一定要获得冠军。”他的眸子里已经被炽热的火焰吞没。“我说过，只要我想得到的东西就一定可以，而我要你见证我夺冠的全过程，这，就是我要你参加油画社的原因。”

木小葵没有说话，看着眼前的男孩，心却无可自拔地沉了下去。

她终于明白，他之所以这样做，其实还是为了征服。

亲爱的小木，我竟然会因为一本《小王子》而对一个男生产生莫名的好感。而且，这个男生还是个日本人。这真是一件非常神奇的事情。

可是，自那日将那张写有我E-mail的纸条传给他，我仿佛就没有勇气再刻意地观察他了。因为我很怕在我出神地观察他并且因为突然发现的某些小细节而窃喜的时候，他会突然回过头来，眼中清澈流淌的忧伤变为无法融化的冷漠。然后，我便会遭到他无情的拒绝——哦，你原谅我的胡思乱想吧，这诚然是我第一次鼓起勇气对自己喜欢的男生告白。

亲爱的小木，请你回答我，你是不是觉得这样的洛遥，很傻很傻？

洛遥

1

在车站等车的时候，我不再静静地望着那片向日葵发呆。如你所知，我怕坐上误点的那班公交车，然后与他不期而遇。那将是多么难以言明的尴尬啊。

可是，我自以为是的小小伎俩还是未能得逞。

在通往教室的必经之路上，有一把长椅，每当女生们想和自己心仪的男生说说话，互送个小礼物，就会选择坐在这把长椅上——当然了，这是一个非常冒险的举动，因为教导主任或者班主任一定会在经过的时候看到他们。接下来，就是一顿痛批，思想教育——如果认罪态度不好，家长就会被一个电话请到学校。

不过，那些对爱情和异性懵懵懂懂的男孩和女孩们并没有因此而停止约会的脚步。

我还是时常能够在经过那把椅子的时候见到他们。

可是那一天，我在那把椅子上见到的人竟然是他——冬泽井！

哦哦哦，小木，请你不要误会。他并不是在那里与某一个女生交换礼物或者接吻的，他只是默默地坐在那里，东张西望，偶尔会垂下眼帘。我每天路过的时候，心情都会因此而变得格外复杂——实际上，我非常想每天都见到他，可是又觉得害羞。特别是当我从他身边走过的时候，我简直不知道应该是从容地跟他打个招呼呢，还是装作什么都没有看到低头而过。事实证明，我选择了后者。

低头走过的时候，我分明感到，有一双眼睛，在静静地注视着我。

我的脸热辣辣地红着，像涂抹了辣酱。

直到踱出他的视线，我才会缓缓地转过头，悄悄地看一眼。

白色衬衣将他映衬得格外落寞，就像一只落单的大雁——也许这样说也是非常恰当的吧。这样单薄的一个男孩，只身一人，漂洋过海来到一个对他而言完全

陌生的国度。或许，还因此而抛下了自己热衷的某些爱好……孤单落寞……孑然一身……而且，是如此地干净，满脸的单纯，以及忧伤……

他多么地像小王子！

2

每当放学铃声响起，我总是第一个收拾书包冲出校门。之后呢，再气喘吁吁地跑向车站——我只是为了避开他。真的。可是，不知道为什么，我甚至怀疑他是否接受了传说中巫婆的恩惠——一条可以移形幻影的神奇斗篷——因为，当我气喘吁吁地跑到车站时，他定然已经站在那里了。而且气定神闲，从容不迫。衬衣没有一点皱褶，头发也没有被风吹乱，黑色的单肩包斜斜地挂在身上。他以一个不变的姿势守望着我来的道路。当我出现的那一刻，他就会迅速地转过头去，若无其事地把身子转向另外一个方向，看着车辆穿梭，远处霓虹闪烁。

小木你说，我们像不像在做一个游戏？

你一定知道了，这个游戏的名字叫做，捉迷藏。

终于，我们之间的这种交流方式被我那个多管闲事的同学发现，星期二的下午，她突然笑眯眯地出现在我的面前对我说小姑娘最近不错嘛，玩捉迷藏玩得很开心，不累吗？我狠狠瞪了她一眼，可她竟然装作什么也没有看到地垂下了头。既而又突然抬起头，不怀好意地冲我笑，拉起我的手臂就走。我冲她大喊你要干吗你要干吗。她说你管那么多干吗，到时候不就知道嘛。

我被她拽到了学校的咖啡厅，这是全校公认的最有情调的地方，就像那把长椅一样，如果需要罗曼蒂克一下，这里不失为最佳选择。

几张木头桌子靠着落地窗，余晖徜徉。

第一张桌子坐着几个高三的女孩，正在为期末考试而相互鼓励，举着手中的碳酸饮料。哗啦哗啦。第三张桌子面对面地坐了一对情侣，共喝一杯奶茶，女孩的脸上露出了娇羞的笑容。第四张桌子孑然地坐着一个男生，穿着白色的衬衣，双目静静地眺望着窗外的景致。

——是冬泽井！

见此情形，我转身欲走。同学眼疾手快，一把抓住我，然后将我拎到他的面前。

他看到我，脸上竟然出现了掩饰不住的红晕与慌乱。同学发现之后，又是一阵大笑。

你们啊，天天捉迷藏，看得我都累了。好了好了，我不打扰你们了，你们聊聊吧。

我低着头，我想我的脸大概已经红到了脖子根。

悄悄地抬起头看他，他的慌乱程度不亚于我。

记得同学曾经说过，他的汉语口语不如书面语。于是我问服务生要了纸和笔，与他在纸上交谈。

我们该聊点什么呢？我首先写。然后将纸递给他。

他在纸上飞快地写下“随便”，然后递给我。

听说你的法语很好……是吗？

在法国待过两年，学过一些。

能看懂法文版《小王子》吗？我好奇而期待地写下。之后抬起头看着他。

他看到这句话，竟然笑了。是那种单纯的不谙世事的小孩子的纯真笑容。

他看着我的眼睛，轻轻地点了点头。

呃……既然法语和汉语都学得这么好，英语为什么学不好呢？

因为有些事情耽误了……他的眉头微微皱起，我感觉有些心疼。

可以告诉我是什么事情吗？

国中一年级的时候，出过一次车祸。之后学英语对我来说就很困难了。总也记不住。

严重吗？我担心地抬起头看了他一眼，然后在纸上写下。

不记得了，我在学习和平常玩的时候很少想起不愉快的事情，只有睡觉之前才会偶尔想想。

哦。你的大脑可以把不快乐的情绪自动屏蔽掉吖。好神奇。

他又抬起头冲我笑了笑，露出了晶晶亮的牙齿。雪白雪白的。

你也很喜欢《小王子》吗？他写下。然后递给我。

是啊。已经看过不下二十遍了，每看一遍都会很感动。

这是一本很干净的书，我也很喜欢。

你最喜欢其中的哪一段？

看到这句话，他将笔放在嘴边，只思考了片刻，便写下：是狐狸对小王子说“请你驯养我”的那一段。每次看的时候鼻子都会酸酸的。你呢？

我一时半会儿想不起来……对了，你身边有同学说过你和小王子有点像吗？

他摇了摇头。

可是我觉得，你和那个小人儿很像哦。

看到这句话，他又笑了，这次是有点不怀好意的笑。他飞快地写下：你也很像那只等爱的狐狸。

我突然想起了那个梦，脸霎那间热了。吃惊地抬头看着他。

而他的脸，也红了。

我面对着眼前这个干净的大男孩，原本的羞涩与拘束仿佛顷刻之间全部化作一种怜惜着的心疼。他就像是一个崭新的刚刚出生的孩子，虽然在别人眼里，他的外表冷漠到令人欣赏，可又会有哪个人想到冷漠的外表之下竟然隐藏着这样一个故事呢。几年之前的阴影，如今仍旧阴魂不散地笼罩着他，并且时不时地跳出来作祟，令他无处藏躲。

3

那日放学，我们第一次并肩而行，却沉默无言。他白色的衬衣在落日余晖中发出寂寞的声响。我们同时抬起头，一群白鸽拍打着翅膀滑翔而过，天空广袤而忧伤，并且在那一瞬间向我们绽放了无比苍凉的笑靥。

鸽子消失不见。男孩突然用并不纯熟的中文对我说，嗨，你知道吗，我是在法国出的车祸。在那里住了一段时间的医院后就……就又回到了日本啊。开始看《小王子》，也是在那个时候吧……有一天在病房里百无聊赖，于是就跑去医院的阅览室借书……然后突然发现了这本书……或许是因为年龄小，对其中很多的意象都不是很理解，只是觉得那个小王子好可怜的样子……随着年龄的增长才逐渐明白了……真奇怪哦，车祸让我很容易忘掉了许多东西，可是……可是我就是对这本书念念不忘……很奇怪的呢。不过，如果不看这本书也就不会……不会认识你了……对吧……

他一边说着，一边不好意思地挠了挠头。

我转过头，仰起脸看了看他——我的身高只到他的肩膀。由于书包带的原因，他的衬衣被压下去的部分，旁边起了小小的褶皱，黑色的单肩包映着白色的校服衬衣显得格外刺目寥落，就像他曾经给我的感觉那样。

也不知道走了多久，薄暮逐渐变得浓烈，远方的街道星星点点亮起暖暖的灯光。

我们在他的家门前平静地道别，我惊讶地发现原来他租住的房子也在七点四十五街道上，距离我的家非常近，只有一站的车程。

男孩的笑容在秋天的夜晚竟然神奇地笼罩上一层茫茫的水雾。

他安静地笑着对我说，我要走了，你一个人回家小心一点哦。

我说，好。明天见。

那天我睡得少有的安稳，一夜无梦。早晨醒来之后妈妈告诉我，我竟在梦中笑出声来。而且无论怎么叫都叫不醒。

第三幕

像孩子似的倾听

|| Chapter **A** ||

有的时候，我扪心自问，自己画画的目的究竟是什么。

每当我完成一幅画的时候，每当我的画在国内外获奖的时候，每当我走在学校里听到身旁的女生窃窃私语有关于我的甚至连我自己都不曾听说的传闻的时候，心底最深处总是会腾起一种难以言喻的快感。这快感看似是绘画所带来的，却又并非完全如此。这仿佛一个迷宫，我深陷其中，并且感到疑惑。

不过，疑惑也许是暂时的。它并不能扰乱我对于终极梦想的追逐。

而终极梦想，势必要在实现无数阶段梦想之后才能实现。

就如现在，我的阶段梦想便是拿到卡隆布兰加国际少年美术大赛的金奖。虽然在作画的过程之中遇到了无数的困难，但我知道我一定能成功：虽然我否定过自己无数次，但我从未在根本上怀疑过自己。

因为，当我还是一个孩子的时候，她便对我说，颜颜你是天才，姐姐一直都知道。

她的笑容与鼓励将成为我永不泯灭的动力。

倘若有一日我丧失了全部绘画的灵感，我也会为她拾起笔。

尉颜

1

黄昏暮色的空气带着若有若无的湿漉漉的水分在操场上弥漫开去。西边的天空中有一朵镶着金边的紫灰色的云卷了起来。一群寂寞的飞鸟在这片云朵之中静静地飞翔，犹如在聆听上帝的福祉。它们的影子若隐若现。

一切的景致犹如展开的油画，充斥着弥漫一生的寂静美感。

木小葵从三楼朝颜的画室望下去，学生背着书包三三两两地离开学校，热闹极了的谈话声中甚至能够隐隐听到有人哼歌的声音，虽然极小极小，却仍旧传到她耳中，她的耳膜随节奏而震动。

也许青春就该是他们这样子的吧。美好的。温暖的。可是又偏偏掺杂着一种名叫“忧伤”的东西。

莫名的忧伤。莫名所以的忧伤。倘若将青春韶华比作一场盛大演出，忧伤便是其中的零星乐段，不足以成气候，却必不可少。并且，当人们结束观看演出走出剧院时，定然会对这零星的乐段念念不忘。

因为，是这乐段，令这场演出变得更加完整而丰盈。

眼前突然暗了。一切的风景都在霎那间消失不见。木小葵恍然惊醒。

身旁的窗帘不知何时已被拉下。由于画室原本就很少有阳光照射，现在看上去愈发漆黑。那一瞬间，她有些迟疑。一个傲慢的声音从她身旁缓缓腾起，又逐渐扩散在微凉的空气之中：

“我讨厌在蠢材的喧闹与夕阳混合在一起的时候作画。”那个声音听上去非常平静，可是又分明用十二号水粉笔刷上了一分不容抗拒的——命令的口吻。

木小葵长久地僵持在这片毫无色彩倾向的黑暗之中，没有作答。空气中只有沉默，以及沉默。

几秒钟之后，一束暖融融的光线映在她的脸上。

静物灯亮起来，光芒呈放射状分布。照射在书架上已气若游丝的灯光终于在角落中彻底消失不见。

木小葵抬起冷淡的双目，朝颜的脸在静物灯的光芒之下显得更为精致冷漠。右嘴角无意识地向上翘起，被静物灯照得眯起眼睛，可是依旧用一种戏谑的眼神看着木小葵。身后是雪白的墙壁。他那在不知不觉中变长的头发映在墙壁上显得更加漆黑。仿佛那最深的夜，令人感到寒恐而绝望。

“我要让你看我作画。我要让你看到我拿第一。”他兀自说道，虽低沉似喃喃自语，却依旧不容抗拒。

他拿起放在身边多时的小水刷，在蓝色的刷笔桶中蘸了蘸，又迅速均匀地刷在铺在地上的对开画板上。一遍。两遍。三遍。他熟练地刷着。刷好了水，趁其未干，他又迅速地从身旁一摞厚厚的对开水粉纸中抽出一张，迅速铺在画板上，然后麻利地跪下，将画纸的其中一边用很宽的水溶胶带固定住，之后又将画纸用力地拉伸，铺平。又在另一端固定上了水溶胶带。

他将画纸的四边全部固定好，前后用了不到五分钟的时间。堪称轻车熟路。木小葵仍旧冷漠地站在一旁，可是心中却禁不住赞叹。

他在过去的时光中已经无数次重复这个动作。因此于他而言就如朝夕相伴的朋友一般熟稔。

他打开自己巨大的画箱——说“巨大”是因为它比平日里的学生画箱大了至少两倍，所以提在手中也一定异常笨重。

他从画箱中取出一个同样巨大的颜料盒——仿佛是定做的。白色，正方形，据目测大约40cm×40cm。颜料盒的表面一尘不染，只是一片干净的白，看得出虽然用了很久却保护得很好，可是却无法阻止盒盖与盒身交界处犹如油漆一般呈流淌姿势干涸的色彩。

明媚黯然。寂寥热烈。这两对水火不容的词在这里仿佛在上升到某个高度之后得到了完美的体现——当他打开颜料盒的一刹那，那些黏稠而高贵的色彩分明划伤了木小葵浅灰色的眸子。

他又从画箱中取出一个调色板。边缘处有一个小洞，他左手大拇指从小洞中伸出，又从蓝色刷笔桶中取出一枝六号水粉笔，从调色盒中蘸了一笔熟褐，握笔

的右手没有任何颤抖便将这抹颜色扫在了纸上——纸面上立刻出现了一片暗冷。

他的脸上出现诡谲的笑容，冷漠而深邃，犹如在黑暗的沼泽之中绽放的曼陀罗。那是木小葵第二次看到作画状态的朝颜。

自从进入学校之后便一直被动地听到无数女生谈论一个叫做朝颜的“像王子一样高贵的男生”，无论何时只要说起便一定要将他与“贵族”、“傲慢”之类的词汇联系在一起。当然，女孩木小葵对这一切并没有任何兴趣。直到鬼使神差地认识了他才发现那些女生拿来形容他漂亮的词汇用得实在牵强附会，那只是一种被神化了之后的虚假状态。

实际上，她一直相信自己所看到的，才是真正的朝颜——真实的朝颜。

他不是王子。不是贵族。不是优雅的白色天鹅——他是——一个十足的真正的癫者!

他没有参照任何静物。他端坐在那里，右腿搭在左腿上。面前是被画架支撑起的画板。他絮絮不止。他仿佛只是在画自己心中的一种状态，抑或一种希冀。他调动了体内每一根神经为绘画而翩跹。他自己仿佛也在跳着一场没有舞步的舞蹈。他将自己手中的颜色一笔一笔地放置在画纸上——或摆，或扫，或刷，或铺。

木小葵看着这些零乱而整齐的颜色在他笔下绚烂成花。

着实是美的。可是——可是似乎少了些什么。究竟是什么呢。仿佛就在嘴边，可是又说不清楚。

2

当朝颜即将处理画纸最右边的那一片红色的时候，原本飞快的画笔突然顿在了纸上。他久久地凝视着这幅画，仿佛也发现了由于处理不当而产生的瑕疵。

颜料掺杂着水渗入纸张。

当他再提起笔的时候，那里已是一处浸染的艳红。败笔。格外醒目。

这时木小葵看到他摇了摇头，嘴唇在灯光之下嚅动，三个字犹如耳语一般从他的唇齿之间缓缓吐出：“太烂了……”

他迅速将画纸扯下来扔掉，又用同样的速度裱好了另一张对开纸。

重新起稿。娴熟地上色。但是在处理色彩关系的时候再次停驻。

他仍旧是毫不犹豫毫不心疼地将其撕掉。口中絮絮不止，面露愠色：“太烂了……太烂了！”

再画。再撕。

再撕。再画……

当第七张纸被朝颜从画板上狠狠地撕下来时，地上已经铺满了蔫谢的纸张，它们白得寂寞，上面几笔孤零零的色彩格外刺眼。

他的眼睛已经呈现出了焦躁的红色。他起身。踩踏着画纸奄奄一息的寂寞身躯，站在画室的中央，突然地跪下去。

他跪在一片画纸之中。随手抽起一张画纸，画纸在他的眼前停驻了不到三秒，“嚓——嚓——”

被水泡过的纸撕裂时发出的沉闷声在空气中响彻，犹如一个暗着脸色的女子。在此时此刻，甚至连发怒都成为了一种变相的卑微。

对开的画纸在他的手中很快成为了一堆可笑而毫无用处的碎片，他将它们攥在手中，突然双手一挥，纸片被高高地抛向了天空，又犹如雪花一般缓缓地落在他的身上。

他像是着了魔一般，继续疯狂地抓起地上的另外一张画纸。

“嚓——嚓——”

“太差了……太烂了！怎么会这么差？怎么会这么差？啊！为什么会这样？画成这种样子怎么能够参加比赛怎么能够拿第一……我太没用了！我是蠢货！我怎么这么笨啊！”——他一边用双手不断地捶打着自己的脑袋，一边将头狠狠地撞向地面——一次两次三次……

他起身，双手举起画板，突然恶狠狠地砸向黑板——

“轰……”随着一声巨响，画板成了两段，跌落在地。

木小葵突然怔住。

这声巨响仿佛令男孩的神志恢复了清醒，他呆呆地站住，看着眼前已经变成可笑碎片的画板，以及画纸。

他突然蹲在地上，双手插进头发里，空气中出现了轻微的哽咽声。

“我……我真是太笨了……对不起……对不起……”

他的双手无力地垂向地面，身体向后一仰，直直地倒向地面。

他绝望地躺在地板上，脸上原本愤怒的表情现在已成为了无法言喻的哀伤。

"真可笑。"一直在一旁沉默无言的木小葵突然冷冷地说道。

朝颜突然收敛起脸上哀伤的表情，像被一块海绵吸走，瞪大眼睛盯着木小葵："你，你说什么？"

"我说你可笑。像你这样急功近利，又给自己这么大的压力，当然画不出好作品。"木小葵面无表情。

朝颜"腾"地起身，恢复了刚才的愤怒："你凭什么指责我，难道我想要拿冠军有错吗？！"

木小葵突然笑起来，这笑令朝颜感到寒冷。

"你想要拿冠军没错，可是你画画的全部目的就是为了拿冠军吗？难道拿冠军对于你的意义已经超过了画画本身吗？"

朝颜的声音立即提高了八度："没错，冠军是最重要的！第一名是最重要的！只要拿到第一付出再多也值得！"

木小葵的笑声更加冰冷："你竟然是这样一个可笑更可怜的家伙。"她的笑声戛然而止，瞬间恢复到之前的肃穆。"你的贪婪与急功近利必将葬送你的前程——"

"你胡说八道！"朝颜突然剧烈嘶吼打断了木小葵的话。可木小葵并没有被嘶吼震慑，相反朝颜却因为自己发出的声音久久回不了神。许久之后，他才重新缓缓地蹲在地上，双手抱膝，满脸清澈的忧伤，犹如一个找不到回家路的小男孩，痛苦地摇着头："不……不是这样的……我想要拿冠军并不是因为我贪婪我急功近利，而是因为……"他的声音提高了一点，木小葵听到他一字一句清晰而委屈地说："因为我只是……只是不想让我的染染姐姐对我失望……我不能让她对我失望的，绝对不能……这些你都知道吗？你都知道吗？！"

朝颜充满委屈的语气令木小葵愣住了。与此同时，他眼中的哀伤与脆弱令她暗自吃惊。

不知道过了多久，他才慢慢起身将地上的画纸收拾起来，扔进垃圾桶。心绪似乎逐渐平复。此刻学校的钟声已经敲了七下……

空气微微有些凉。朝颜将一直扔在地上的校服披在身上。重新坐下，静静地望着木小葵。

"我知道，你一定很奇怪我刚才所说的话，对么？"

木小葵没有回答，浅灰色的眼眸中却已承认了她的疑惑。

“我给你讲讲我小时候的故事，好么？”

还不等木小葵表态，朝颜略带哽咽与幸福的声音已悄然弥漫了整个房间。时光在这一刻变得无比阒静，阒静到不起一丝涟漪。

3

“我的小祖宗，你什么时候才能安静下来啊！——听话，别动——”安静的医院病房里传来一位年轻母亲的抱怨声。紧接着，又传来一个充满不安分因素的童声。

“躺着闷死了……妈妈，我要你抱着我……啊！我不要你抱——我要出去玩！放开我！”

“出去玩？一放你出去你就爬高！腿都摔断了还要？你要我们担心死啊……”

“我要玩，我不要关在这里，放我出去啊！”

病床上，一个右腿打着厚厚石膏的小男孩正无视母亲的唠叨，大声嚷嚷着。身旁的母亲心疼地嗔怒：“就知道玩！现在你身上除了左腿，能断的地方都断过了……你怎么就这么不让我和你爸爸省心啊……”

门突然被推开，穿着白大褂的高大的医生走进来，他俯下身，看着小朝颜的眼睛，又伸出手在他鼻子上轻轻刮了一下：“你个小捣蛋鬼！不知道你爸爸妈妈有多担心你？不过，总算好了——今天你就可以拆石膏喽！”他一边笑眯眯地说着，一边伸出手来敲了敲小男孩打着石膏的右腿。

听到儿子可以拆石膏了，母亲很开心：“宝贝，还不赶快谢谢陈伯伯！快点啊——”

“老头，谢谢你！”一脸不安分的小男孩却突然抓起身旁的玩具赛车，向医生伯伯扔去，不偏不倚，刚好砸中他的鼻子，“哈哈！中弹喽！中弹喽！”小男孩连连拍手。

“哎呀！”刚才还慈眉善目的医生失态地发出一声尖叫。

“你这孩子，怎么这么不懂事啊！”母亲吓得赶紧赔笑，“陈大夫，真不好意思，您没事吧……”

这个不听妈妈话患有多动症的小男孩就是我。

童年的我总是觉得，自己的体内寄居着一个与自己年龄相仿的小人儿，自我拥有记忆开始便与我朝夕相伴。如你所知，我从未见过也不可能见过他，可是童

年时代模模糊糊的印象中总认定他是一个消瘦苍白的小男孩，发黄的头发，尖尖的下巴，大大的眼睛闪烁着不安分的光泽——实际上，他确实不安分。自从入住我的体内，便日日与我说话，从未间断。例如，当我正与其他小朋友一起手背在身后听阿姨讲故事的时候，他会对我说，嘿，你右边小朋友的水杯挡住我的视线了，讨厌啊，你赶快把它砸掉！

在所有人的印象中，那是我第一次做出有悖于正常小孩的行为。在幼儿园阿姨眼中一直非常听话的我竟然毫无理由地起身举起那个小小的水杯，狠狠地砸在地上。滚烫的水迸溅在小朋友腿上，逐渐铺满了整个地面。或许是由于惊恐和疼痛，那个可怜的小朋友突然“哇”地大哭起来。

一位阿姨将那个小朋友带去医务室，另一个阿姨将我拽到她面前，她是一个刚刚从幼师毕业的女孩，温柔漂亮，全班小朋友都喜欢她。小颜乖哦，告诉阿姨为什么要这样做好吗？她轻轻抚摸着我的脑袋问道。我刚想开口对阿姨解释，“我不想这样做，是我身体中的另一个小男孩让我这样做”，小男孩突然对我说，朝颜，不要出卖我哦，否则永远不跟你做朋友了。

我欲言又止。面对我亲爱的阿姨，缓缓地摇了摇头。

我看到阿姨脸上愤怒的表情。她说：“小颜，我第一次知道你这样不听话的小孩。”

从此以后我总是在小男孩的支配下做出一些非常奇特的事情，比如将蝴蝶的翅膀撕开，将活着的蜻蜓放到火上烤。看到它们垂死挣扎的样子我幼小的心非常疼，可体内的那个小男孩对我说，朝颜，我喜欢这样。我们是好朋友，我喜欢的你也应该喜欢哦。

其实，我完全可以大声对他说，“走开！我一点也不想与你这样的坏孩子做朋友！”可是不知为何，像有一股强大的力量紧紧捂住嘴巴，我竟然发不出任何声音。

那天下午，从医院出来，妈妈开车送我去上荒废多日的钢琴课，她天真地以为音乐可以驯化我体内的不安。呵，没有用的，任何一次外出的机会都会让我置身危险境地，关于这点，谁都无法控制。

“小颜乖哦，等下钢琴课一定要安安静静的，不要乱跑，不要欺负同学。听到没？”在车中，朝颜年轻美丽的母亲一边给自己的儿子整理着小衬衣的领子，一边柔声说道。而朝颜像一个小音乐家一般腰杆挺得直直，微笑着对母亲点头。

“真乖，来，让妈妈亲一下。”朝颜乖乖地把粉色的小脸蛋凑向母亲，她在他的脸上落下响亮的吻。

“妈妈再见！”小朝颜打开车门，快乐地跑开。母亲透过车窗望着自己漂亮活泼的儿子，脸上露出幸福的微笑——小颜那么漂亮，人见人爱。而且现在自己和丈夫正用全部的心血培养他——将来他一定会大有作为——如果他能够坐得住的话——到时候，他会成为一名优秀的钢琴家，在维也纳金色大厅举办个人独奏音乐会——这是对父母最大的慰藉了。她默默地想着，幸福感瞬间从心房滑过，留下温暖芬芳的痕迹。

突然，一声叫喊强迫她从美好的幻境回到现实。

“不好啦——小孩跳到井里啦！”

“啊——”朝颜的母亲的面色瞬间苍白如纸，打开车门，飞快地冲向街道旁那口废弃已久的枯井……

“你这孩子……怎么就这么不让我和你妈省心呢……”在昏睡与昏迷的交界，我仿佛听到一个低沉而令人难过的男声在耳边回荡，轻轻地击打着我的耳膜。那便是我的父亲。虽然他曾经无数次因为我的顽劣而恶狠狠地揍过我，可是此刻，他却将我搂在怀里，宽大的手掌温柔地抚过我的头发，抚过我的面颊。黄昏之中漂浮着若有若无的水汽，我的脸颊如此潮湿。

“唉……现在连左腿也断过了……医生说还有轻微的脑震荡……这将来会不会留下后遗症啊……”模模糊糊，我听到母亲略带哽咽的声音，一阵阵的难过向我袭来。

那一刻我突然很想强迫自己睁开眼睛告诉母亲实情。我想对她说，妈妈，是他！全是因为他！他对我说，他喜欢坠落的感觉，那过程像在飞翔。然后他强迫我！我不想这么做的，妈妈！

可是我仍旧没有开口。我的眼泪顺着脸颊流下来。我的脸颊在黄昏的泪水中感受着一阵阵疼痛。

我多么想要停止下来。可是我无法停止。我无法停止。我完全被他操控了。

救我。妈妈。

救我！

那次莽撞的跳井行为带来的结果是，我全身唯一没有骨折过的左腿也摔断了，虽然我的爸爸妈妈有足够的条件请最好的医生治好我的断腿，并且几乎不留

任何后遗症，但他们依然无法控制住我越来越强烈的多动症。他们唯一能做的就是把我关起来，然后请家庭老师上门单独授课。的确，这样可以确保我的安全，可是没日没夜的禁锢却让我觉得生不如死。我在自己那宽敞的房间里度日如年。我以为他们会这样囚禁我一辈子，直到有一天爸爸突然进来，告诉我可以出去了。

“小颜，爸爸妈妈现在要带你去参加林伯伯的家庭派对——林伯伯是爸爸的好朋友。你要懂礼貌，要记得问好，然后规规矩矩地待在我身边，知道吗？”

“嗯。我知道了！”我立即乖巧地答应着，浑身欢愉，我又可以在阳光下飞奔了，这是多么令人兴奋的一件事情啊。

那时，我根本不曾想到，这次拜访，竟然彻底改变了我的命运。

4

当朝颜和父母来到林家位于市郊的豪华别墅时，派对已经开始了，诸多来者带着自己的子女互相寒暄。朝颜爸爸妈妈一到，林宅的主人林子豪大老远就出来迎接。

“朝先生，欢迎欢迎，大驾光临寒舍蓬荜生辉……”

“哪里哪里——这是我的太太——这个小不点是我的儿子朝——”

笑容满面的朝颜父亲刚准备将儿子介绍给林先生和林太太，笑容却突然僵住了。身后空荡荡，儿子不知何时已经消失不见，只有迂回的风从父亲的身边空荡荡地刮过，发出飒飒的声响。

“子豪兄……我先去找儿子……见谅……”朝颜父亲说完便飞奔出去。倘若不能及时找到他们的宝贝儿子，天晓得又会发生什么惨烈的事情。

父亲与林伯伯寒暄的时候我从他的身后悄然溜走，沉浸于相见的喜悦中的他没有发现我的逃离，甚至连心思细腻的母亲都不曾发现。实际上，前五分钟我一直都站在父亲身后羞涩地笑着，并且等待他将我介绍给林伯伯。可是突然，我又听到那个熟悉的声音对我说，我对这个环境毫无兴趣，我无法如你们一般融入其中。朝颜，赶快带我离开这里。去花园！快！

那一刻原本属于我自己的思想突然抽空，我又完完全全地被他控制住。

我只得飞快地向花园奔去。

来到林家花园，像是顷刻之间进入了另一个世界。正值夏天，满目苍翠，处处种植着绿色植物，散发出辛辣而令人迷惑的气息。风信子的碎屑在温暖的空气中膨胀，又被一阵夏风吹向遥远的地方。知了在一棵枝繁叶茂的梧桐树上不知疲倦地叫着。梧桐树旁边是一条小溪，溪水静静地流淌，偶尔碰到沿途的石块，溅起冰凉的水花。

溪水的对面坐着一个女孩，穿了一条淡粉色的纱裙，镶着小女孩们喜欢的白色蕾丝花边。白色的小袜子也是镶着花边的，脚上穿了一双白色凉鞋。头发软软地披散下来，别着一只粉色的蝴蝶结发卡。

她似乎大不了我多少，可是脸上却有着一种成熟于我的神情。

她将一块四开的木头画板支在三角画架上，面前是一簇开得轰轰烈烈的向日葵。她时而抬起头静静端详向日葵，时而低下头飞快地画着。画纸与笔尖摩擦发出刷刷的声响。

这便是六岁那年我第一次见到的染染姐姐，在我眼中，她美如小公主。

这时我又听到了男孩的声音——朝颜，她让我感到不舒服。现在我命令你戏弄她。快。只有看到她哭泣的样子我才会感到高兴。

分明已经听到他的命令，我却没有如以往一般迅速执行，我的手臂像是灌了沉重的铅，无法抬起。

我在湖边静静地看着她。虽然她不曾觉察我的到来。她的身影令我内心有了片刻的安宁。

求求你让我在这里多待一会儿好吗……这样的女孩子总是让人喜欢的……我嗫嚅着说。

不！迅速按我的要求做！快！朝颜！

我迟疑地从地上捡起了一粒石子。

我本不想这么做。

朝颜从地上拾起了一粒石子，蹑手蹑脚地绕过河。他的心情沉重极了，压得他难以喘息。他屏住呼吸，从背后逐渐靠近了女孩，他眯起右眼瞄准女孩的后背，准备扔出这颗恶作剧的石子。

可是——当手中的石子即将飞出去的那一刹那——他的手突然垂下。

因为他看到了女孩的画。

那是一幅完全用铅笔描绘的画。直到正式开始学画的那天我才明白原来这种

画法叫做素描。染染姐姐说，素描就是在平面的空间内制造出立体的假象，令人感到眼花缭乱，并且迷惑——好了，还是说回那幅画——画面上，一簇簇的向日葵舒展着美丽的脸，努力争夺着太阳的光芒。光线也出现在画面上。从西边射下。那光线就像真的一样，甚至我的目光在与它相接触时双眼被刺得微微眯起。

你怎么不听我的话了朝颜？难道你被这幅画迷了心智吗？男孩气急败坏地质问我。

闭嘴，你就不能消停一会儿吗？！我怒气冲冲地回敬道。

“真漂亮啊……”朝颜望着这幅画，不由自主地感叹。

女孩闻声回头，浓密的头发在阳光下闪闪发光。她生了一张稚气而优雅的脸，眼睛是纯黑色的，无辜而纯真。她将画板抱在怀里，望着眼前陌生的漂亮小男孩，嘴角轻轻地扬起，浮起一个美好的弧度：“小弟弟，你是我爸爸邀请来的客人吧？你叫什么名字？”

“我叫朝颜。”朝颜乖巧地回答道。继而又问：“姐姐，你叫什么名字？”

“给你念一句词，我的名字就在这句词里——看万山红遍，层林尽染。漫江碧透，百舸争流——小弟弟，你能猜出来吗？”女孩的口气竟然像大人一般。

“我……没有听过这首词……”朝颜不好意思地挠了挠头，面颊微微泛红。

“林染——我的名字。记好哦，你可以叫我染染姐姐。”

“嗯！染染姐姐，你的画好漂亮！”朝颜再次稚气地夸奖道。

“谢谢你的夸奖，如果你喜欢，我教你画好不好？”

“好啊好啊！

接过画笔的一刹那，朝颜悄悄扔掉了那块一直握在手心里的小石子，生怕被她发现而误会了自己。实际上，当他看到她画的向日葵时，就已经想要将石子扔掉了，只是由于看画过于专注忘记了。

“小颜——小颜——你在哪里——”远处清晰地传来了父母的呼唤声，朝颜却没有应答。

他此刻完全沉浸在了另一个世界，一个充满了芬芳与美好的无比高贵的世界。心中那个气急败坏的小男孩，似乎不知什么时候安静了下来。

“染染姐姐，你看这里应该怎么画呢？”遇到不知如何处理的部分，朝颜便询问一直站在自己身边的女孩。此刻，在他的眼中，她俨然无所不能的天使。

很快，朝颜的父母连同染染的父母一同来到花园，脸上皆是慌慌张张的神色。可是——当他们看到眼前的情形时，简直难以相信自己的眼睛。

这个安安静静地坐在阳光中画画的小男孩，果真是自己的儿子吗？

朝颜的妈妈突然用手捂住了嘴巴，眼泪涌了出来。

朝颜爸爸嘴角露出了从未有过的欣慰的笑容，他轻轻地揽了揽自己的妻子，然后转身对林子豪夫妇说："让他们在这里好好画画吧，咱们回去继续聊！"

5

画室中的纸片已经被朝颜完全清扫干净。他重新坐在地上，双手抱膝，冷淡的双目泛出温柔的火花，静静地望着远处不可名状的景致，继续说道："知道吗，从那天起，我的染染姐姐就一直拉着我的手教我画画。她教我如何构图，如何排线，如何整体观察。她为我买过各种与绘画有关的书籍，那些书几乎可以装满我整个书橱。

"知道吗，正是因为我的染染姐姐，我才爱上了莫奈，因为她我才告诉自己一定要做到最优秀——她曾经对我说过，无论什么事情不做则已，一做必须惊人。例如参加绘画比赛，除非放弃参赛，否则便一定要拿到第一。而她也是身体力行，她是个优秀而能力极强的女孩。

"知道吗，我的染染姐姐不仅是我的老师，还是我的朋友，我的偶像，我的……在她离开中国的前一天，她摸着我的头说，颜颜你是天才，姐姐一直都知道——为了她这句话，我在绘画方面付出了比以往更多的努力，我不想让她对我失望，并且我也从未让她失望过——我不忍心看到失望犹如眼泪一般从她的眼中流淌而出，那会将我淹没的。

"所以我一定要拿冠军——一定要拿……"最后一句话朝颜似乎是说给自己听的，因为声音突然低沉了许多。

已是晚上八点。木小葵站在墙边，犹如一只孤僻的猫，双目静静地望着眼前的男孩。她发现朝颜在提到林染的时候总是不厌其烦地用到"我的染染姐姐"，实际上，这是一个占有欲极强的称呼。她知道，倘若继续就绘画的问题与他争执下去，自己半夜也无法回家。她没有就朝颜的话继续说下去，只是淡淡地问了一句："你的染染姐姐现在在哪里念书？"

"巴黎高等公立美术学院，她的老师是雅克·克罗尼尔。"

"雅克·克罗尼尔？"木小葵下意识地重复了一遍，轻轻地摇了摇头，仿佛不

敢相信自己的耳朵，“那位已经步入耄耋之年的印象派画家？你姐姐是他的——学生？”

“是啊。已经好多年了。”

“看来，她真的很优秀。”木小葵低声说道，仿佛不想被朝颜听到。但还是被他听到了，于是他语气更为兴奋：“当然了，我的染染姐姐是天才，她的才华是令人望尘莫及的，哪怕是我。”朝颜的脸上又出现了傲慢的表情。

木小葵疏离的目光再次落到男孩脸上，逐渐扩散，犹如一朵睡莲。

6

青春的世界其实真的充满了诸多未知的因素，而正是这些因素，令正在青春的琴弦上翩翩起舞的寂寞少年们感到诱惑和新奇。于是，他们青涩的眼睛总是能够轻易捕捉到一些细小的事物，纵然这些事物在成人的眼中微不足道，可是，他们仍旧能够记住，念念不忘。

例如，下雨天看到一只猫在马路上疯狂地奔跑；

例如，有一天突然听到某个女孩子说，赤西仁昨天在QQ上对我表白了；

再例如，朝颜社长的身边突然多了一个相貌平平衣着平平的女孩。

而这个女孩的名字，叫做木小葵。

学校中几乎所有爱慕朝颜的女生都发现了这个问题。几乎每到课间休息或者自习课的时候，朝颜就会从三楼的画室走出来，下一层楼来到高一年级某个班的门口，在诸多女生满脸花痴的表情下冷着一张脸走到一个正低着头翻看梵高画集的女孩面前，轻轻敲一敲她的桌子。

女孩会抬起眼睛冷冰冰地看他一眼，一言不发地将身旁的画板背在肩上，随他走出门去。

然后他们在女生们神往的目光注视下重新回到三楼画室门口。朝颜社长取出钥匙打开门，女孩尾随而入，朝颜社长再将门重新关上。自始至终他们之间都不说一句话。

明眼人很容易看出他们关系冷淡，或许曾经还因为什么事情而闹得很僵，只是碍于某些事物才不得不在一起。可是在其他女生眼中，这竟然也成为了心有灵犀的默契的标志。

“羡慕呀。他们一句话都不说，真默契呀。”

“是呀。如果能天天去朝颜社长的画室，像木小葵这样门门功课不及格我都乐意呀！”

“没想到英俊高贵的朝颜社长竟然会喜欢这样的女生……不能够呀？！”

“哼哼——肯定是木小葵死乞白赖缠着朝颜社长，朝颜社长万般无奈之下只能答应喽。”

“切！你原来不也死乞白赖地给朝颜社长写了两个月情书么，人家不是照样没反应？”

“你……你戳到了我的痛处！！”

最初，所有女生几乎每天都要在心中把木小葵诅咒成千上万遍，仿佛倘若不是她的出现朝颜一定会是自己的——这是一种非常可笑并且无端的想法。可是后来，这种想法逐渐从她们的脑海之中消失不见，因为，朝颜社长与木小葵的确有几分相似。

一样的消瘦。一样的冷淡。

走路的时候都喜欢垂着头，可是仍然掩饰不住从身上散发出的气息——美术赋予的灵媚气息。而这些，是令任何女生都不能望其项背的。因此，她们只得认输。甘拜下风。

只有一个人不同。她频繁地出现在他们身后，静悄悄地望着他们的背影。当他们进入画室，她就站在画室门口，踮起脚试图窥探到画室中的一切。

窗帘紧闭。每次她都一无所获，失望而归。

其实她并不曾因朝颜身旁有了别的女孩而心生嫉妒，她只是迫切地想要看看自己心爱的女孩，看看她是否依旧孑然，依旧冷漠得不让任何人靠近，依旧独自一人。

她是她的女孩。那是隐藏在她灵魂之中的，双重生命。

他们在画室中做些什么？是否在浅浅地拥抱，是否在深深地亲吻？

她不知道。她唯一所知的，便是自己近日见到亲爱女孩的次数日益减少，这令她感到惴惴不安。

“你是我的，小葵。你永远都是我的。只有我才能给你最大限度的幸福。我多么希望你能够明白啊。”无数次，她在内心深处疯狂地呼唤，以此驱赶无尽的黑色梦魇。

7

黄昏的画室中，静物灯如往昔般开着，渲染出一小片光亮。身着黑色衬衣的朝颜坐在对开的画板前面，左手自然下垂，右腿随意地搭在左腿上。他的右手边放着颜料与刷笔桶。对开画纸已经换作画布——完全是因为考虑到颜料干涸之后纸张会凹凸不平，影响美感。此刻他的心情似乎平和了许多，他没有低头便准确无误地在笔尖上蘸了一点蓝色，又非常顺手地轻轻扫在画布上，犹如一阵风吹过。

画完这一笔，他起身来到远处，微微眯起双眼，久久地凝视着这幅画。

宽广沉默的天空。干净的云朵。一只断了线的风筝若隐若现。虽然未曾完稿，但已称得上是杰作。

可是令人疑惑的是，他的脸上并未出现任何欣喜的神色。双目漆黑。嘴角泛起的淡漠冷笑与身着的黑色衬衣使他显得更加俊美，仿若布道的牧师，颂词仿佛比这黄昏还要冗长，令人念念不忘。

此刻的他已不再是癫者，他是贵族，是一个不折不扣的王子。

他伫立在一片黄昏之中，虽然欣喜，脸上仍旧是寂静如水的表情。仿佛这惊人的画作，只是自己绘画长河之中的沧海一粟，不足挂齿。

“你改变了原本预设的绘画内容，看来此刻你的心的确沉静下来了。”短促的话语刺破了这无限宁谧的霞光。朝颜回过神来，才恍然想起一直冷淡地站于不远处的木小葵，纯白色的衣服令她看上去更加像一个精灵——她竟然已不再孤寂地站在窗台边了——想起这些，他略有些欣喜，却仍旧没有说任何话，只是重新回到自己的座位上，端然坐下，重新拿起笔，一边调整着方才完成的部分一边用不可置疑的口吻对木小葵说：“我把自己童年时代念念不忘的故事讲给你听了，现在轮到你给我讲了。你一定是个有故事的人。从我第一次见到你的时刻起，我便知道。”

长久的沉默。朝颜颇感奇怪，转过头去，却发现木小葵原本苍白的面色在此刻更加苍白，并且幅度越来越大地摇着头，双目中流露出痛苦不堪的神色。嘴中喃喃道：“不……我不要……我不要……”

女孩的举动令朝颜对她的身世更加好奇，同时，她的反抗令他恼怒——他的生活一直顺风顺水，从未有人逆他而行。眼前这个看似羸弱的女孩已经在短时间内拒绝过自己多次。于是，他提高声音问道：“为什么不告诉我？我已经把自己的事情告诉你了，你这样是不公平的，你知道吗？！”

木小葵尚未恢复平静，却努力做出冰冷的样子保护自己：“我从未要求你讲述自己的故事，你也没有任何权力和理由要求我这样做。公平与否根本无从谈起。再说你利用学校的专横强逼我加入油画社，这对我就公平吗？”

“可恶……”朝颜的喉咙中低低地发出怒吼，逼问道：“你为什么不肯说？！”他盯着她的浅灰色双目，似乎想要将她看穿——终于，他从她的瞳仁中读出了无法消散的恐惧与痛苦，于是继续问道：“是不是你的童年发生过不幸，影响了你的性格，对不对？！”

木小葵一边更大幅度地摇头一边痛苦地闭上眼睛，她的身体在微微抖动着，犹如一只受伤的鸽子。“不要再问了……你不要再问了……”她絮絮不止的叨念却令朝颜更加愤怒，他突然起身，上前一步，逼问道：“是不是我说对了？你的童年究竟发生过什么事情？你告诉我——我安慰你——”他的声音仍旧那么强硬，就连“安慰”这般令人感到温暖的词语从他的口中说出也显得愈发冰冷。见木小葵仍旧痛苦地瑟缩着，他竟然一把抓住她单薄的肩膀，大声吼道：“你快说啊！快说啊！你不说我怎么知道你的痛苦，我怎么能够征服你呢——快说！快——”

随着木小葵尖叫一声“够了”，朝颜感到自己的身体被狠狠地推开，踉踉跄跄几乎摔倒。当他回过神来的时候，木小葵已夺门而去。

“木小葵——你给我站住！”朝颜本能地大喊，却没有追出去。他只是久久地呆在原地，一动不动地注视着她仓皇落寞的背影，继而转身，重新坐到了画前，拿起笔便画了起来——摆了几个色块，却突然将手中的画笔狠狠地甩向地面。

画笔掉进了桶中，被颜料染过的水溅湿了那幅尚未完成的画。

朝颜瞬间呆住。那是他的心血。他的爱。

下一刻，他突然失态地伸手将那幅画扯下扔在地上，拼命地跺着。一边跺，一边狠狠地说：“木小葵……木小葵……我一定要知道你的童年究竟发生了些什么……我要让你臣服于我……臣服于我……”

8

黄昏消散之后便是黑夜。树叶不知疲倦地颤动着。哗啦哗啦。不知从何处传来的清香在空气中逐渐弥散。穿过一棵棵树木，女孩木小葵飞快地奔跑，像一只仓皇失措的麋鹿，头发在风中猎猎作响。黑夜是肃穆的。喑哑的风是肃穆的。这

一切安静得就像是在教堂聆听牧师布道一般，肃穆得令人心存畏惧。

她紧闭双目，面无表情，苍白着嘴唇，仿佛刻意地抵制着自己与这个世界的谋面。

突然，鞋子仿佛被什么东西牵绊住，她无暇顾及，甚至连眼睛都未曾睁开，仍旧一门心思向前跑去。身体却突然失去了平衡，重重地摔倒在地。右脚的鞋子在那一瞬间孤零零地飞出去，在黑夜之中划出一道小小的弧线，又孤零零地落在地上。

木小葵没有叫喊，甚至连丁点的声音都不曾发出。她静静地伏在秋天有些冰冷的石板路上。从石板内散发出的寒气逐渐吞噬着她的身体，她突然感觉到疼痛，最初只有丁点，当血液从她的胳膊源源不断地流出，疼痛才逐步扩大。

这是多么熟悉而陌生的疼痛感，木小葵把脸贴在地面上。过往岁月中的疼痛犹如落雪般纷纷向她涌来……

“爸爸……求求你不要打妈妈……我害怕……呜呜呜……”而狂躁如野兽的男人竟一下将木小葵狠狠地推开!

“啊……”布娃娃在空中划出了一道弧线，之后摔在了地上。木小葵的腰撞到了墙，钻心的疼痛令她晕眩。恍惚之中她听到母亲的哭喊，“我究竟造了什么孽……我究竟造了什么孽啊？！”

层层叠叠的回忆重重地压在女孩的身上。她忽然崩溃似地哭泣起来，眼泪源源不断地落到地上，哭声苍凉而无助，直直地刺破墨蓝色的天空。她的手指用力地抠着地面，指甲甚至因此而断裂……

“为什么……上帝为什么要捉弄我……不不不……不是这样的……上帝是偏爱我的……他要与我开一个小小的玩笑……我是个幸福的孩子……我是个幸福的孩子……是的……我是幸福的……”

她如梦呓一般地絮絮不止。

她睁开泪水朦胧的双目，眼前顷刻间仿佛又出现了梵高苍白的面容。他的眼白中分布着斑斑血丝，这令他的双目像灯笼一般灼热。

“文森特……我亲爱的文森特……请你告诉我……这场游戏何时才能结束……”

这时她突然听到身后传来的稀疏的脚步声，在距离她很近时消失了。

她突然感到眼前暗了下去，一双柔软的手从她的背部轻轻搂住她。

木小葵再次闭上眼睛，继续低语道："哦，文森特，是你吗？是上帝派你来救赎我的，对吗？"

"小葵，是我。"一个声音轻柔缓慢地回答。犹如水滴。犹如花瓣。犹如阳光。

木小葵用受伤的胳膊支撑起身子，转过身借着洒落的月光看清了眼前的人——她身着一件宽大的白色T-shirt，闪烁着关切的明亮眼睛在月光之下熠熠生辉。这是自己多么熟悉的身影。

"哦，浅浅，是你……"也许是由于极度的委屈，木小葵竟然一下子扑到了周浅浅的怀中，撇了撇嘴，大声地抽泣起来。

那一刻，周浅浅的心脏犹如被刀深深刺入，鲜血涌出，温暖又疼痛。

面对着自己心爱的女孩哭泣得犹如无家可归的孩子，她平日里用以自卫的最后一点点坚强也荡然无存。

那一刻，她伸出双臂，将自己亲爱的女孩紧紧搂在怀中，双目微闭，呢喃着："小葵……不要怕……我在你身边……不要怕……"

那一刻，周浅浅所获得的满足难以言喻。

9

夜，终于将这个喧嚣的城市吞噬，街道两边的霓虹灯纷纷亮了起来，一闪一闪，犹如漫天星辰。周浅浅与木小葵并肩走在梧桐树下，月光透过残留的树叶斑斑驳驳地落在她们的肩膀上。

"这么说，你并没有和朝颜谈恋爱喽？"听完木小葵的讲述，周浅浅兴奋地看着她。

"嗯。"此刻的木小葵已经收敛起方才的脆弱与无助，她低垂着头，重新恢复了冷漠。

周浅浅顿时有种如释重负的感觉。如此说来，她还是自己的女孩，是独属于自己的，谁也无法将她从自己身边掠走。"原来你加入油画社也不是自愿的啊，朝颜简直太过分了，敢欺负你，看我怎么收拾他！好了小葵，不要再伤心啦。走，我请你去吃落日镕金——"周浅浅伸出手臂，试图轻轻揽住木小葵的肩膀，却又被木小葵巧妙地躲开：

"不了。天色不早了，你赶快回家吧。你爸爸妈妈该着急了。"木小葵淡淡地说。"我也得回去了。"

“嗯！小葵，那明天见。”周浅浅深情地看着木小葵，突然大声喊道：“今天我真的好开心！”

木小葵回头淡淡一笑，然后再次回头，离开。

“我一定会为小葵驱赶掉所有的不快乐，我会最大限度地给她幸福，因为，她是我的女孩。”望着木小葵瘦小的背影渐渐远去，周浅浅没有如以往一般患得患失，反而以一种温和而坚定的口气如此对自己说。

校园早已陷入了一片黑暗的寂静，唯有教学北楼三层的第二间教室还泛着微弱的灯光。这灯光在秋风之中明明灭灭，犹如危在旦夕的生命，令人心悸。

已是夜晚八点半，所有的学生都已经走光了，只有朝颜还待在画室里。

一直以来，他都是一个特例。他可以在任何时刻离开学校，也可以在任何时候进入学校，他为学校带来的诸多荣誉足以令学校对他另眼相待。

他又用一块新的画布起稿。熟练地调色。将调好的颜色一笔一笔规矩地摆在画布上。无懈可击。

直到他在处理一片云朵的时候产生了疑惑，究竟是应该加入紫罗兰调色，还是不加呢?

“木小葵，你看我这个地方——”他下意识地叫道。两秒钟之后才想起女孩已经离开。

“唉……”

朝颜叹了口气，眉头紧蹙。

只能先看一下不用紫罗兰的效果。倘若颜色因此而显得孤立，只好再改。

“砰……砰……”

“来了，来了……”朝颜紧蹙的眉毛霎那间舒展开来，正在调色的笔也被他扔到了一边，他飞速起身向门口奔去，差点撞倒了椅子——这么晚了有人敲自己画室的门，不是木小葵还能是谁?

“怎么是你？”朝颜打开门，看到身着白色T-shirt的周浅浅站在门外，眉头紧蹙，一如刚才的自己。

“朝颜，请你放过木小葵。”周浅浅直直地看着朝颜，开门见山。

“你，什么意思？”朝颜竭力控制着自己的疑惑和不悦。

“我的意思是，”周浅浅的声音突然提高了八度，“小葵根本不想加入油画社，请你不要利用学校的权威胁迫她！”

“呵，真好笑！”朝颜冷笑，头微微仰起，斜着眼睛看着周浅浅，“木小葵加不加入油画社和你有关系吗？你是她什么人？”

周浅浅一愣，脸上继而出现了幸福的表情：“我是她很重要的人。我们一起长大，她是我最好的朋友，我不会看到她受欺负——谁敢欺负木小葵，我一定给他好看！”

“嗯？一起长大……一起长大……”朝颜仿佛根本不惧怕周浅浅的威胁，此刻他的注意力只集中在了“一起长大”四个字上，并且反复念叨。突然一束阳光射进他沉寂的心灵，他微微低了低头，俯视周浅浅，面露喜悦之色：“你和木小葵一起长大，那么你一定知道木小葵童年的故事，对么？”

“当然！”周浅浅骄傲地回答。

“那么，快告诉我——快！”

周浅浅突然愣住，继而提高警惕：“问这个做什么？你又打什么主意？”

“这样吧……”朝颜意识到方才自己的失态，恢复了之前冷漠高傲的神情，用一种不可置疑的口气说道，“我们做个交易吧——只要你告诉我木小葵童年时代的事情，我就不再强迫她加入油画社，还她自由。”

周浅浅望着眼前的男孩，他冷漠的表情像是冻结的湖水，令人望不进他的内心。

她低下头，脑海中瞬间掠过木小葵伏在石板路上崩溃哭泣的情形。

倘若我的女孩获得了自由，这一切都将变为另一番景致。周浅浅默默地想着。那一刻，她甚至看到了与自己手拉着手一起唱歌的木小葵；安静地坐在自己面前画画，然后将画好的画送给自己的木小葵；完全依赖自己信任自己的木小葵。

三十秒之后，她重新抬起头，看着男孩冻结的双目，一字一句地说道：“好，我，答应你。”

|| Chapter B ||

亲爱的小木，他出现在我生活中的第一个星期很快便过去了。

距离他的离开还有七天。

可是，我们之间仿佛一点进展也没有。这该怎么办？

我是否该倒计时了？我矫情地想。

洛遥

1

我曾经以为生活是丑小鸭变成白天鹅，是穿上水晶鞋的灰姑娘遇上了白马王子，是被公主轻轻吻了一下的脏兮兮冷冰冰的青蛙变成了王子……可是这一切仅仅是我的以为而已。换言之，就是主观臆断，一厢情愿。我曾经可怜巴巴地幻想着自己能够成为被善良女巫垂青的矢车菊，只要她的手杖点在我的身上，我便能够流光溢彩于现在的百倍。可是现在，面对这样一个忧郁并且沉默的男孩子，我所写的纸条全部石沉大海，那么，我又该继续为此做些什么？

我来到窗台边，推开窗户，夜晚清凉的风吹起我额前的碎发。

双手合十，我以一种祈祷的姿势跪下。眼睛微闭。

那一刻，我仿佛听到那朵娇滴滴的玫瑰花非常傲慢地对我说，我在等待着我的小人儿回来，你知道等待是一种多么饱受煎熬的过程吗？可是，当你得到的时候，你会感到幸福。那就仿佛微风轻轻拂过麦田，发出金黄色的声响……喂，你在听我说吗？你明白吗？

我突然睁开双目，漫天星光像是在我体内注入了一股清泉。

嘴角扬起微笑，我缓缓地说，我在听，我明白了，谢谢你。

从一家藏饰店中花150块钱淘到了一只藏银手镯，宽宽的，直径七厘米，上面镂刻着玄妙的花纹。这只镯子像一个谜，如同我对他的感情，似乎很难解开，可又那么令人感到诱惑。

藏饰店的老板说，藏银手镯是充满了灵气的首饰，不能沾染到不洁之物而毁损了它的灵性。于是它被我小心翼翼地放进一个檀木盒中。

纸条的内容仍旧非常简单：昨天睡得好吗？我可以在明天清晨的六点四十五

分在七点四十五街道见到你吗？我有一个惊喜要送给你哦。

那么，见面的时候，我又该说些什么呢？

是应该先互相问好的吧。然后呢，我会装作轻描淡写地对他说，还有一个星期就要离开了哦。接下去也许应该说的是：我希望，你的大脑要真的变成一个过滤器，屏蔽掉所有的不愉快，留下那些让你感觉到快乐的事情，知道吗。其实……我只是希望……每当你看到这只银镯子的时候就会……想起我……

我将这些话熟悉了很多遍，之后，像一个刚刚被剪断了线的玩偶，软软地倒在了舞台的正中央，再也无法做些什么。但，演出时无比曼妙的过程分明已经令它体会到了难以言明的快感。

纵然，我已不再期许结果。可是，我却无比渴望能够获得令人慰藉的温暖，哪怕，是以告别而终。

我亲爱的小木，我根本不曾想到，正是这份小小的礼物，使我与他之间的感情发生了微妙的变化。

2

星期二的清早，第一缕阳光穿透窗帘射进房间时，我已经睁开了眼睛。看了看墙上的挂钟，只有五点零三分。可是不知为何，我竟然失眠了。失眠本应该令人备受煎熬，然而我却在这个过程之中体会到了一种从未有过的兴奋与激动。于是，又不由自主地猜测起男孩看到我昨天写的纸条时脸上会出现什么表情——是满脸羞涩地将纸条放好，还是面无表情地将它随手丢进垃圾桶？他会提前站在街道上等着我，还是我努力地等着他？

结果未知。

五点二十五分——

百无聊赖的我从床上跳起。穿上鞋子。冲向浴室。洗头发。洗澡。

六点十一分——

甩着湿漉漉的头发从浴室走出来，站在镜子前面往自己的脸上抹了一点润肤霜。拿出吹风机，将头发一绺一绺地认认真真地吹干，不能留下哪怕一丝绕在一起的头发。

六点二十分——

吹干了头发，用粉色蝴蝶结绑起来。换上校服。站在镜子前面端详着自己。

左看右看，眉头微蹙。阳光在下一刻落在我的衣领上，泛起小小的光斑。我的眉头立刻舒展，快速从写字台左边的第一个抽屉中取出一枚精致的徽章，别在衣领上。

六点二十五分——

鬼使神差，我竟然从另一个抽屉里翻出尘封了三年的MINT ROSE香水。小心翼翼地打开，一股清涩而纯净的草花味立刻钻入鼻间，令我的嗅觉神经为之翩翩起舞。右手握住瓶子细长的身躯，食指轻轻按下，一股清洁的雾喷在了我的左手腕上。

六点三十分——

站在镜子前面看着自己。空气中弥漫着香水分子，我终于满意地笑了。

六点三十五分——

手中握着那封信与檀木盒，走出家门。

清早的空气仿佛是绿色的，潮湿而略带凉意，令刚刚从睡梦之中醒来的人感到干净清醒。下楼梯时，我的右手下意识地放在书包带上面。从居民楼中出来的一刹那，眼睛仿佛也变得紧张起来，密切地注视着街道上绰绰的人影，心中默默祈祷他尽快出现——哪怕不准时，我也会原谅。

实际上，当我出现在街道上的时候——大概只有六点四十分的样子，他竟然已经等在了那里。

依旧穿着白色的衬衣，领子处开了两个扣，显得落拓而不羁。下身是一条米色长裤，盖住了白色的球鞋。他单薄的身影在晨雾弥漫之中显得有些模糊，只有那个黑色的单肩包清晰无比，仿佛能够穿透蒙然的雾。我一步一步走近他。他的头发在秋天微寒的风中变得有些凌乱，脸上有种类似小孩子等待时焦虑的神情。

他注意到了我。我的面色又泛了红。嗨，早上好。我说。声音扩散到空气之中，仿佛有种有气无力的感觉。

嗨。他简简单单地回给我一个字。

我把准备好的木盒子交给他，他略带吃惊地接过来。按照原本的计划，当他打开盒子，我就该开始对他说那番准备了好多遍的煽情告白了。

可男孩没有打开木盒子，他只是仔细地端详着，甚至将它举到头顶看。哦……谢谢你……很……很漂亮的。他嗫嚅着。声音很柔，很轻，仿佛生怕惊醒了正在沉睡的绿色植物。

可真该死，我竟然因为这突发状况而语塞。也就是说，昨天准备了很久的话语，全部白费了。

横在我们之间的，只有突兀的沉默。

我们一起坐上了此刻驶来的公交车。那一天，他并没有如往常一般坐在我的对面，而是坐在我的旁边，我们紧挨着。知道吗小木，我们几乎是同一时刻从书包中找出《小王子》，又几乎是在同一时刻垂下头翻开其中任意的一页。直到公交车开到了学校，我们说出了自上车之后的第一句话："再见。"然后，我逃也似地跑开了，心乱得像是有一百只小鹿在奔跑，因此我只能与它们一同奔跑。看似顺利的见面与赠予无疑是个无比蹩脚的荒诞哑剧，因为自始至终，身为女主角的我都没有对男孩说一句表情达意的话。真是糟糕透了。他一定是不明白的。一定是。

我失败了。我沮丧地想。

3

沮丧的心情持续了整整一天，放学之后，我无所事事地在教室门口的窗台边站着，眺望窗外的风景。实际上，这个时候的景色已经一片颓然了。看到满目荒凉，我的心情更加沮丧。我把头向窗外努力地探去，试图望见天空。

天空是艳蓝色的，奇迹般地缄默着，干净着，没有夕阳。

只有云朵。厚重的云朵。呈现出紫灰色。静止在天空之中。镶着白色的边。如同压抑之后的宣泄。

是谁曾经告诉我，云朵，是尘世的倒影。

突然，一只手拍了一下我的肩膀。起初，我以为是某个恶作剧的女孩，因此不为所动，谁知十秒钟之后这只手又拍了我一下，比刚才略微用力。

我转过头。竟然是他！他笑眯眯地望着我，一言不发。

"嗨！"我勉强地笑了笑，我那时的笑容一定傻透了。也许，他只是与我打个招呼而已。我刚刚准备把头转过去，却突然发现他把左手举到与耳朵齐平的地方，掌心连同手腕轻轻地向我挥了挥，一片黯淡的像月亮一般的银色光芒连同淡蓝色的天光一起映入我的瞳仁之中，之后缓缓地扩散开来。啊，竟然是那只银镯子！我瞬间吃惊得说不出话来，沮丧的心情被突如其来的一阵风吹得无影无踪，与此同时，一种淡然的喜悦暖洋洋地升起。他什么都没有讲，自始至终都是微笑着注视着我，可是我早已明白。

我们一起从教学楼出来，并肩而行。我抬起头看了看天空，那么早，仿佛还没有要暗下去的迹象。不过，夕阳已经出现了，烧着了西边的一大片云。

喂，你去过你家附近的海边吗？我问。

他摇头。之后把脸转向我。在夕阳之下，他的眼睛微微眯起。像一只猫。

邀请你去，好吗？我接着问。

他轻轻地点头。露出洁白的牙齿。亮晶晶的。

我们并肩而行，间或，我会从裤子口袋中掏出一两颗糖，水果味道的，捏起来很Q的感觉。小心翼翼地用胳膊碰碰他，问他吃不吃。他竟然比我还要小心翼翼，用右手接过糖果时手指微微弯起，拇指有意无意地放在食指第一个指关节上，手心与手指几乎呈直角。我把糖放在他的掌心，他再用另外的一只手捏起，在眼前看一会儿，放进嘴中，缓缓咀嚼，鼻子偶尔微微抽动一下，似乎是在闻味。我被他如孩童般不谙世事的样子逗笑了——不过是在心里笑。我越来越确定，他与小王子非常相似——虽然他已经十七岁，并且还会继续长大。

糖吃完之后他也不再要。他又恢复了之前的羞涩内敛，头微微垂着。双眼望着地面。我们又陷入了沉默，不过这在我眼中似乎并不那么令人沮丧尴尬了，因为我已经有了排解它的方法——我确定他是喜欢那种水果软糖的，于是我再次轻轻地碰了碰他，喂，还要吗？他果然又小心翼翼地接过，重复了刚才的动作。这件在旁人看来微不足道的小事却令我窃喜了很久，因为这足以说明我是懂他的，或许并非完全懂，可是却能够正确把握他某些时段的想法。就这样，我间或给他一颗水果软糖，他接过来小心翼翼地吃掉。不给他他也不会主动要。我们一边吃着糖，一边慢慢悠悠地走到了海边。这期间，几乎没有说话。

来到海边的时候天色渐晚，可是还能看到隐隐约约的夕阳从大海的尽头逐渐沉落，竭力在完全坠入黑暗之前耗尽全部的能量。我们并肩以一种宁静的姿态手扶道路旁边的栏杆——前几年这里只有一条公路，与下面的礁石之间几乎没有阻隔。直到去年，由于这里发生过几起车祸，肇事车辆甚至坠落到了海边的礁石上，伤亡惨重，有关部门便在马路上建起了栏杆。交通事故减少了，可是人若想要踏浪，必须前行几千米，来到栏杆尽头，从石头阶梯走下去。

我望着这片蔚蓝的海水，以及尽头微微泛红的夕阳，心中苍茫不已。

转过头看了看他。他的双目平静如这片大海。可是我依旧能够从中读出很淡很淡的忧伤。

他，是想家了吧。

不过他还有一个星期就要回家了呢，就好像小王子，总是要回到自己的星球。留下孤独的宇航员。

我就是那个宇航员。

他是我的小王子，虽然终归会回到自己的星球上去，可却并不能够因为结局而刻意压制着自己满腔热忱的付出。我在那一刻如是告诉自己。

我推了推身旁的他，我想下去，你要和我一起吗？

他愣了一下，两秒钟之后点了点头。

我挽起裤腿，踢掉鞋子，冲入海中。海水还是暖的，我甚至还能够通过这种暖感觉到水底的海草幽幽地向我招摇着，阴柔深情。我俯下身，捧起一汪汪海水，向天空中抛洒，海水在天空散开，又迅速地落下来，像雨点一般滴落在我身上，我发出兴奋的尖叫。虽然之前也来过这片海，但我从未如此恣意。

回过头，他没有下水，只是站在海边，手中举着一个数码相机。他仰起头看着天空，好似在搜寻些什么。之后再举起相机。我看到闪光灯刺目的光芒直直地冲向天空，划破那些寂静的云朵。拍完之后，他将目光投向大海，举起相机，继续拍摄。暮色逐渐弥漫，我根本看不清他的表情，只有通过穿越暮色的闪光灯才能够判断出他的方向。

不知道，他有没有将我也拍到照片中呢。

也不知道过了多久，岸边的礁石把他的声音传到了我的耳朵里：喂——你在哪儿啊——该上来了吧——

我赤脚上岸，站在咸润的海风中，对着声音传来的方向露出了笑容。

我们并排躺在海边，双手枕在脑后，一动不动。就像被海浪冲上岸的两只贝壳，守护着独属于自己的秘密，期待有朝一日能够从自己体内孕育出丰盈温润的珍珠。海潮习习，海边除了涛声，万籁俱寂。不断涌上沙滩的浪花给海岸线点缀上最为美丽精致的白色蕾丝。

星光稀疏地落满我们的肩膀。我们仰望着天空，那最为壮丽的银河在此刻变得格外清晰，清辉流淌，一颗流星以一种写意的姿态缓缓滑过天际，将墨蓝色的天幕映得微微泛了白，之后渐行渐远。缥缈似孩提时代的忘乡。

心绪平然之际，我的眼前仿佛又出现了那个金黄色头发的小人儿，他以一种温暖而忧伤的表情望着我，突然咯咯地笑起来，犹如流淌的清泉。他说，你听，我的笑声就是送给你的最好的礼物！

是为何，今夜景色皆以这般美好的姿态婉约地停留于天空。

这样的天空，星辰，似乎自我在年龄上成为一个大孩子之后便再也不曾见到过。我一直以为它们早已消失不见，却不曾想，它们又重新迂回在我的记忆之中。也许这一切，只因为身边有他。

而此刻的他，向着天空伸出左手，对着月光晃了晃。那只镯子散发出古老零落的光芒。

很晚了，我们回家吧。当我流连于这片幻境之中时，他突然轻轻地对我说。

夜晚的海边总是有些冷的，直到从沙滩上起身向马路走去的时候才感觉出来。我们走在马路的右侧，他走在我的左侧，这样我便被他挡在了里面。不知道这是他的有意之举还是无意之施，却着实令我心暖。

一阵海风吹过来，轻易穿透了我单薄的校服。

我好冷。我说。

男孩的呼吸声瞬间减弱。曾经是谁告诉我，当一个人正在思考的时候，呼吸的声音便会弱于以往。我试图转过头去看看他此刻脸上的表情，却徒劳无功。因为停电的原因，整条街道没有了路灯。我把头转过去。突然一个冰凉而硬的东西触到了我的胳膊。由于一时反应不过来，我略有些吃惊，可是紧接着，我感觉他的手在黑暗中摸索。然后，我的手指被他的手抓住。

他的手触碰到了我的手指，然后逐渐占领了我的整个手掌。这个时候我感觉自己的手指被一股力微微地握了一下。

我们在黑暗之中手心相对，十指相扣。

黑暗中我看不清他的脸，可是，我却听到了他略有些急促的呼吸声。我没有说任何话，只是默默地享受着这片黑暗，以及黑暗带给我的巨大福祉。我仿佛一个与生俱来的盲人，只能凭触觉而获得对整个世界的认知。

他的掌心是如此地柔软，手指修长而有力。我的手被他握着，一股暖流从掌心蔓延至全身，驱赶了我的寒冷。可是，我突然觉得手掌暖得有些潮湿——他竟然紧张得出了汗。真是个可爱的男孩。

还冷吗。他的声音略有些颤抖。

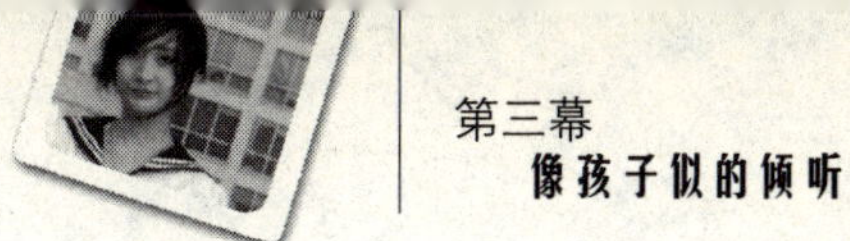

好多了，谢谢。

那只银镯一直若有若无地碰触着我胳膊上的肌肤。

你知道吗，其实我十四岁那年曾经随团自助游去过西藏。高原反应让我终日呕吐不止，牛羊肉的膻味也令我难以接受。可是——当我看到布达拉宫上空的那片蔚蓝，我就觉得，我为此而付出的所有痛苦都是值得的，哪怕因为高原反应而死在了那里，我都心甘情愿。因为——那是我有生以来见过的最美丽的蓝色。那时我就想，以后一定要带着自己最心爱的人去西藏……真的谢谢你送给我的这只银镯，它让我想起了……那段……美丽的时光……

唔唔，你的女朋友一定很幸福吧。回到日本之后代我向她问好哦。我故作轻松地说。其实说这句话的时候我是很认真地难过着。

嗯，可是我还没有女朋友哦……而且如果可能……我不想回日本……

虽然只来了两个星期，可是我已经拥有了许多美好的回忆，比如——

一束光线突然打在了我们的脸上。

我们终于走出了黑暗。

明天早晨还能见到你吗？

好的。

那是一个非常美好的夜晚，必将被我所珍藏。可是，我却梦到了他的离开。之后在凌晨时分从睡梦中哭醒，蜷缩在床角，双手抱膝。苦涩的泪水在前段时间新买的SNOOPY枕头上留下了晦涩的痕迹。

第四幕

第三页旧事

‖ Chapter A ‖

实际上，当我第一次挺身而出帮小葵赶走那些欺负她的小男孩之前，就已经默默地注视了她好久好久。这个羸弱的小女孩，总是穿着旧旧的衣服，头发漆黑，面色苍白，脖颈非常的长，像一只高贵的小天鹅。她习惯在下课之后独自坐在自己的位置上，杏核般的眼睛之中时而透出淡淡的忧伤，时而透出浓重的阴郁，它们在她的眼中翻云覆雨瞬息万变。每当这时，我都会在心中默默地问自己，她的不快乐，究竟是谁强加在她身上的呢。

知道吗？我们穿越了十年的风雨。我们一直在一起，不离不弃。我们是彼此唯一的朋友。纵然小葵的性格已经注定了她不会如我爱她般强烈地爱着我。但这于我无关紧要，因为，我爱她。我只是想要为她倾尽我的全部。有时，面对窗外漫长到看不见尽头的黑夜，我双手合十，在心中默默祷告，上帝，请保佑我的小葵幸福。她幸福，我便也幸福了。

十年看似漫长，实则如白驹过隙。在这十年中，我获得了前所未有的巨大幸福。

那便是——施爱给自己所深爱的人。

为了她，我可以不惜一切甚至生命。因为——她是我亲爱的女孩，她是我高贵的公主，她也是我自己。

周浅浅

1

十年之前的那个秋天。周浅浅将会永远记得。她与木小葵在某个阳光稀薄的清晨手拉着手并排走在路上。瘦小的木小葵肩上背着大大的画板，右手提着画箱，显得有些吃力。她心中怜惜不已，多次提出要帮她背，却被她微笑着拒绝。周浅浅第一次感觉到，眼前的女孩虽然羸弱，却有着独立并且清醒的自我意识。于是她未曾说任何话，只是笑笑，由她去了。

梧桐叶也从树上以一种眷恋的姿态落下，又在空中缓缓飘飞，宛若精灵。

最终轻飘飘地落在冰冷的地上，等待着化作一片虚无。

“小葵，我们这是要去哪里呢？”

“去一个很美丽的地方。”木小葵轻声回答，苍白的脸上露出了若有若无的笑容。

不知道走了多久，晨曦之中的一片柔和霎时映入周浅浅的瞳仁。这时，她听到身边木小葵略带欣喜的声音：“浅浅你看，就是这里。”

是一片芦苇丛，生长着一片年轻而繁盛的芦苇。秋天悄然而至，它如同一个巫师，挥舞着手中的魔杖，将这片芦苇刷成了浅浅的黄色。碧绿的湖水倒映着芦苇狭长的身影，它们随着微冷的秋风翩翩起舞。

一群深褐色的飞鸟缓缓飞过，远处模糊的建筑以一种安静绵长的姿态驻足。那些沧海桑田的拥有终于成为了古老墙壁上无法言语的寂寞申诉，那些亘古不变的等候终于石化成了房顶不断开放又不断枯萎的白色花朵。田野寂静开阔，大片的芦苇在风中摇摆，湖水清澈碧绿。

这便是木小葵所说的很美丽的地方。

“啊，真的好美。”周浅浅情不自禁地赞叹，继而问道，“你是怎么发现这片芦苇的？”

木小葵的眼中闪过一丝不易察觉的忧伤，她没有作答，只是放下画板，默默地将刷笔筒盛满了清澈的湖水，又随性地坐在这片芦苇中，把画纸夹好，开始作画。

她用蘸了许多水的画笔轻轻挑起一点中黄，然后狂野而稚拙地将它铺满画纸。那一刻，羸弱的女孩似乎要飞起来了，她似乎已不再是她，那个双瞳之中总是有着莫名忧伤的她。此刻，她的瞳仁之中闪耀着如此明亮并且灼人的光泽，像一只太阳鸟，朝着光明的前方拍打着翅膀不知疲倦地飞翔。

周浅浅静静地站在她的身旁，这个心底蕴涵着强大力量的女孩，她是多么喜爱她啊。还有她的画，画纸上俨然已经有一片翩翩起舞的芦苇。

它们舞蹈。它们舞蹈。它们轻轻地摩挲着周浅浅的脸，向她温情地柔柔地招摇。

“你画得好漂亮，小葵。”周浅浅出神地凝视着这幅画，轻声说。

木小葵没有抬头，平静地说道：“那等画好就送给你哦。”

“嗯，太好了！”那一瞬，周浅浅感觉自己是这个世界上最幸福的小女孩，而这种幸福感是木小葵给予的。她突然萌生了一种将木小葵紧紧搂在怀中亲吻的冲动，但最终还是强压了下去。

“扑通——哗——”一块暗红色的砖块突然从周浅浅的眼前飞过，划出一道粗鲁的弧线，之后恶狠狠地砸入了水中，湖面的平静在顷刻之间荡然无存，一朵巨大的水花溅到了木小葵的画上。直至此时，木小葵才恍如惊梦一般地抬起头。“我的画！”她低低地叫了一声。周浅浅循声望去，只见画面上的芦苇已经看不清本来模样，尚未渗入湿淋淋画纸的水沿着画纸的纹路快速流下，滴在木小葵的腿上。而自己的身上也早已是湿漉漉的一片，头发紧贴在脸上，水珠顺着脸颊滴滴坠落。

“哈哈哈哈——怎么样周浅浅，洗冷水澡的感觉还不错吧？”远处传来了猖狂的笑声。木小葵迅速起身，将画板紧紧抱在怀中，透出恐惧神色的双目望着周浅浅，似在寻求庇护。

“小葵，有我在，不要怕……”周浅浅一边安慰木小葵一边用手臂紧紧地揽

着她，转过头去，眼前出现了几张熟悉而令人厌恶的面孔——就是那天联合起来欺负木小葵的几个男孩。他们缓缓地逼近自己，为首的男孩对周浅浅挤眉弄眼：“哦——周浅浅，你不知道你的样子有多狼狈！活像一只落水狗！”

“哦——哦——”其余的男孩也跟着起哄，发出阵阵笑声。

“小葵，你稍等一下……”周浅浅伏在木小葵的耳边低语，然后用力揽了她一下，冲到男孩们面前：“你们弄坏了木小葵画的画——我命令你们赶快赔礼道歉！快！否则我对你们不客气！”

“哦？是吗？——我好怕你啊周浅浅……”为首的男孩一边双手抱住肩膀做出害怕的样子一边轻蔑地笑着，“周浅浅，不要以为我们怕你！告诉你，那天如果不是在学校，我们才不怕你呢。你就赶快求饶吧，否则你一个人可不是我们的对手哦！”

木小葵的瞳仁之中流露出极深的恐惧，她仿佛预感到接下来迎接自己的势必是一场暴风雨，一如家中日日经历的那般。她抓住周浅浅的袖子，试图拉住她，“我再画一张送你就是了，你不要和他们……”

周浅浅一下子甩开木小葵的胳膊，一把揪住男孩的衣领，吼道：“道歉！我让你道歉！听到没有？！”

没想到这时其余几个男孩竟一拥而上，将周浅浅拽开，一片慌乱之中木小葵突然听到一个声音喊道：“打她！让她知道我们的厉害——”

“打她……打她……”

2

原本苍白的墙壁布满了一块块暗色的污垢，木头窗框显得陈旧而腐朽。秋天菲薄的风鼓起暗色调的窗帘，它们在风中摇摇欲坠，犹如起航的帆。木质的地板踩上去发出“咯吱咯吱”的声响。上午的阳光寂寞地洒进来，又在地板上静静地流淌。房间中的一切都显得这般陈旧颓败，犹如朝不保夕的重病患者。

这，便是木小葵的家。

周浅浅倚靠在木小葵的床上。床距离窗户很近，一抬头便可看到湛蓝的天空与静止的云朵，时光之静美足以令人流连。

而她却无暇顾及。

她的额头上裂开了一道长长的口子，血液已凝固。右眼眶青得发黑，肿胀的脸颊燥热不堪，仿佛随时都有爆破的危险。还有衣服，上面布满了斑斑点点的血迹，但却由于干涸和灰尘的缘故呈现出暗红色。她双目微微闭起，牙齿紧紧咬着嘴唇，似乎想要借此来减少疼痛，但却仍旧在剧烈的疼痛信号传来的时刻忍不住低声呻吟——疼痛并未让她失去神志，那呻吟声小到仿佛只是给自己听的。她知道，倘若她大声呻吟并且矫情地哭泣，她亲爱的女孩定然会更为担心和愧疚。

更何况，她的紧张与愧疚早已达到了一个极大的限度。

她小女佣一般地跑来跑去，接水，端水，从冰箱里铲出冰块放进水盆中，拿纱布和毛巾，从抽屉中拿出一个白色的带着红色十字的小药箱。在做这一切的时候，她的眉头一直都是紧皱的，双目之中充满了焦虑与无法淡去的忧伤。她是多么地担心她啊！

刚才在那片芦苇丛中，她亲眼看到她与许多男孩争吵并且打架。可是，她哪里是他们的对手呢。那些粗鲁的男孩们将她按在地上。自己多么想要跑上去帮她，将那些男孩们暴打一顿，再把他们扔进水中，然而却无能为力。她所能做的，只是抱着画板惊恐地站在一旁，看着拳脚犹如雨点一般纷纷落在浅浅的身上。

当他们大笑着离开的时候，那个在自己心中英勇如超人一般的小女孩兀自倒在芦苇丛中，从额头上汩汩流出的鲜血染红了一小片芦苇……

哦，不不不……回想起这些，木小葵倒抽了一口冷气，她抬起头看了看碧蓝如洗的天空：让阳光驱赶无尽的黑色梦魇吧。

木小葵快步来到床边，扶起周浅浅。她的一只手轻轻扶住周浅浅的后背，以免过于虚弱的她失去平衡，另一只手抓起浸在冷水中的毛巾，努力地攥干。周浅浅的头微微向后仰着，面色惨白像一张纸。当冰冷的毛巾触碰到她的伤口，她的身体下意识地颤动了一下。“哦，浅浅，对不起。”木小葵立刻道歉，继而轻声问道，“弄疼你了，是不是？哦——我小心一点，小心一点……”她更为小心地替周浅浅清洗伤口，然后在她的额头上敷了药膏，把纱布叠成小块，用胶布固定在她额前的伤口上。

周浅浅微微睁开眼睛，看着木小葵，红肿的脸上露出隐约的笑容：“谢谢你……小葵……”

木小葵却像没有听见似的，心疼地责怪：“干吗要和他们打架，不就是一张画吗？”

“不是！”周浅浅全然不顾伤口的疼痛，突然激动起来，起身倔强地嚷道，

“那是你送给我的礼物，无论是谁破坏它我都会和他拼命！”又是一阵疼痛袭来，她无力地倒在床上。

木小葵无声地看着周浅浅，心疼得更加剧烈，浅浅恐怕是要在家休息一段日子了，不会落下功课吗？想到这些，她有些焦虑，眉头蹙起，眼中有泪，不过片刻之后又自我安慰，她的成绩那么好，即使落下功课，自己也应该会补起来吧。

“对了小葵，你家怎么会有这么多治外伤的药呢——咦？今天是周末，你爸爸妈妈怎么不在家？”

“多亏他们不在家，否则……”木小葵喃喃低语，却欲言又止。心中在那一刻涌起难言的悲伤。

周浅浅疑惑地望着脸色大变的木小葵：“小葵，你怎么——”

“砰——”

门突然被一脚踢开，还未见到人影，空气中便弥漫开酒精的气息。紧接着，一个衣衫不整蓬头垢面的男人跌跌撞撞地闯进来，嘴里嘟哝着：“撞了什么邪啊我这是……晦气！”

他想要走进自己的房间，却在路过木小葵的房间时透过敞开的门看到了一个女孩，头上包着纱布，鼻青脸肿地躺在床上。而自己的女儿正静默地坐在一旁。

“怪不得老子会输——原来这个小王八蛋给我招家来一个病秧子……”男人禁不住怒火中烧，狠狠将门推开，冲进去对着木小葵粗暴地大骂，“小王八蛋净给老子找晦气！”

木小葵知道，任何反抗的结果只能是一顿暴打，所以只是静静地低着头，看不出任何表情。从未见过如此景象的周浅浅再一次不顾伤口的疼痛，“腾”地一下子从床上蹦到地下，大声质问：“凭什么骂小葵，就因为你是她爸爸就可以胡说八道吗？”

“你竟然敢教训老子……”男人的目光顿时凶狠无比，冲到周浅浅的面前，刚准备伸出手将她抓起，就听到身后一个女人微微颤抖的声音：“你……你回来了？”

说话者正是刚刚买菜回来的小葵的妈妈。周浅浅看过去，那是一个显得异常苍老憔悴的女人，头发枯黄，满脸呆滞。男人闻声回头，顿时将对周浅浅的注意力转移到了自己妻子的身上：“臭女人，趁我不在让这个小王八蛋带一个病秧子回来！你也故意找老子晦气，是不是？！”他越说越气，一把抓住女人的领子，像老鹰捉小鸡一样将她拖进自己的房间。

“砰——”门被这粗暴的男人摔得惊天动地。

片刻的沉寂之后，女人的哭号又如雪一般汹涌。

“啊……救命啊……救命啊！！”

周浅浅长久地站在原地，忘记了疼痛，忘记了一切。她突然回过神来，转头向身边的木小葵望去，她不知何时已双手交叉搂着自己的肩膀蹲在地上，身体不自制地剧烈抖动着。泪水从她的眼中大颗大颗地滚落出来，重重地砸在地板上，发出暗淡的声响。周浅浅的喉咙瞬间像是被什么紧紧锁住了一般。她一瘸一拐地走过去，双手抚摸着木小葵的背，说不出一句话来。

当周浅浅的手抚到自己脊背的刹那，木小葵突然泣不成声地说道：“浅浅……对不起……对不起……我不该让你来我家的……我不该让你来我家的……对不起……对不起……”

周浅浅的眼泪汹涌而下，她跪在地上将木小葵紧紧地搂在怀中犹如搂着一个无家可归的孩子，亲吻她被泪水冲刷得一塌糊涂的脸：“小葵……我求求你不要这样说……你这样说会让我很难过……我不要你哭……我要你幸福！”

3

“你知道吗，直到那天，我才知道原来小葵一直缄口不提自己家庭的原因只有一个——凶狠的爸爸与怯懦的妈妈，这样奇特的组合令她难以启齿。这一直是她不能言说的伤。每次提起，对她而言都是万箭穿心一般的疼痛。后来，她对我说，有一天她跑出家门，漫无目的地走，就发现了那片很美的芦苇丛。于是那片芦苇丛就成为了她的小天地。知道这一切之后，我与小葵说话更加小心翼翼，因为她就像一个玻璃娃娃一样脆弱可怜，我不想伤到她，哪怕一丝一毫。”

“那天——就是我被打伤的那天，我回到家，我年轻漂亮的妈妈在推开门的一刹那看到了满脸伤口的我，美丽的眼睛顿时溢满晶莹的泪水，她将我抱在怀里，泪水落在我的脸上，我的伤口隐隐作痛——知道吗，朝颜社长，在不了解小葵的家境之前，我一直以为全世界的妈妈都会像我的妈妈一样善良美丽，关爱自己的孩子。可是小葵的妈妈却像是一个机器人——她每天在意的只是自己是否会因为言语不恰当而遭到丈夫的打骂——她根本没有能力再顾及小葵的死活……

“还有我英俊的爸爸——他将我搂在怀中，在我的耳边轻声说，孩子，回来就好，有爸爸在，一切的伤口都会愈合……然后他把我抱回到我自己的房间，将我轻轻地放在床上。怕弄疼了我的伤口，于是就用最小的力气亲吻我的额头说，

我的乖女儿，做个好梦。那一刻我突然想起了小葵，她是不是永远都得不到父亲这般慈爱的亲吻——我简直想把我的爸爸妈妈与她分享。

“朝颜社长，你根本不知道小葵的生存环境有多么恶劣，除了我和梵高以外，她甚至没有能够完全信任的人——我一直刻意而努力地保护着小葵，不希望任何人伤害到她——其实所有了解小葵身世的人都会忍不住想要保护她——所以，朝颜社长，你答应我不要再欺负她了好吗——求求你……”

倘若说最初对童年往事的叙述是与朝颜做的一笔交易，那么刚才所说的这番话便是交易过后无任何条件的馈赠。也许她想到过停止，却根本无法控制自己的倾吐——不，是无法控制自己内心的呼喊。她不断地说不断地说，终于在说完“求求你”之后蹲在地上，双手插进短发之中，小声地哭泣起来。

朝颜的心顿时有些软，目光也温柔下来。他缓缓地靠近了周浅浅，语气缓和地说：“你别哭了……我答应你。”

周浅浅抬起头，不顾仍旧在脸上恣意流淌的眼泪，努力露出笑容连连说道：“谢谢，谢谢你……”

然后她起身，擦了擦眼泪，向朝颜客气地点了一下头：“我要走了，我要把这个消息告诉小葵。再见，朝颜社长，希望你能遵守自己的诺言。”

朝颜打开窗户，一阵风仿佛已在窗外等待了许久，遏制不住地吹进来，扬起朝颜额前的长发。他的双臂支撑在窗台上，夜色夹杂着树木的芬芳气息在空气中缓缓弥漫开来，微凉，微凉。天空之上是闪亮的星斗，一颗一颗，明亮得让人忍不住掉泪。

周浅浅正经过。

她在庞大的黑暗之中奔跑，她的心中在此刻必定已经溢满了芬芳甜美的快乐。

朝颜静静地望着周浅浅逐渐消失的身影，又想起了刚才她说的那番话，还有她的哭泣，眼睛突然模糊起来。

我终于明白木小葵的画为什么那么自由了，我终于明白为什么她那么热爱梵高了——梵高救赎了她羸弱的灵魂，将她从家庭暴力的阴影之中解脱出来——我也终于明白她为什么对所有的事物都是一副漠不关心的态度了。原来一切的一切只是因为她试图用自己所能想到的方式保护自己。实际上当我第一次看到她的画作时，我就该明白她是个奇特的女孩，正如我在那个夕阳之下，从她的身后叫住她时便能够看出她的眼中有一抹阴郁。可是为什么我却一直不明白拥有这种性格的人是不能够用独断使之屈服的呢？！为什么我一直不明白呢？

我真是个傻瓜。彻头彻尾的傻瓜。

此时此刻的我多么想要立刻冲到她的面前，告诉她其实坚强与冷漠是不需要做给别人看的，一如我们根本无需掩饰自己脆弱的情绪。可是——可是我根本不可以因此向她屈服。我要拿到金奖，我要让她明白，我是对的。

我依然有我倔强的骄傲。

那个夜，我锁上了画室的门，背起书包走下楼。我来到学校后面的那片湖边席地而坐，长久地沐浴在月光之中。草丛中甚至能够听到秋虫们的奏鸣曲，唧唧咕咕，难道是在嘲笑我的愚蠢么？月光倾城，如霜一般落在平静的湖面之上，远处连绵不绝的山也只能留下一个模糊的黛色轮廓。波光粼粼的湖面能够映射出所有的事物，可是我却不敢走到它的面前——

我怕当我走近它时，它便会映出我的邪恶与冷漠。

我想，也许周浅浅方才所说的一句话是对的：任何一个了解木小葵身世的人都会忍不住想要保护她。

难道也包括我吗？

哦，上帝，我到底怎么了？

4

再见面，已是数月后，秋天在大片落叶的欢送之中悄然离去。

校园之中堆积着厚厚的叶子的尸体。每天清早都会有清洁工人将它们扫到一起烧掉。毫不留情。

大课间。出教室散步的学生越来越少，他们宁愿在教室上无聊的自习也不愿意外出挨冻感冒。

只有她不同。学习于她的意义，她至今不明。唯有不断地作画，才能架构她单薄的生命。

木小葵戴着一顶白色的滑雪帽，身着藏蓝色宽大的毛衣，背着画板从教室快步走出。斜斜的刘海从帽子中只露出一点点，遮住了她的右眼，看上去仿佛比几个月之前还要憔悴不少。她低垂着头，心无杂念安稳地走着，仍旧没有任何人注意到她。

曾经在夏天遮蔽了整个林荫道的梧桐树此刻只剩下光秃秃的树干，直直地刺

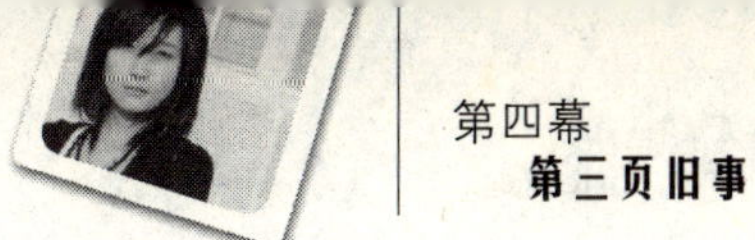

向天空。

这样苍颓的景致，除却她，还有谁忍心观望。

也许，还有他。

他本身便是有异于常人的男孩。他的才华，他的性格，都令人难以捉摸。

在这样寒冷的季节，他只穿了一件白色的衬衣，没有戴帽子，漆黑的头发在苍白的季节中更加醒目，额前的刘海越来越长，或许最终将会阻断通往他内心的路径。他独自坐在林荫道中的石凳上，伸开两条长长的腿，双目直直地望着前方一处未名的风景。

寒风猎猎地刮过，所有的树木都因寒冷而颤抖。

他双臂交叉抱住了自己的肩膀，脸上竟然露出莫名所以的笑容。

他突然起身，站在林荫道的正中间。路的尽头，她向着这边走来。

她走到他的面前。

她抬起头。

几个月未见，木小葵蓦地发现，他的脸上已没了以往的冷漠，相反在嘴角挂着一抹温存的笑容。

“嗨，好久不见。”

“嗯，好久不见。”木小葵低下头答道。突然抬起头看着朝颜，满目惊讶，忍不住脱口而出，“难道你不冷吗？”

“刚才一阵风刮过来，的确有些冷，”朝颜搓了搓手，继续说道，“不过冬天是我最喜欢的季节，我总希望能够与它靠得近些，再近些。”他又把手放在嘴边呵了一口气，大团大团的白色气体在空中扩散，模糊了他英俊的脸。在这片模糊之中，木小葵听到他说：“陪我走走，好么？”

说罢，他转身欲行。

木小葵凝视着他清癯的背影一秒钟，跟上前去。

寒冷仿佛在行走之中被逐渐驱散，空气中弥漫着平静而干净的缄默。

“这些天，我一直在画决赛作品。”朝颜的声音打破了这宁静，然而声线却极为低沉，犹如耳语。

“嗯。”木小葵没有抬头，只是淡淡地应了一声。

“可是我对我的作品一直不满意，撕撕画画不下一百次了。”朝颜继续说道。

“嗯。”还是那声淡淡的应答。

这时朝颜突然驻足，继而转过脸，望着木小葵，认真地说道：“也许——真的是我错了。”

“什么？”木小葵也停住脚步，转身以一种难以相信的表情望着朝颜。

“我说——我错了，我不应该给自己那么大的压力，我应该放下一切功利之心，抛开一切外来压力去作画，就像你说的那样。”

木小葵浅灰色的双眸中流露出更加疑惑的神色：“为什么突然说这些？”

“小葵，”朝颜轻声叫道，“我终于明白为什么你的画风那么奔放而狂野，用的色彩那么自由，因为你没有压力，也没有任何人强加给你目标。你热爱梵高，因为梵高拯救了你的身体和你的灵魂，你诚心皈依于他，因此绘画于你而言是生命之中最为圣洁的部分——而我，自以为没有亵渎美术的我实际上才是最为卑劣的，因为我一直把画画当做一个工具而不自知——我们是完全不同的——你脱俗，我不及你。”

“你怎么知道我这么多？”木小葵的声音不自觉地提高了很多。

朝颜没有回答，仍旧兀自说道：“请你不要以为我是在头脑发热的状态之下说出这些疯疯癫癫的话，此刻的我比任何时刻都要清醒。我现在试图调出优雅而高贵的颜色，可是调出的色彩就像一群被捆绑住小手小脚的孩子，那么拘谨，根本无法在草地上撒欢——我需要你，真的。我真心诚意地需要你帮我完成这幅作品，只有你才能弥补我调色拘谨的缺憾——你一定会答应我的，对不对？”

说罢，他的身子竟然呈九十度，给木小葵深深地鞠了一躬，并再次重复：“你一定会答应我的，对不对？”

许久，朝颜抬起头，木小葵看到他眼眸之中的真挚，不由自主地、缓缓地点了点头。

5

画室中。

朝颜端坐在画板的正前方，木小葵坐在朝颜的身旁。

“你说究竟应该选择什么样的主题才能够吸引评委的眼球呢？”朝颜用征询的语气询问木小葵。

“我不太清楚。”木小葵轻声答道。

朝颜不再说话，陷入沉思。

究竟该画些什么……画些什么才能够……吸引评委的眼球……

恍然间，时光倒流，他的脑海中出现了这样一幅画面：

一群深褐色的飞鸟缓缓地飞过，远处模糊的建筑以一种安静绵长的姿态驻足。那些沧海桑田的拥有终于成为了古老墙壁上无法言语的寂寞申诉，那些亘古不变的等候终于石化成了房顶不断开放又不断枯萎的白色花朵。田野寂静开阔，大片的芦苇在风中摇摆，湖水清澈碧绿。

一个女孩，站在这一片摇曳的芦苇丛中，裙子的颜色犹如苇花。

朝颜的眼神顿时变得游离起来，分明已身处一片遐想之中。许久，他的眼神才恢复了之前的笃定，转过头问在一旁一直沉默无语的木小葵：“你觉得画芦苇怎么样？还有，一个仰望天空的女孩。”

“芦苇？女孩？”也许是因为朝颜的想法太出乎自己的预料，也许因为朝颜的想法勾起了自己对远逝童年的回忆，木小葵的声音微微颤抖，而破碎在空气之中的尾音完全是印证周浅浅所说的一切是否真实的最好的证据。

静默了一瞬，木小葵低声说道：“稍等，我来调色。”

这一次，朝颜一改往日直接上色的方式，而是先用4B的铅笔在对开的画布上勾勒了一个大体的轮廓——近景是一个白裙子的女孩，中景是一片淡黄色的芦苇，远处是沉默高远的苍蓝色天空，一片云都没有。将芦苇丛作为重点刻画对象，作为近景的女孩只需画出背影即可。

“这种构图，你觉得如何？”朝颜转身询问正在调色的木小葵。

“效果应该会不错，”木小葵歪着头微微眯起眼睛盯着朝颜的构图，一边点头一边说，“不过蓝天处理成纯粹的蓝色会不会显得有点空了？”

“要不，加几朵浮云？”朝颜试探性地问道。

“不不不，”木小葵连连摇头，“加上浮云太俗气了。”

“那么——反正这片天空也要留到最后处理，到时候再说好了。”

“嗯。好。”

朝颜将木小葵调出的颜色迅速刷在画布的中间部分，颜色非常黏稠，芦苇的神韵跃然纸上。坐在一旁的木小葵突然起身，站到了不远的地方，眯起眼睛，观察整体关系。当她观察的时候，朝颜握笔的双手自然下垂，一动不动，心中略带期望，犹如一个渴求得到老师表扬的小男孩。

“很棒。”木小葵轻柔的声音之中有着掩饰不住的欣喜，“你已经把心放得非常平了。”

“是吗？”得到了肯定，朝颜兴奋地转过头看着木小葵，脸上露出了温暖的笑容，“我也觉得很棒。知道吗，前段时间我几乎天天都要在画室里过夜，通常一画就是一个通宵，结果还是无法令我满意。没想到有你的帮忙我竟然会这么有灵感——小葵，看来今后我是离不开你了。”

“嗯……今天就到这里吧，明天我再来。”面对朝颜这样一句充斥着若有若无的暧昧的话，木小葵选择了回避。她转身，拉开门，“你也休息一会儿吧。”离开之前，她如是说。

朝颜望着木小葵离去的背影，脸上再次露出了温暖的笑容。他目送着木小葵走下楼梯，突然将手拢在嘴巴上，大声说：“喂——明天要早些来哦！”

“知道了。”木小葵仍旧是淡淡地回应，身影在楼梯的转角处消失不见。

朝颜将视线移回了刚刚起笔的画作，荡漾在脸上的温暖笑容仍旧久久不散。

突然，他起身，张开双臂，将这幅画轻轻环在怀中，宛若环住自己深爱的女孩。

木小葵从朝颜阴冷的画室之中走出，迎面吹来的一阵寒风让她忍不住打了个寒噤。仰起头，梧桐树的叶子几乎快要掉光，灰色的干枯树丫凛冽地刺破天空。秋天仿佛才刚刚过去，怎么冬天就已经变得这么深了呢。木小葵用了一秒钟的时间思索这个问题，继而抬了抬嘴角，快步向前走去。

又向前走了十几步，突然看到在教学楼的转角处伫立着一个瘦高的女孩，单薄的身躯在凛冽的风中瑟瑟发抖，她的脸被冻得通红，像是娇羞的苹果，令人感到暖。只有那双眼睛是寒冷的，闪烁着哀怨的神色，将要把人穿透。

是周浅浅。

木小葵在距离周浅浅还有五步左右的时候停下，她的眼神在与她交会的刹那突然变得有些不自在，是的。不自在。因为她从未见过周浅浅如此哀怨犀利的神情。沉默了一秒钟，木小葵嗫嚅着小声问道：“浅浅，你怎么在这里？”

面对木小葵的询问，周浅浅眸子中的犀利霎时变为难言的愤怒。她没有回答，甚至连一句话都没有对木小葵说便转身，快步走进了教学楼。

看到满脸怒容的周浅浅，木小葵赶紧追上去，拽住周浅浅的袖子："你要干什么？"

面对木小葵的阻挠，周浅浅一下子挣脱开："我要去找他算账！他答应过我不再骚扰你，可是没想到过了这么久他还是不放过你！"

"你不要乱来——他没有强迫我，我是自愿的。"木小葵口气中也带着明显的愤怒。

周浅浅闻声而停，转头，用一种难以置信的眼神望着木小葵，质问道："为什么——为什么会这样？！"

"没有为什么，"此时木小葵无论从声音还是从表情皆恢复到了之前的冷漠，侧脸在寒冷而明媚的阳光之中闪闪发光，犹如一个玻璃娃娃，"我愿意——就这么简单。"

"你怎么可以这样！小葵！"周浅浅无力地垂下头，原本愤怒的语气之中平添了一分哀伤，"你真是太让我失望了……"

"以后不要和朝颜接触了——他会伤到你的。"最后，周浅浅以一种不容置疑的口气斩钉截铁地说。

木小葵的口气愈发愤怒，仿佛眼前的周浅浅只是一个与自己毫不相干的人："你凭什么管我？！"

"我这是为了你好！"

"够了，"木小葵的语气由愤怒骤然变回冷漠，她侧过身，双目望着一处未知的风景，"不要再以为我好的名义来干涉我的生活。类似的事情你已经做得太多了，周浅浅。"说到此，她微微闭上眼睛，叹了一口气："我说过很多次，我们不是以前那样了……"木小葵睁开眼睛，转过身，望着周浅浅，一朵愤怒的火花骤然从她的瞳仁中弥散开来，"为什么你总是不听？"

她转身离去。

"对不起……你等等我……你听我解释啊小葵……"周浅浅慌慌忙忙地追上去，此时此刻，她多么想将自己心中对木小葵的爱全部倾吐出，可是，她却没有给自己任何机会。

6

今天的阳光格外好，暖融融的，快要凋尽的树叶也被染上了激越明媚的颜色。天空湛蓝，连云朵与风都被这种向上的情绪所感染。空气中是风的味道。一切皆是这般丰美。

朝颜早早来到学校，脸上似乎还留有寒风的轮廓。鼻尖冻得略有些发红，脸颊也有浅浅的红色，眼睛格外明亮，仿佛在他双目之中积攒已久的落雪纷纷消融，消失不见了。穿了黑色的风衣，里面仍旧是一件薄薄的白色衬衣。精神明显好于往昔。

的确，昨夜是他自参加比赛之后唯一的一个安稳之夜。

走进教学北楼，来到三楼的第二个教室，他掏出钥匙，打开门。光线骤然暗淡。

怎么会这样暗？朝颜第一次感到画室暗淡得令自己难以接受。

他站在窗边，双手轻轻放在窗帘之上，突然将它们用力地向两侧拉开——

寒冷的风夹杂着大片大片阳光的碎屑汹涌而入。

他站在这一片阳光碎屑之中，仰起头，双目微微闭起，仿佛在享受上帝施予他的巨大恩赐。

片刻之后，他睁开眼睛，漆黑的瞳仁之中是一片淡定与祥和的暖色。

他将放在一旁的画板在自己的眼前重新支撑起来，准备好画具，将刷笔桶中灌满清水，脱去风衣。

他安静地坐下，右腿随意地搭在左腿上，脸上有着若有若无的温暖笑容。

这一刻，他突然感到幸福。幸福生生不息，如此汹涌。

木小葵背着书包，将头垂得低低的，走向教学北楼三楼的第二间画室。她也发现了今天的阳光是这样明媚，空气如此宁静。只能听到自己的白色球鞋与地面接触时发出的低眉顺眼的声音。

画室的门半敞着。木小葵刚准备推门进去，眼前的景象便令她的腿再也挪不动半步——

窗帘被拉开了，窗户敞开的部分呈很大的角度，清晨尚未被污染过的阳光从窗户直泻而入，流淌在窗台上，之后又以一种流体的姿态在冰冷的地面上徜徉，地面泛起了暖。画室的每一个角落都浸满了阳光，充足到甚至用小指轻轻一用力便能够轻易地溢向另一个地方——空气中充斥着一种难以言明的，温暖而迷幻的

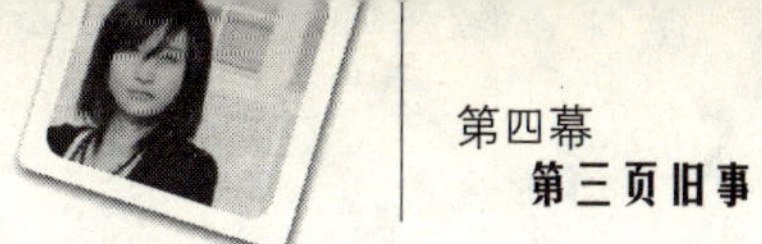

气息。

而在这一片迷幻中间，男孩朝颜以一种淡定自若的姿态右手持画笔，左手的拇指从调色盘的小孔中伸出，略微弯起。他的一部分身体沉浸在黑暗之中，可是肩膀之上的部分却被阳光照耀得几乎透明，特别是他的脸，简直像是用汉白玉大理石雕刻而成的人像，皮肤白皙到看不出任何毛孔，漆黑的头发盖住耳朵，遮住双目，嘴角微微翘起，仿若孩童。

他的白色衬衣多干净啊，纤尘不染。

还有他的嘴唇，薄薄的，精致的，足以令任何一个女孩都克制不住想要亲吻的冲动。

木小葵倚着门框静静地望着眼前正在作画的朝颜，犹如是在卢浮宫欣赏一幅不朽的画作。

“小葵？是你吗？”作画的空隙，朝颜不经意间将头瞥向门的位置——或许也是一直在有意地等待着什么。果然，他在一片光芒之中看到了一个瘦小模糊的身影。

“是我。”木小葵轻声回答。不知为何，她竟然感到自己的脸颊有些发烫。

“哦，你来了，太好了！”朝颜竟然发出了孩童般兴奋的笑声，“你赶快过来看一下——”

木小葵没有回答，只是沉默地走过去，与此同时冰冷的双手在绯红的脸颊上面不断地揉着，希望以此来消除害羞的情绪。

“你看——芦苇的这里——我加入了一点湖蓝色，你觉得怎么样？”朝颜迫不及待地问道。

“很好，”木小葵盯了画面几十秒钟，一边点头一边说，“不过我觉得如果再加入些暖橙色效果会更好。你试试看。”

“暖橙色？”朝颜半信半疑地从画盒中挑起一点，在调色板上铺开，又加入了画面中原本的颜色，试探性地在画布上轻轻一扫——

画面中那片芦苇所呈现的已不再是孤寂而寥落的美，加入了暖橙色的芦苇丛能够让人从悲凉之中看出丝丝暖意，令人心存慰藉。

“太好了！”朝颜忍不住赞叹，继而说道，“我觉得白色的苇花用干搓的技法来画更有立体感，映衬着这片暖色的芦苇，效果会愈发地好——”说罢便将画笔中的水分用力甩干，蘸了厚厚的白色颜料，又加入了少许的紫罗兰和淡黄，把小色块一点一点摆在画布上。

画面上的芦苇果然活了，它们被画者赋予了生命与灵魂。

于是它们把双脚从水泽之中抬起，在画者面前翩翩起舞。

临近中午，画面中的芦苇已经基本成形了。

“初次看到这幅画的人一定误以为自己闯入了一片芦苇丛中，”朝颜倚在椅子上，头微微向后仰起，双腿搭在桌子上，满脸落拓地望着坐在自己身边的木小葵，双目之中露出一抹拨云见日般的温柔，“谢谢你，有了你果然不一样。”而听到这句称赞的木小葵则把头别向一边，脸色微微泛红。

朝颜重新坐起来，静静地望着画，突然说：“总算把最难处理的部分处理好了，接下来的工作就会容易很多。”他的脸上露出了骄傲的笑容。但是这次却不同于以往的冷漠自负，相反干净而温暖，“对了，你说给这幅画取一个什么名字呢？”他突然问。

“我不知道，你自己决定就好。”木小葵脸仍旧是红的，因此仍旧侧向另外一边。

“唉！你又不知道，”朝颜露出小孩子闹情绪时的表情，半开玩笑半认真地叹了口气，“你什么都不知道，你总是不知道。你啊，简直就像是生活在真空里的木偶娃娃。”

木小葵脸上的红晕终于消散，她回过头，阳光的色彩在此时落入朝颜的瞳孔，幻化出一场晶莹剔透的梦境。

她看着朝颜的眼睛。其中有一抹纯澈的阳光。

朝颜也看着眼前这苍白而孱弱的女孩，她眼中的阴郁终将会被驱散吗？

“呵呵……”他们静静地注视着对方的眼睛。然后，在同一时刻，嘴角露出了淡淡的笑容。

在与木小葵对视的时刻，朝颜竟然微微有些晕眩。这个女孩仿佛有一种魔力，能够将自己带入一个完全虚幻的境地。她的眼睛是杏核一般的，可是却仍在这相视微笑的温暖时刻夹杂着星星点点的忧伤。她的下巴是那么地尖，皮肤是那么苍白，阳光的照耀之下甚至能够看到泛青的血管。还有她的头发，漆黑得像是最为沉重的夜。她穿了一件深蓝的上衣。看上去多么像是一个令人怜惜的小小精灵。

“小葵，其实你应该多笑笑的，你笑起来好美。”

木小葵的脸再次红起来，甚至红于方才，红晕在她的脸上仿若一朵樱花：

“你如果再这样说我就走了。”

“我说的都是真心话——我从未像此刻一样认真地说话。”朝颜炽热的目光并没有因为遭到拒绝而有所减弱。

木小葵张了张嘴，似乎还想要说些什么，思绪却被一阵推门声打断。

这是一阵轻柔的推门声，就像是夏日的微风。

同时一个宛若天籁的女声飘进朝颜的耳朵：“颜颜，你在吗？”

听到这声音，朝颜的神情突然变得异常兴奋，他起身冲着门大声叫道：“染染姐姐！”

木小葵的心中起了疑惑：染染姐姐……就是那个在巴黎高等公立美术学院进修的染染姐姐吗？

此时，那个有着甜美嗓音的女孩正慢慢地从门外灿烂的阳光中走进来，最后出现在木小葵和朝颜面前。

大概有一米七五左右的高瘦女孩。穿了一件白色的过膝风衣，长长的白色靴子直到膝盖。她的肤色就像朝颜一样的苍白，不过脸颊处恰到好处出现的红晕令她看上去有种健康而正常的美。眼睛也是莹澈的，仿佛总是有一汪水在其中流淌，浸润着她的眼眶。她的头发做过了离子烫，随意而不随便地用一枚白色的发卡高高地别起，露出白皙而修长的脖颈，犹如月光一般清美。

“染染姐姐！”朝颜突然起身，冲到林染的面前，将她一下子紧紧搂住，“你终于回来了！”

“我回来了，”林染轻声应道。她的一只手环着朝颜的背，另一只手轻轻抚摸着他的脖子，“两年不见，颜颜竟然变成这样英俊的少年了。”

朝颜的下巴抵着林染的肩膀，轻轻点头，并且将林染抱得更紧，“染染姐姐，你不知道我有多想你。”

“傻孩子，我能感觉得到的。”林染微笑，轻轻拍了拍朝颜的后背，“因为染染姐姐也想颜颜啊。”

朝颜长久地拥抱着林染，就像是拥抱着柏拉图的水晶球，拥抱着离散多年的梦境。林染身上散发出来的植物香气令他沉醉。他甚至忘记了身边的木小葵，忘记了不久之前的自己是多么诚挚而热烈地赞美过一个女孩。此时此刻，林染就是他的全部。他将头低低地靠在林染的肩膀上，脑海中犹如上演电影一般播放着他们之间的一幕幕，快乐、幸福、哀伤、忧愁……她不在中国的两年，他的生活寂静无聊漫长到像是过了两个世纪。她的归来，令自己心中寂灭许久的一片火焰重新燃烧。

“颜颜，这个女孩是谁？”与朝颜沉浸在相聚的欢乐之中的林染突然发现在画室的角落里，孑然站立着一个小小的女孩，低着头，手指在毛衣角上绕来绕去，似乎作为见证这场拥抱场面的人，她多少有些惴惴不安。

“对不起，我忘记介绍了，”朝颜这才想起木小葵，他将环住林染的双手松开，走到木小葵的面前，“她是我的朋友，名叫木小葵——对了，她的画也画得特别棒哦。”

“哦。”林染又看了木小葵一眼，淡淡地应了声，显然并没有对木小葵产生兴趣。沉默片刻，她的目光开始在画室中飞快地穿梭，天花板、地板、静物灯……仿佛要将朝颜这两年来作画的环境深深地印在脑海之中。终于，她的目光被画架上尚未完成的芦苇图吸引。她靠近这幅画，面带疑惑地问道：“颜颜，这幅画是——”

“这是我参加卡隆布兰加国际少年美术大赛的作品啊，”朝颜的语气仍旧兴奋，“染染姐姐，你来得正好，你要帮我指点指点哦，看看哪里还有不足。”

林染没有作声，她静静地站在这幅画的前面，双目之中透出了一种难以言明的复杂的神色。

她突然抬起头看了木小葵一眼，全身顷刻如被一盆冷水浇过一般的寒冷。这个女孩的眼睛像是一片暗涌，隐藏着令人绝望的漩涡，能够使人轻易地沉沦，万劫不复。

木小葵仿佛察觉到林染并不友好的情绪，转身淡淡地对朝颜说：“我先走了。”

“哦。好的。”朝颜没有看木小葵便随口回答，他的目光自始至终都落在林染的身上。因为，她是他心目中真正的神。爱神。维纳斯。

木小葵关门的声音逐渐消逝在阳光之中，轻轻激荡着若有若无舞蹈着的尘埃。朝颜的目光仍旧专注地望着林染。他猛然察觉方才在林染脸上小面积的复杂的神色正在逐渐向外延伸，并且有进一步扩大的迹象。他的心顷刻间惴惴不安起来，用孩童期盼揭晓谜底一般小心翼翼的语气问道：“染染姐姐，这幅画，到底怎么样？”

林染复杂的表情最终变成一种威严——一种任何人都难以抗拒的威严！

她的目光离开了画布，继而逼视着朝颜："颜颜，你与刚才那个女孩是什么关系？"

"朋友啊，"朝颜疑惑地回答，继而补充，"就是普通朋友。怎么了，染染姐姐？"

"我不管你和她什么关系，总之从今以后，不准你与她再来往。"林染的口气俨然是朝颜的长辈。与此同时，一种不怒而威的感觉从她的身上缓缓散发出来。

"为什么，染染姐姐？"朝颜的语气之中满是惊讶与不解，"究竟怎么了？"

"不要问为什么，也不要问怎么了，反正你听染染姐姐的话就对了。"林染走近朝颜，将他温柔地搂在怀中犹如搂抱一个顽童，"颜颜一向是最听染染姐姐的话的，对不对？"

朝颜在她的怀中彻底地沉醉了，不禁点了点头，满足地回答："是的。"

林染严肃的脸上终于露出了微笑，表情霎时如刚才一般的温柔："那么，这次也会听染染姐姐的话，对不对？"

"嗯。"朝颜仍旧是点头，只不过这次的点头似乎有些艰难，"对。"

"真是乖孩子，"林染的笑容更加令人沉醉，仿佛阳光碎片在她的脸上全部变成了绚烂的花朵然后缓缓地开放。

她踮起脚，在朝颜苍白而冰凉的脸颊上轻轻吻了一下。

少年的脸颊顿时开出了一朵朵绯红的花朵。

"我刚下飞机就来找你，现在有点饿了，我们去INDEFINABLE吃饭，好不好？"

朝颜的脸上瞬间也露出了笑容。看着自己想念了整整两年的人，声音温柔地回答道："好。"

在林染的眼里，这个已经高于自己的少年分明还是几年前那个不谙世事的小男孩，事事都要征询自己的意见。想到这里，她微微地笑了。她将朝颜的手轻轻攥在手心，拉开门，他们的身影消失在一片灿烂之中。

|| Chapter **B** ||

当我在日本的时候，就时常被身边的朋友嘲笑，他们说像我这样一个又呆又傻没有男子气概的男生或许一辈子都不会被一个女生喜欢，再这样下去就面临着一辈子独身的危险险。

而每当听到类似的话语时，我总回应给他们的只有淡淡的笑容。

可是又有谁能看出我心中的伤怀。

冬泽井

1

偌大的校园随处可见恋爱的少年，他们模仿着《东京爱情故事》中的永尾完治，在树上刻下自己的“赤名莉香”的名字。有时候我坐在树下，抬起头便能够看到某个熟悉的名字。每当这时，我的思绪便会飘向很远很远的地方，我也不知道是哪里，但是我知道一定不是我现在居住的国家。

我略带伤感地想，总有一天，我也会在校园的某棵树上刻下我的女孩的名字。

可我一直都没有谈过恋爱。

十七岁。我的朋友身旁的女生飞快地变换着，有时我还没记清她们的名字，那些女孩就又变了模样。然而我，一直都是孤孤单单的一个人，像一只大雁一样苍茫。身旁的朋友总是嬉皮笑脸地问我，冬泽，你是不是看《小王子》看得永远都长不大啦。我微笑着摇摇头，然后继续安静地垂下头去，翻阅我手中那本有着干净的蓝色封面的可爱的小小童话。

那是我自十三岁国中一年级起最爱的一本书，四年，一千多个日日夜夜，从来都没有发生过任何改变。

这是一本温暖的书。这是一本忧伤的书。这是一本能够令人瞬间对周围的一切无比明晰的书。这又是一本能够令人长久地陷入某种迷惑而无法自拔的书。它陪伴我走过了一段最为茫然孤单的日子，并且给予了我非常多的温暖。

这本书的名字叫《小王子》。

那一天，阳光非常明亮，云朵非常洁白。老师突然在班级中宣布，学校将派出五名男孩作为交换生去往中国学习交流两个星期。身旁的同学立刻开始骚动，我仍旧默默地坐在自己的座位上阅读着那本可爱的小童话，头低得甚至可以碰到膝盖，那个忧伤的小人儿已经降临到了地球，他遇到了一条蛇，并且与蛇愉快地聊了一会儿。

冬泽井——

突然听到老师叫我的名字。我慌乱地将书塞进书桌，踉踉跄跄地起身，大声说——到！

下面响起一片笑声。我一下子变得茫然而不知所措，我求助的目光望向我的老师。她是一位非常美丽的小姐，教英语，心地善良。看到我的样子，她用手轻轻捂住嘴巴，停顿了好一会儿，才面带微笑地对我说，其实你没有必要这么大声地答“到”，我只是宣布了交换生的名单而已。

里面，有我？我疑惑地问道。

你说呢？她仍旧微笑。

是你推荐我的吗？我的疑惑大大加深，可是我的英语学得并不好。停顿片刻，我补充道。

没错。可是英语学得不好并不是你的错。学校需要的交换生是安稳而不会惹事的优秀少年。更何况，你的中文相对于其他同学还是不错的。

2

日本的天气还是很热，上飞机的那天我背着一个非常大的旅行包，手中拖着一只行李箱。

去中国。这对我来说是如此不真实。

飞机伴随着轰鸣声飞上天空，我口中嚼着柠檬味道的木糖醇，塞上ipod耳机，头靠在椅背上，望着窗外腾空而起的大片大片的云，慢慢感到疲倦，渐渐闭上了眼睛……

我又梦到了在法国的那一场车祸，那是我生命中不可抹煞的梦魇。梦境的颜色依旧一片灰白，我坐的车在马路上奔驰，对面突然开来一辆双层公交车，它们相撞，我的头重重地无法阻挡地摔向车门……梦境的最后，我感到自己的心脏像被一块陨石压住，无法呼吸，灰白大片大片地交织在一起，状若怪兽，突然向我扑来……

我猛然惊醒。胸口仍旧是沉重的感觉，头疼欲裂，耳朵也开始疼。我知道，飞机即将降落了。

带队的老师在距离学校较近的“七点四十五”街道为我们租了一套房子。我的房间很小可是很干净，总是能够在落满阳光的时候看到窗外隐约起舞的灰尘。床单是洁白的，像极了日本每到春天就放肆盛开的樱花。

一切都是这样安详静好。

崭新的生活，崭新的学校，一切都是崭新的。但是，我体内的恐惧感却在此刻跳出作祟。实际上，每当走进一个崭新的环境，我都会如此。因此，我只能努力地假装一切都没有改变，我假装自己仍旧是在日本念书，仍旧每天清晨站在车站等待着公交车的到来，仍旧是安安静静地在车上念着我的中法对照版本的《小王子》——这是我来到中国之后买的第一本书。

然后我遇到了你。

3

也是在一个清早。我上车的时候你已经在车上了。我原本想继续向后走，找一排没有人的空位坐下来。可是我不经意地向你瞥去，发现你在看一本橙色封面的《小王子》，我就决定坐在你的身边。其实那个时候我也并没有想到要怎么注意你，我只是想要找一个同类，距离近一些会感觉温暖。所以当你抬起头发现我之前，我一直在静静地看书，没有显露出丝毫不自在的样子。

直到我用余光觉察到你在看我。

我抬起头。然后对着你笑了笑。我知道那个时候我的脸红了，因为我觉得有一股热血在我的心中沸腾。

时至今日，当我重新回到日本，依然记得那天你在和我一样的校服外面套了一件粉色外套，长长的漆黑的头发柔软地披散下来，好像一个布娃娃。你的眼睛很明亮，可是其中隐藏着一点点冷清的忧伤。你的耳朵里面塞着耳机，眼睛红红的。我不知道你是不是哭过了。你为什么哭泣呢？

然后我就下了车。

直到现在我还在思考那天为什么会提前一站下车，因为我真的不知道为什么。莫名其妙。

我一个人走在路上，秋天微冷的风轻易地穿透了我的白色衬衣，我低着头静静地回想着刚才那个你，并且不断地回味当我发现你也在看《小王子》时的心情。然后整个身体都变得暖和起来。

在这个世界上，能够有一个同类，是一件令人愉悦的事情。

后来我开始频繁地在车上遇到你。

因为害羞，坐在你对面的我从未敢正视你一眼，生怕与你对视我的脸会不可抑制地变红。我只能在你看《小王子》看得入迷或者将目光投向窗外的时刻才敢从书缝中悄悄地看你一眼。你看《小王子》的时候，脸上总是会露出莫名所以的忧伤。你每天都会换一件不同颜色的外套，色彩却是一样的柔和，淡粉、淡蓝、淡紫、白色……有时候你会把头发披散下来，有时候会把头发绑成一个可爱的马尾辫。

你和我都习惯把手表带在右手腕上，只不过你的是MICKEY，我的是SNOOPY。

当我发现这一切，心中竟然腾起一丝欣喜，原来中国人所说的缘分真的是这样奇妙的东西。两个惺惺相惜的人竟然连微小的细节也如此相似。

实际上，我真的非常想要与你说话，可是，我却没有勇气。

那些夜晚，每当睡觉之前，我都会念一段《小王子》。在自己的房间里，周围没有其他人，我可以纵容自己情感的宣泄。我穿着睡衣赤脚站在床上，将书举到与视线相平的地方，大声地用法文朗诵我喜欢的片段。有人说法语是世界上最为美妙的语言，是的，当那些句子以一种无比优雅的姿态从我口中清晰地吐出，我猛然感到自己是如此高贵——

“你们很美，但却很空虚。没有人会愿意为你们而死，没错，一般路过的人，可能会以为我的玫瑰与你们很像，但她只要一朵就胜过你们全部。因为她是我灌溉的那朵玫瑰；她是我放在玻璃罩下面，让我保护不受风吹袭，而且打死毛毛虫（只留两三只变成蝴蝶）的玫瑰；因为她是那朵我愿意倾听她发牢骚、吹嘘、甚至沉默的玫瑰；因为，她是我的玫瑰……”

念到这里，突然一滴晶莹的泪水落在了枕头上，发出无声的回应，瞬间消失——这，只是我在阅读《小王子》时无数的情不自禁之一。

我静静地凝望着窗外璀璨的星辰，它们以一种写意的姿态在天空中流淌成

河，缥缈如梦。不知，你是否也会在此刻仰望星空，与我共沐同一片星光？

4

究竟是哪一天，我忘记了。在这所学校刚刚认识的一个女孩突然跑过来神秘兮兮地告诉我，她有一个朋友在她的面前提起过我。她的名字叫洛遥，学习很好，心地也很善良。只是不太愿意与身旁的同学接触，总是觉得他们特别浅薄。所以她在学校里面很寂寞，除了我偶尔能够陪她，陪伴她的只有小王子了——我想，反正你们差不多，为什么不成为朋友呢？寂寞时找个伴难道不好吗？

我瞬间明白也许她说的朋友就是你。我的脸红了，半晌，才嗫嚅着说，呃……我……我……不……

她看了我一眼，撇撇嘴，你怎么这么害羞，这样会有女孩子喜欢你么？

我歉意地笑了笑，没说话。

实际上在我的房子前遇到你的那天，我计划好要在你上车时主动打个招呼的，走在这条安静的长满绿色植物的路上，我正在思考对你说些什么才能让你感觉我不是一个像他们一样浅薄的男孩，你奇迹般地出现在了我的面前。清晨的风拂过你的脸，我依稀可辨你脸上透出的红润。

你站在我的面前，竟然递给我一张粉色的折叠成心形的纸。这是我的E-mail地址，你介意我与你交个朋友吗？你问。

我轻轻地摇了摇头。

英语课上我拆开了你的字条。清秀的笔体写着你的E-mail地址。我凝视了一会儿，下意识地将它翻过来，却看到了一句让我的脸瞬间发热的话：

你介意我喜欢你吗？

那一刻，我疑惑起来。我不知道。我真的不知道。因为，我从未喜欢过一个女孩，所以更加谈不上介意与否。只是我有点惊讶，那个时候我还一直天真地以为你也把我当做惺惺相惜的同类，仅此而已。

后来，我也不知为何，竟然开始在清晨第一节课之前，坐在你进教室必经之路旁的那把长椅上，东张西望仿佛在期待什么。让我告诉你，每当你身影出现的刹那，我的心都会随之颤动。那一刻，我刻意地挺直身子，试图做出英勇的样子而引起你的注意。可你从未注意过我，又或许，你在躲避些什么。你原本高昂的头在看到我的霎那间低垂下去，然后头也不回地向前走去，根本不看我一眼。

我也不知道如何定义我心中那一刻的感觉，也许这就是他们所说的失落。

放学的时候我也会刻意地在车站等你，可是每当看到你走来我都会不由自主地把头转向一边。我掩饰得很好，你应该看不出来吧？

你们究竟要把这个游戏玩到哪一天？你的同学那天又来问我。

什么游戏？我一头雾水地问道。

捉迷藏啊。她轻轻打了我一拳。你是装傻还是真傻啊？

走走走，我们去学校的咖啡厅喝杯咖啡。星期二的下午，你的同学突然出现在我的面前，对我说。

还不等我说话她就把我拽出教室，向着咖啡厅的方向大步走去。

啊，对不起对不起，我忘记拿一样东西了。你稍微等我一会儿哦。到了咖啡厅，她突然双手合十连连道歉，然后转身向外跑。飞快地消失在我的视线之中。

我随便找了一个靠窗的位置坐下来，双手支撑起下巴。

午后的云朵大片大片地飘过天空，树影婆娑地落在我的脸上。

当她重新出现在咖啡厅的时候我看到了她身旁的你。一直非常木讷的我直到那时才知道了她所说的“非常重要的东西”究竟是什么。我的脸突然变得通红，你一定能看到其中来不及掩饰的慌乱。

我想你也许知道了我中文的书面语比口语强许多，所以你向waiter要来纸和笔。我们在纸上交谈了很久。

你问了我很多问题，而我只是回答。你说话的语气很柔和，仿佛处处小心，生怕说出伤到我的话。然而当我对你提起我英语一直学不好的原因是曾经受过伤导致损伤了记忆力的时候我的思绪突然有了短暂的沉沦，我重新想起了那场噩梦，那场我轻易不会对任何人提起的噩梦。

可是我竟然对你说了。这是一件神奇的事情不是吗？

那天晚上我躺在床上没有睡，眼前不断浮现我们在咖啡馆笔谈的场景，又想起当你说我是小王子，我说你是狐狸时你通红的脸。想着想着我就笑了，真的很莫名其妙，我推开窗户然后看到漫天的星星与我一起微笑。

星星总是能让我联想起小王子，那个寂寞无着的小人儿。他曾经说过，每个人都可以拥有星星，但星星在不同人眼中意义不尽相同。对那些旅人而言，星星是他们的方向，而对其他人来说，星星不过是天空会发光的小亮点而已……

我想，假如我不对你说，你诚然难以想象《小王子》于我的意义。那个可爱而忧伤的小人儿陪伴我度过了一段无比漫长晦涩的生活。你能看到一幅画面吗，一个病房中，四周都是寂寞孤独的白色，连阳光也是惨白惨白的，一个小男孩头上裹着纱布，百无聊赖地穿一件大自己很多的病号服，在医院的阅览室中走来走去。突然，他发现，在众多无聊的杂志中，有一本蓝色的小书向他静静地微笑着。他急忙将这本书取出，《小王子》。看起来应该是一本童话。他像发现了新大陆一样兴奋。

之后，漫长的住院生活中这本书一直陪伴着我。几乎每一天我都会将它念上几遍。那个时候，我并不能完全明白这本书所要表达的含义。

直到现在，我十七岁，终于可以做到随便翻开一页就能够心平气和地念下去。也许这就是成长。这就是成长必不可少的组成部分。

我想，难道恋爱也是成长必不可少的组成部分么？

第五幕
月光下的苏醒

|| Chapter A ||

九个月之前，当我在画室中第一次见到那幅名为《湖》的画时，我便强烈地感到这幅画的作者必定是个与众不同并且有故事的人；当我第一次在暮色之下与那个叫做木小葵的女孩相遇时，我便隐隐预感这个女孩终究会将在我体内存在十九年的某些固执的特性改变。可是，我却不曾料想，她竟然将我改变得天翻地覆——我的用笔，我的调色——甚至，我的画风。

然而，最为出乎我意料的，是我竟然，竟然能将曾经独给我的涂涂姐姐的爱分给另外一个人。

或者，是将那些爱全部地无条件地移给了另一个人。

是哪位作家曾经说过：当我无法安慰你，或你不再关怀我，请千万记住，在我们菲薄的流年，曾有十二只白鹭飞过秋天的湖泊。

朝颜

1
INDEFINABLE。

林染仰起头看着这间西餐厅旧木的门牌，午后的阳光清晰地映入她的瞳孔。她转头看了看身旁的朝颜，嘴角露出无人察觉的微小弧度。

她还记得，与朝颜第一次来这里还是四年前的事情。

那是一个下雨的日子，星期天，自昨日凌晨便持续不断的雨在中午十一点终于达到了一个顶峰，哗啦哗啦淋湿了整座城市，打落无数梧桐树叶。她与朝颜刚刚从私人美术补习班下课，走出门的刹那才发现由于早晨是坐私家车来的，竟然忘了带雨具。转身看去，朝颜亦然。

他们将画板举过头顶，踏着雨水，在马路中间飞快地奔跑。

不知跑了多久，终于在一间名叫“INDEFINABLE”的西餐厅门前停下。她拉着朝颜的手走进去，像母亲一般。选择了一个靠窗的位子坐下。让服务生拿来两条干燥的毛巾。

窗外的雨水仍旧不停歇。错乱的雨珠顺着玻璃的纹络紊乱地流下。

忘了那天为朝颜和自己究竟点了什么餐。一切都模糊了，如这餐厅名字的中文释意，难以辨别。唯有少年朝颜那张被雨淋过的干净而英俊的脸是清晰的。他接过她递过去的毛巾，腼腆地微笑。这般美好。

四年后的今天，他们再次并肩站在这家餐厅门前。原本的门牌已经翻新为木质的，看过去有种年华流逝所带来的哀伤与沧桑。而那个四年之前被自己牵着的略显青涩稚气的男孩，现在已经蜕变出这样英俊而冷漠的侧面。看上去犹如幻觉。

冬日寒冷而明媚的阳光落在林染的脸上，错落出一小片阴影。

是谁说时光带来的总是哀伤，一片光明与坦然分明总在我的面前犹如画卷一般展开。纵然一切都在如青草丛中的流水一般蜿蜒着不可逆转，但毕竟越来越好，越来越符合自己的心意。

想到这里，林染再次静静地笑了。

是下午，客人不是很多，偌大的餐厅空荡荡的。唯有阳光通过宽大的落地窗洒落进来，寂寞而温柔地铺满了整个地面。

朝颜与林染选择了靠窗的位置坐下。那里，仿佛还存留着他们的体温。所有的甜蜜和暧昧于是变得更加理由充分。

“请问哪位点餐？”waitress走到他们面前，微微欠身，问道。

“把菜单给我吧。”林染用一种理所应当的口吻回答。接过菜谱，平放在自己面前，“两份牛排，一份七成熟，一份八成熟。一份红鱼子酱，一份奶酪口蘑烤蔬菜，一份鲜蔬菜沙拉……”她熟练地点餐，并且点了非常多。自始至终，朝颜都安静地坐在对面，双目眺望着窗外，其中有一抹期盼，或者目光会注视着正在点餐的林染，眼中满是爱怜。

她点餐，却丝毫不曾询问自己任何问题。他泰然处之。因为，这么多年来，他早已习惯了遵从。染染姐姐为自己安排的一切都是最好的，无需怀疑。这是朝颜长久以来的真实想法。

“……再来两份冷牛肉茶，两只柠檬汁生蚝，两杯白色桑格利亚。OK，就这样。”点餐完毕，林染头也不抬地将菜单还给waitress。

“请问这位先生还需要些什么吗？”waitress看着自始至终都在沉默的朝颜，轻声询问。

“不需要了——”还未等朝颜回答，林染便自然而然地抢先回答。

“我们餐厅新推出了一款草莓奶昔，是用新鲜草莓果肉加冰激凌制成的，请问需要吗？”

“那么就来……”也许是觉得在面对别人的发问时一直沉默并不是一件很礼貌的事情，朝颜想要作答，可是话只说了一半，又被林染打断：“我们不需要，你先下去吧，有什么需要会再叫你。”

Waitress看了面前这既美丽又独断的女孩一眼，悻悻离去。

“菜大概要半个小时左右，特别是牛排，要烧制很久。”waitress离开之后，林染说。

“我记得我和你只在四年前来过一次，你怎么会对这里这么熟悉？”朝颜略有些疑惑。

“我出国之前经常和朋友来这里吃饭，然后写生。所以——我点的餐都是最好的。”

“嗯，我当然知道。”朝颜轻声回应。

听到朝颜的回应，林染的脸上露出了笑容。她一边脱掉白色风衣一边用一种平静而掩饰不住的兴奋语调问朝颜：“颜颜，给你讲讲我的学校吧。”不等朝颜回应，她就迫不及待地讲了起来，“你知道巴黎国立高等美术学院的校园有多么宽阔吗？校舍都是浅色的，非常柔和，每当眺望这片建筑群落时，无论多么浮躁的内心都会瞬间安宁下来。中国有许多知名的画家都是从那里毕业的。还有我的老师雅克·克罗尼尔，他已经八十多岁了，可仍旧精神矍铄……”

“哦——”朝颜含糊地应答着，眼睛仍旧眺望着远处。窗外，一群鸽子静静地飞过。

他的心分明有点不安，为了一个刚刚被他忽视的飘忽不定的灵魂。惊喜过后，才有空审视自己真正的内心，于是愈发恍惚。

“颜颜，你怎么不听我说话？”林染注意到了朝颜的心不在焉，不开心地问道。

“没有……染染姐姐……我没有……”朝颜的声音渐次弱下去，目光又不由自主地眺望远方。

他也不知道为什么要这样。自己究竟是在眺望什么？

“颜颜，不要忘记你从小是与我一起长大的，你的眼神会泄露很多秘密。”林染轻轻地笑着，像是在说一件极其平易的事情，接下来声音顿时提高：“你，是不是在想刚才那个叫木什么的女生？！”

“她叫木小葵——”朝颜脱口而出，顿时尴尬难耐，只得掩饰，“不，我没有——没有……”

林染愠怒的目光又平静了下来，身体离开椅背，低声问道：“你知道我为什么突然回来吗？”

“不知道，我也很奇怪。”朝颜转过头来，林染的双目一直牢牢地盯着自己。“染染姐姐，你突然回来——该不会是为了我吧？”朝颜试探性地小声问道。

“没错，就是为了你。”林染的身体重新靠在椅背上，点了点头，“让我来问你——颜颜，你想不想成为雅克·克罗尼尔的学生？”

“想，我当然想，”朝颜的脸顿时因为激动而通红，“能够和你一起成为雅克·克罗尼尔先生的学生是我多年以来的梦想！”

“可是……”林染收敛起笑容，卖了个关子，“雅克·克罗尼尔先生年事已高，不能再收学生了……”

“啊……”燃烧在朝颜眼中的一片灼然瞬间暗淡下去，重新坠入漫长的黑夜，“那么怎么办……”

“傻瓜，我当然不会袖手旁观，”林染重新轻松地笑了笑，“我劝了他很久，他终于决定再收最后一位学生……”说到这里，林染的脸色又重新严肃起来，“可是雅克·克罗尼尔先生说这位学生必须有卓越的天赋，对绘画有独到的理解，并且——在国际少年画坛享有声誉才能够考虑……因此颜颜，只有你拿到卡隆布兰加国际少年美术大赛的金奖才有可能成为他的学生，实现你多年的梦想。”

朝颜双目之中重新燃起一团火焰：“原来染染姐姐你回来就是为了……”

“没错，”林染点了点头，“我回来就是为了指导你作画，确保你获得卡隆布兰加国际少年美术大赛的金奖。”

心中立即涌现一股温暖，填补原来本已所剩无几的空间。

“打扰一下，”waitress的声音响起，“你们的餐好了。”

“颜颜，这份八成熟的牛排是你的，我怕你吃不惯七成熟带血的那种。”

“嗯。”

牛排盛放在一个白色平底盘中，已经烤成了焦黄色，表面淋了一层酱汁；牛排的旁边放着一只煎鸡蛋，鸡蛋黄仍旧呈现出向下流淌的趋势；还有少许意大利面，也被淋上了酱汁。一套银色的餐具放在一旁，暗淡的光芒被午后的阳光逐渐吞噬。

餐厅在此刻播放了《Dying in the sun》，空气中霎时弥漫开慵懒的气息。

白色桑格利亚在午后的阳光中闪闪发光，如此透明而炫目的液体。

他们举起杯子，轻轻一碰，玻璃透明的高脚杯发出叮当的空洞声响。

朝颜用嘴唇抿了一小口酒，放下，握起刀叉：“染染姐姐，快吃吧。”

林染也放下了酒杯，却没有握起刀叉。

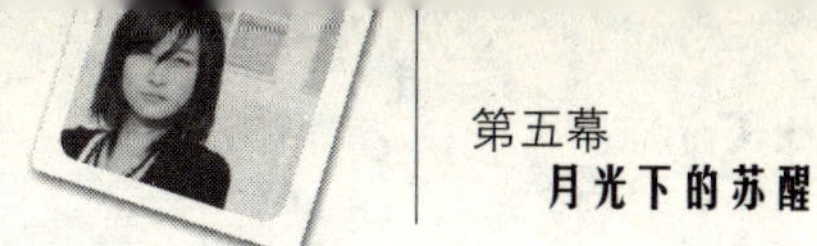

她深色的瞳孔仿佛被点燃了。

她的手指相扣，支撑着下巴。

她望着朝颜，右嘴角微微翘起，似笑非笑。

朝颜突然明白过来。

他小心翼翼地切下自己面前的一小块牛排，在酱汁中轻轻蘸了一下，递到林染面前，凝视她深色的眸子，温柔而略带羞涩地说道："染染姐姐，给。"

林染望着眼前这五官俊美而舒展的男孩，终于露出了会心的笑容——其中夹杂着一种名叫幸福的温暖感觉。

2

灯光像是每个孩子童年时代都吃过的黏牙糖，黏糊糊地粘在地板上。墙壁上各种各样被普通木框镶嵌起来的油画摹本高高地俯视着即将发生的一切，静默无言。透过窗户能够看到，天空泛着寒气，大片大片的云朵飘忽不定，仿佛因为不堪忍受寒冷而哭泣和颤抖，却无法反抗，唯有安然而焦灼地期待着黄昏的到来。

实际上，在这个世界上，在面对诸多事物的时候，人总是显得渺小而不堪。

木小葵静静地跪在梵高画像之前，低垂着头，双手紧紧地扣在一起，放于胸前，仿佛在祷告。寒气从地板深层渗出，侵入她的膝盖，可她感觉不到寒冷。她只是以这种长久不变的姿态跪在梵高画像之前。画面上的荷兰男人仍旧是用空洞而呆滞的神情望着她。

她的嘴唇颤抖。她的双手颤抖。她的全身都在颤抖。

仿佛有一种巨大的痛苦将她凶狠地包裹住，她难以脱身。

"不……文森特……文森特……一切都是假象……都是假象……我是幸福的小孩……我是幸福的小孩……"

她突然抬起头，望着画像上的男人，继而痛苦地闭上了眼睛。

回忆接踵而至。

"你，在说什么？"女孩冷冷地看着他，她的目光像是在暮春依旧冻结的湖水。

"我已经看过你的画了。"他也看着她，努了努嘴，重复了一遍，"画得还不错。"

“我的画？”女孩一时竟不知该如何回答。

男孩的嘴角竟然斜斜地翘起，显得既桀骜又挑衅：“你应该为我对你的夸奖无比自豪。”

“为什么？”

“因为，你是这两年来在学校第一个得到我夸奖的人。”他的骄傲显得那样理所当然，丝毫没有察觉到女孩眼眸中逐渐升腾起来的厌恶。他伸手理了理额前的刘海，露出漂亮而模糊的笑容，“好了，我想说的是，你，已经提前被油画社录取了。”

男孩在湖中依旧遏制不住地兴奋地大笑，他的手不停地拍打着水面，溅起无数水花。正午的阳光在此刻不偏不倚地射在男孩的身上，他的全身都已湿透，漆黑的头发湿漉漉地贴在脸上，几颗水珠犹如点缀一般地挂在他的眼角下方，如此晶莹。被阳光照射后反射出的华美光泽使男孩原本就精致如画的脸更加漂亮。肌肤如皎洁的月光一般白皙，那是一种细腻于其他男孩的清美。

“请你不要以为我是在头脑发热的状态之下说出这些疯疯癫癫的话，此刻的我比任何时刻都要清醒。我现在试图调出优雅而高贵的颜色，可是调出的色彩就像一群被捆绑住小手小脚的孩子，那么拘谨，根本无法在草地上撒欢——我需要你，真的。我真心诚意地需要你帮我完成这幅作品，只有你才能弥补我调色拘谨的缺憾——你一定会答应我的，对不对？”

说罢，他的身子竟然呈九十度，给木小葵深深地鞠了一躬，并再次重复：“你一定会答应我的，对不对？”

“小葵，其实你应该多笑笑的，你笑起来好美。”

木小葵的脸再次红起来，甚至红于方才，红晕在她的脸上仿若一朵樱花：“你如果再这样说我就走了。”

“我说的都是真心话——我从未像此刻一样认真地说话。”

“染染姐姐！”朝颜突然起身，冲到林染的面前，将她一下子紧紧搂住，“你终于回来了！”

“我回来了，”林染轻声应道。她的一只手环着朝颜的背，另一只手轻轻抚

摸着他的脖子，“两年不见，颜颜竟然变成这样英俊的少年了。”

朝颜的下巴抵着林染的肩膀，轻轻点头，并且将林染抱得更紧，“染染姐姐，你不知道我有多想你。”

“傻孩子，我能感觉得到的。”林染微笑，轻轻拍了拍朝颜的后背，“因为染染姐姐也想颜颜啊。”

……

她在回忆的过程中感受着突兀的疼痛，仿佛有一把利器一下下地刺着她的心脏，愈刺愈深，汹涌出嫣红的血液。一些在眼角积蓄着的水分令她的双目有了潮湿的感觉。她强迫沉浸在回忆之中的自己睁开眼睛。望着面前的画像，缓慢而痛苦地问：“亲爱的文森特，为什么我的心会如此疼痛……为什么我会如此难受……这一切究竟是为什么？”

梵高没有回答。

“砰——”

沉闷的破裂声在木小葵房间的门上轰然炸开，然后空气中响彻了液体流淌的汩汩声。木小葵知道，家中唯一的暖壶也碎掉了。

家中能砸的都被父亲砸了，能卖钱的也都被父亲拿去卖掉赌博了，家徒四壁。这个家又剩下些什么？难道一切的维持仅仅是一种可笑的假象么？倘若这是上帝与自己开的一个玩笑，那么这个玩笑是否太过冗长，究竟何时才是解脱？……木小葵的思维仿佛被一张网缠住，逐渐沉沦至湖底，仰起头满眼是泪地观望淼蓝色落满肩膀的天光。

“文森特……”木小葵起身，膝盖由于跪在地上太久而疼痛。她一瘸一拐地走到梵高的画像面前，踮起脚，将脸附在梵高缠着绷带的右脸颊旁边，目光中的雾气弥散开来，喃喃低语道：“在这个世界上，只有你不会欺骗我，只有你是真的爱我……因为……在这个世界上……我也只是真的爱你一个人……”

“我早就说过我的事情不用你管！你他妈的没长脑子，是不是？！”

“……你把家中能卖的都卖掉了……这日子还怎么过……我当时真是瞎了眼才和你在一起……”

“哦哟？你后悔了？你还想过日子？！我让你过日子……我让你过日子！！”

“啊……救命啊！救命啊！！小葵！小葵！！”

母亲的哭喊犹如一双指甲尖利肮脏的枯手，直刺木小葵的心脏。木小葵用力捂住耳朵，头甩得拨浪鼓一样。她以为这样就可以将那些令人崩溃的哭喊抵挡，可哭喊声并未因此而减弱半分，相反愈演愈烈。最终木小葵的大脑已是一片空白，一切的一切都消失不见，唯一清晰的便是母亲凄厉而令人恐惧的哭喊：“小葵……救命啊……救命啊……快来救我……”

女孩木小葵突然停止了一切动作。

母亲的哭喊声仍旧不停，像一只发情的母狼。

木小葵的心中突然腾起一股难以言说的怒火，她疾步走到门边，一脚把门踹开。

眼前的景象无疑是凄凉到令人不堪的。地上满是暖壶胆的玻璃碎片。暴虐的父亲早已不知去向，也许又在某个酒馆进行着一场新的醉生梦死。开水淌了满地，像一条不知疲倦的被污染过的河流，由于天气过于寒冷而没了热气。母亲倒在这一片水中，额头破了，流出嫣红的血，枯黄的头发海藻一般地在水中招摇，面庞苍老颓败。她的面部极度扭曲。身体不断地抽搐。癫痫。剧烈地哭泣。口中仍旧念念有词：“小葵……救我……快来救我……”

她的苍老悲苦，以及絮絮不止的抱怨，便是时光以及家庭不幸馈赠给她的庞大礼物。

听到门开的声音，母亲猛然起身，冲过去一把抱住木小葵，将她紧紧地密不透风地搂在怀中。鲜血顺着她的额头流下来，漫过眼睛，又逐渐流下去——她看上去像一个哀怨的女鬼。

“小葵……我该怎么办……你知道妈妈的苦……他把这个家都毁了……我想要杀了他……杀了他……”

这絮絮叨叨重复了十几年的话早就腐烂了，散发出难闻的气息。

木小葵从母亲的怀中拼命地挣脱出来，吼道：“你对我抱怨有什么用?！难道我一定要承担你们犯下的罪吗?！这公平吗?！”她死死地盯着母亲呆滞的双目，又一把抓住母亲的肩膀，一边猛烈地摇晃一边更加愤怒地叫道：“我受够了！受够了！你杀了他啊！杀啊！他打了你十几年，难道你愿意这种痛苦延续你的后半生吗?！你早就应该杀了他！！”

说罢，她一把推开母亲，踉踉跄跄地跑回自己的房间，胡乱收拾起自己的画

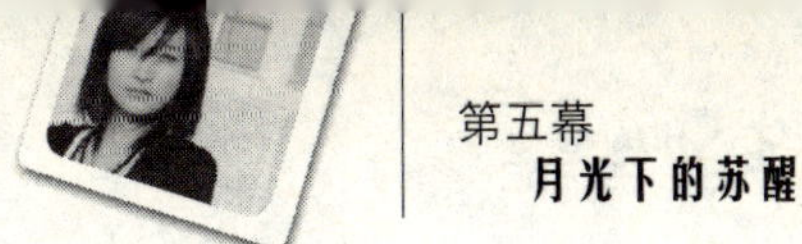

板与画盒，冲出家门。

木小葵的母亲重新仰面倒在地板上，头发披散，哀怨而悲苦的眼神逐渐变得凶狠。她的左手握成拳头，一下一下狠狠地敲打着地面，口中念念有词："杀了他……杀了他！"

3

"颜颜，不要把窗帘拉起来作画，"在朝颜的画室中，林染一边把朝颜刚刚拉起的厚厚的窗帘重新拉开，一边转过身不容置疑地说，"昏暗的光线会影响你对色彩的感知，我对你说过很多遍。"

"哦，好。"

"等一下去把调色盘刷干净。"林染就像在对一个从未学过画的小孩说话。

"哦，好。"

"另外，把颜料盒里面的杂色全部用调色刀剔出去，扔进垃圾桶。"

"哦，好。"

"还有，"林染的目光落在了朝颜与木小葵共同完成的画上，用手一指，冷冷地说，"把这幅画撕了。"

"为什么？"朝颜的心"咯噔"一下沉下去，吃惊之余一种难受的感觉瞬间遍布全身。

"因为——"林染靠近朝颜，朝颜从她的目光中读出了不屑与戏谑，"颜颜，你仔细看看这幅画，这像是受过专业训练的人画的吗？构图还算可以。可是这芦苇的颜色实在太邪气，根本就是野路子。像这种画，无论给哪个多少学过点绘画的人看都会被笑死，更不要说参加卡隆布兰加国际少年美术大赛了。"她盯牢了朝颜的眼睛，瞳仁中散发出一种令人无法抗拒的神色，重复道，"颜颜，赶快撕了吧。"

"染染姐姐……"朝颜嗫嚅着。

"不要解释，你现在需要做的只是服从——快！"

一个字的命令最可怕。朝颜缓缓地摇了摇头，无声地叹了一口气，一步一步缓缓走到画板前面，伸出双手，无比小心地撕开贴在画布四边的纸胶带，将画布轻轻取下，捧在手中，凝视着上面的芦苇，久久地沉默着，他没有按照林染的要求去做，背影僵持在空气之中，仿若一尊雕塑。

"颜颜，你舍不得吗？"林染不悦，伸手欲夺画，"我来帮你……"

“不……不要……”朝颜眉毛微蹙，连连躲闪，“染染姐姐……还是让我……”

朝颜凝视着这幅画，那是他的心血，他的挚爱，他近日全部的努力。他抬起头，用乞求的目光望着林染，而林染却不为所动。心中的最后一丝希望终于化作泡影。

他用牙齿在画布上撕开一个小口，然后双手用力。“嚓——”

他撕掉了他的心血。他的挚爱。更为重要的是，他撕掉了与木小葵共同作画时的回忆。

画布撕裂声响起的瞬间，林染分明看到朝颜漆黑的眼中沸腾的泪水，那么清澈而哀伤。她的心像被玻璃片划过一般尖锐地一疼，但又在瞬间平静下来。那一刻，她仿佛看到无穷无尽的美好在她眼前展开犹如卷轴，她奔跑在这片美好之上，耳边是呼啸而过的风。朝颜追随着自己一路奔跑，奔向光明，奔向一个充满优雅气息的美术殿堂……想到这里，她重新望了一眼痛苦不堪的朝颜，嘴角露出一丝微笑。

“扔了吧，”林染不屑地对朝颜说，“已经是垃圾了。”

“染染姐姐……”朝颜抬起头，嗓子中有很重的哽咽，“我……能把残卷……留下来吗……”

他原本期许自己这并不过分的请求能够得到林染的同意，然而林染却用行动做出了回答。她不容分说抢过朝颜的画，随手扔到了垃圾桶，垃圾桶中滋长的青苔立刻将画布淹没。

她轻轻吹了吹手掌，故作轻松而无不戏谑地说：“这种垃圾还有什么值得留恋的！”

“好了颜颜，一切障碍都已经排除，开始画画吧。”林染补充道。

在染染姐姐的指导之下，我几乎没有停歇地画了一整天。偶尔画不出她要求的效果，她会让我站在一旁自己为我做示范。客观而言，染染姐姐绘画的技术的确比出国之前娴熟了很多，画风亦变得成熟而高贵。她真是个天赋极高的女孩。

假若我仍旧是两年之前那个对她百依百顺的小男孩，那么在面对她为我安排的一切以及她的逐渐强大时我会很快乐。可是，此时此刻，那些曾经与小葵一同画画时的快乐分明脱离我的身体翩然离去。现在的我犹如一个可怜的提线木偶，被人操纵，跳着全世界最寂寞的舞蹈。也许在这样压抑的状态下作出的画会让我

获得比赛的金奖，可是我却不快乐。真正的画者定然不是这样的。小葵曾经说过，绘画是灵魂的共鸣，是血液里的呼喊，是内心的感激。如果陷入一个长久不变的程式，灵魂就死了，枯萎了。这将是一件多么可怕的事情。

染染姐姐为我示范的时候，我不断地回头望向垃圾桶中那张涂满我与小葵所有梦想与期待的画布。难道我全部的快乐梦想都在其中吗？哦，多么讽刺。我的快乐梦想竟然被扔进了垃圾桶，那么现在的我，又在做些什么？难道我就这样可耻地背叛了我的心吗？我不能这样。可是——面对我的染染姐姐，我心中的女神，我又能怎么办？除了小葵，又有谁能听到我内心的呼喊？

不是在沉默中爆发，就是在沉默中灭亡。

我不想成为后者。

午后三点。太阳开始西斜。

除却中午用十分钟的时间啃掉一个面包喝掉一瓶矿泉水之外，朝颜几乎没有休息。原本就苍白的面色变得更加苍白，双目之中的神采愈发暗淡，并且充满了焦灼。

他的额头开始沁出密密麻麻的汗珠，握笔的手开始颤抖，心脏像是被什么压住了一样，那么疼。

林染自始至终都坐在他的身旁，随时随刻指导他该如何处理画面之中哪怕一小块的色彩。

“颜颜，这里的渐变色应该用草绿加入柠檬黄。”

已是头晕目眩的朝颜竟不自控地将一笔未经调和的粉绿直接抹到了画布上。

“你在想什么？”林染起身，站在朝颜面前，面露不悦，“你起来，我给你画。”

终于有了片刻休息的机会，朝颜缓缓起身，站在一旁，双手捂着胸口。空气是这样地沉闷。

“还有这里，”林染将笔还给朝颜，“这里是橄榄绿加黑。”

疲惫已经达到了一个顶峰，朝颜又心不在焉地将一笔纯黑色扫在了画布上。

“你看看你画了些什么！”面对低级错误连出的朝颜，林染终于克制不住心中的怒火，“你怎么连最简单的过渡色和混合色都不会调了？你还是原来那个天才的颜颜吗？啊?！我离开中国的这两年你变了这么多？”她越说越激动，一把抓住几乎神志不清的朝颜的肩膀，气急败坏地嚷道：“你告诉我，这两年那个木小葵究竟对你做了些什么？！你早晚会毁在她的手里你知道吗？知道吗？！”

“够了！”朝颜忽然起身，将手中的画笔折断，狠狠地向墙角摔去，“染染姐姐，不可以！不可以！画画不是这样的！”他转过头，双目中满是愤怒与仇恨。他用这种表情注视着目瞪口呆的林染，瞳孔中却逐渐浮现出难以言明的巨大的委屈。

他突然跪倒在地，双手紧紧地抱着头，不停地捶打，拼命纠住自己的头发：“不，画画不是这样子的……小葵说画画不是这样子的……画画是美好的……色彩是自由的……你不知道……你什么都不知道……你为什么要让我撕掉画布……又为什么要扔掉它……你为什么连一个念想都不给我留下……为什么……”

男孩朝颜从未如此刻这般鄙夷自己曾经的画作。它们在自己的体内霸占着。纠缠不清。

林染望着情绪崩溃的朝颜。此刻的他多么像曾经那个脆弱的身旁没有任何朋友的小孩。

可是此时此刻，她已经无比清晰地明白，曾经那个对自己百依百顺的颜颜已经被魔鬼附身，鬼迷心窍。而那个魔鬼就是——木小葵！

想起这些，林染冷冷地注视着朝颜，脸上划过一丝哀伤，转瞬变为痛苦。她必须要拯救他，将他从歧途拉回，让他在自己为他铺好的宽敞的道路上渐行渐远……

想起这些，她的脸上又恢复了坚毅的神情。然后离去。

4

木小葵抱着大大的画板和画具来到芦苇丛。冬天的芦苇虽然已经全部死去，可仍旧以一种高贵的姿态昂着头，刺破天空，犹如一个个拥有着坚忍不拔品格的勇士。直到一阵风吹来，它们才以温柔眷恋的姿态在风中倒伏，如泣如诉。湖水冰冷到不起一丝涟漪。远处是低矮的建筑，只留下一个淡色的模糊轮廓。

云朵宁静地守望在灰蓝色的昏涩天空之中，悲怆而温柔。它们日日观望着世间的悲欢。花开花落。月圆月缺。纵然心中哀伤，亦能做到不动声色。

大地一片寂静，唯有芦苇在风中倒伏时发出的寂寞声响。

她拿起笔，狠狠地蘸了一笔中黄，钝重地抹在画纸上。她不移动画笔，只是让它长久地静止在画纸上。突然抬笔，向上一扫，画笔静止的地方留下了一个非常明显的点，扫出的一笔呈放射状分布。

女孩木小葵的心中间或燃烧起一团火。烧得哀伤，烧得凄凉，席卷枯槁的荒草，将她的内心炙烤得无比疼痛焦躁。这时，唯有作画于她才是救赎，才能令她获得片刻宁静。可今日不知为何，她的心仍旧乱极了，简直无法平息。

一阵冷风吹过，轻易穿透了她的蓝色毛衣——从家中跑出时，她只穿了这件蓝色的毛衣。她冷得瑟瑟发抖。

暴虐的父亲……怯懦的母亲……英俊而霸道的朝颜……强势的陌生女孩……想起这一切，身体仿佛更加寒冷。她甚至出现了幻觉，以为自己是沉在深海之中的小人鱼。

一直都噙在眼中的泪水终于汹涌而出。木小葵没有擦眼泪，只是增大了作画时胳膊的幅度，上上下下地摆动着。她用各种各样的黄颜料在纸上涂抹，画纸很快变得一片斑斓。各种色块错错落落，能够轻易给人传递一种情绪。她多么迫切地想要画出眼前这一片郁结的芦苇丛，画出自己心中难以言说的悲伤。

眼泪掉在纸上，发出空洞的声响。没有人知道。

可是——真的没有人知道吗？

“啧啧，真是一张烂画。构图丝毫不讲究，又用了这么多纯色，难道你不知道，用太多纯色会让评委们认为你非常没有美术素养的吗？”身后突然响起了既熟悉又陌生的声音。轻蔑中带着嘲笑与戏谑。这般刺耳。

木小葵没有立刻转身，她抬起胳膊擦了擦脸上几乎冻结的泪水，努力做出更加冷漠的神情。在不友好的人面前展现出任何脆弱只能说明自己的无能与怯懦。事实证明，无能的人只能任人摆布，受人欺侮。

她回过头。

林染依旧穿着初次见面时的白色风衣，白色靴子。头发仍旧是用一枚白色发卡高高挽起。一切似乎都未改变，除却她的眼神。直到此刻，木小葵才真切地正视林染的眼睛。那原本该是一双多么美丽的眼睛啊，笑起来一定又温柔又美好。可是，现在，此刻，这双眼却被无穷无尽的冷漠包裹得密不透风。除却冷漠，还有愤怒。

木小葵站在原地没有动，十指扣在一起。这是她警惕或者紧张时都会做出的反应。

“我果真没有猜错，”林染的声音更加尖利冰冷，木小葵的耳膜被刺得生生发痛，“我的颜颜变成现在这样完全是因为你！”

“对不起，我不知道你在说什么。”木小葵侧身回避了林染的目光，冷淡地回答。她俯下身无声地收拾起画具，将画板背在肩上，转身欲走，却被林染伸手阻拦：“你别想走！听我把话说完——那天在画室里面，我第一次看到颜颜的画就觉得很奇怪，颜颜的功底很扎实，用色也一直很规范，为什么会在画作中出现这么多低级错误，肯定是有人从中作梗。”话已至此，林染原本傲慢的口气瞬时变得激动异常，“木小葵，你究竟安了什么心要害我的颜颜！”

木小葵眉头微皱，声音平静地解释道：“我根本没有——”

“闭嘴！”林染气急败坏地打断木小葵的话，用手指着木小葵的鼻尖，“你还敢狡辩！你才认识颜颜多久，你又了解他多少？你知道颜颜的梦想是什么吗？颜颜的梦想是尾随我成为雅克·克罗尼尔的学生！你知道获得卡隆布兰加国际少年美术大赛的冠军对他来说多么重要吗？那意味着他能够接受更好的艺术熏陶，变得越来越出色，越来越优秀——最终他会让全世界画画的人都仰视他！崇拜他！尊敬他！我已经为他铺好了这条路，而你呢？你又为他做了些什么？你给他提了乱七八糟驴唇不对马嘴的意见，破坏了他的作画思路，你这不是害他又是什么？！”

木小葵摇头，平静的声音之中多了几分愠怒，她自尊地维护着自己：“你不要胡说，我没有。”

“哼哼！”林染突然莫名其妙地冷笑起来，“我明白了，原来你完全没有意识到自己在害颜颜，因为你根本是个眼低手也低的人！就你这种人还好意思和我的颜颜做朋友！而且木小葵，你眼低手也低就应该回家拼命画上十年再说啊，你怎么能脸皮厚到连基本构图和用色都不会就跑出来指导颜颜作画呢？就你这种野路子破水平，根本都不配握手中的笔！”

深重的耻辱感瞬间从木小葵的心底腾起，世界仿佛顷刻间变成了一片汪洋，一片绝望。

提着画箱的手一下子松开，画箱掉在地上，无数用旧的颜料掉出来，发出沉闷的声响。

心中一直压抑的种种终于在一瞬间爆发：“够了！不要再说了！不要再说了！！”木小葵蹲在地上，伸手抱住头，一边猛烈地摇晃一边大喊。此时此刻，那份隐藏在心底的耻辱感与绝望感已令她窒息。

林染看着眼前绝望得犹如被打了七寸的蛇一般的木小葵，心中的满足感难以言喻。她的脸上刚要露出了胜利者的笑容，便听到远处也传来了声嘶力竭的嘶

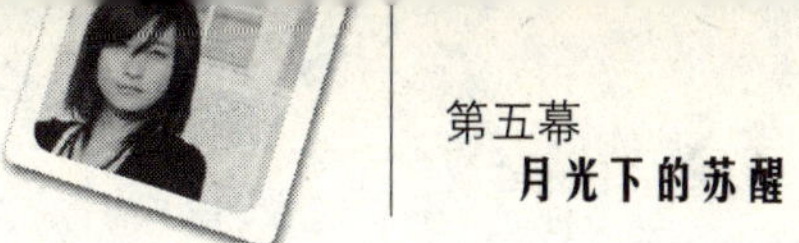

吼："够了！"

林染与木小葵循声望去，一个颀长的身影出现在她们的视线之中，并且越来越近。他的额头青筋毕露。英俊的脸上满是失魂落魄的颓丧表情。在这样寒冷的季节，他只穿了一件单薄的白色衬衣，在风中犹如一面旗帜。

朝颜一步一步地走到木小葵与林染之间。他回头看了一眼木小葵，瞳仁之中出现雾水样模糊的疼痛。然而，他并没有说任何话，只是把头重新转向林染，望着她的眼睛，双目之中出现了只有在他的童年岁月中才会见到的小男孩似的神情。那一瞬间，时光倒流，林染仿佛重新看到了曾经的朝颜，对自己百依百顺的朝颜，对自己完全依赖的朝颜。

然而，她听到的，却是朝颜用恳求却坚定的语气一字一句地说道："染染姐姐，这一切都不是你想象的那样。请你不要再侮辱小葵，也不要再说下去了，好么？"

林染愣住，漂亮的眸子中满是惊愕与不解，它们逐渐在她的瞳仁之中幻化，最终变成了愤怒。以及失望。

她突然伸出右手，那只刚刚指着木小葵鼻尖的右手，对着朝颜的左脸颊，重重地抽过去——

空气中响起清脆的耳光声。

朝颜的左脸红了，并且逐渐肿胀。此时此刻，他只觉得耳朵嗡嗡作响，听不清任何声音。唯一能够听清的，便是林染咬牙切齿地对自己说："颜颜，你竟然让我住口！你竟然帮这个人说话！你知不知道我做刚才那一切是为了什么？！我是为了你好，为了你的前途着想……我不能让你的才华断送在这个魔鬼的手里！你知道我的苦心吗？"

"我知道，我完全知道，我全部都知道……"朝颜一边缓缓地闭上眼睛，一边低喃，犹如耳语。

朝颜沉默许久，仿佛是与自己的内心进行着激烈的斗争，继而缓缓说道："染染姐姐，画画不是这样的，不是的！我刚刚开始学画的时候，你告诉过我，画画可以让灵魂在天空之中自由地驰骋，能够让心灵最大限度地感觉到快乐——"说到这里，他突然停住，深吸了一口气，调整自己过于激动的情绪，将声音放得平缓，"可是，现在，和你一起画画的时候，我感觉不到哪怕丝毫的快乐，你，知道吗？"

“我不知道！我不知道！”林染尖叫了一声，尾音破碎在冬日暗哑的风中，捂住耳朵，连连后退，“我只知道你不是原来那个听话的颜颜了，你不是了！你变了！你被一些无关紧要的东西迷住了心灵失去了方向！”她几乎是在嘶吼，声音沙哑而悲伤，“我不明白！颜颜，你究竟需要些什么——为了你能拿冠军，我甚至抛开了学校的功课和约稿——”她在那一刻变得无力，双手垂下，望着朝颜，虚弱地问道，“颜颜，你究竟需要些什么？”

“我需要的，是现在的染染姐姐给不了的。”朝颜的目光在这一刻变得潮湿而模糊，声音也游离起来，仿佛陷入了一场梦境。下一刻却又变得无比清晰：“我——只想要——快乐。”

他把头转向站在一旁的木小葵，一字一顿地说道：“那种真正的快乐，可以让心灵在天空之中驰骋的快乐——不带任何功利性的，纯粹而自然的快乐。”

他的声音是那么地坚定而温柔。

木小葵没有说话，可她分明已从朝颜的眼里读出了些什么。她用力地点了点头。

林染仿佛被一把未曾开刃的刀用力地捅入了心脏，并且在伤口处来来回回地搅动，鲜血淋漓。这般剧烈的疼痛令她眼中虚弱的神色变为最为深重的绝望。纵然如此，她仍旧装作漫不经心地扫了木小葵一眼，然后将目光落在朝颜的脸上，缓缓道：“我明白了……终于明白了……”

“现在，我只想问你一句话，颜颜，你究竟选择我，还是选择她？”她再次伸出手，指向木小葵。

“不！染染姐姐！不能这样！”朝颜的脸上出现了疼痛的神情，他大喊一声，扑向林染，嗓子仿佛被什么锁住，含混不清地说，“染染姐姐……染染姐姐……你不能这样……不能……”

林染向后退了两步，睁大眼睛，看着几乎崩溃的朝颜，抑制了很久的眼泪终于掉下来，她仍旧在大叫道：“快选啊颜颜，快选啊！我要的是一个完全忠诚的颜颜！你快选啊！”

朝颜一下子跪倒在地，膝盖与冷硬的泥土接触而产生的剧烈疼痛却抵不过心底的悲伤来得排山倒海。突然，他举起手，攥成拳，一下一下地重重击打着地面。硬邦邦的泥土依然如故，而朝颜的手指却涌出鲜血，一滴一滴地落在地面上，逐渐氤氲开去，犹如一朵朵三月盛开的桃花。

不知道过了多久，他才停止击打，痛苦地闭上眼睛，左脸无力地贴着冰冷的泥土，眼泪顺着他的脸颊纷纷落在冰冷的地面上，如此灼人。

“不能这样……染染姐姐……不可以这样……”他仍旧在哽咽，像个手足无措的找不到家的孩子。

“不！不可以这样！不可以！！——”朝颜的哽咽突然变为无法挽回的凄凉哀号。

站在一旁的木小葵自始至终都不曾说话，她只是沉默，双目静然，犹如这一片哀伤的芦苇丛。可是，谁又能够看到她内心因朝颜而生出的一片熠熠生辉的激情?

太阳愈发西沉，芦苇在风中摇曳，悲凉地刺破苍茫的天空。

一群深褐色的寂鸟在夕阳之下静静地飞翔。

林染站在不远处，白色的风衣沾满了落日的余晖，用发卡别起的长发已有几绺散落下来，在额前飘荡。她的双目又憔悴又沮丧，清美的面庞写满了难以愈合的哀伤。她从未想到，时光竟然在此地为她准备了这样一份沉重的礼物，她与在她呵护下长大的男孩，竟然要面对这样一场残酷而无法回避的抉择。

朝颜仍旧双膝跪地，白色衬衣沾满了泥土与凝固的血渍，看似已经恢复了平静，可是内心因此而翻涌的波涛终归无人可见。

此时此刻，他多么希望能够有一个人出现，将这一切结束，就不必饱受这漫长的痛苦。但此刻，他却面临着有生以来最为艰难的抉择。他的大脑已经混沌，胸口沉沉地痛着，不知如何是好。

林染望着眼前这饱受煎熬的少年，心中除却最为原始的疼痛感之外，仍旧是有丝丝的欣喜。他这般痛苦，证明自己在他的心中仍有举足轻重的地位。于是，缓和语气，她动情地说道：“颜颜，还记得你第一次看我画画时候的情形吗?那个时候你还是个时时刻刻被多动症困扰的可怜的小男孩，没有小朋友愿意与你玩，你一个人很寂寞很无聊。后来你认识了我，我们一起画画。你把自己所有的故事毫无保留地告诉我——我还记得你说体内有一个小男孩总是强迫你做你不愿意做的事情，你无能为力，你哭得那么伤心，你说你盼望能够成为一个被老师喜欢，不让爸爸妈妈担心的好孩子，可是每当那个小男孩和你说话的时候，你总是克制不住做出很多让人伤心的事情。颜颜你知道听到这一切之后，我多同情你吗，当时我就发誓，以后一定要好好地保护你照顾你，不让你再被那个小男孩困扰。直到现在，那个小男孩已经从你的体内消失已经很久了，我仍旧在心底保留着这种想法。

“颜颜，你还记得你第一次参加绘画比赛拿奖的情形吗？那是在你学画之后的第二个月。比赛是我和你一起参加的，因为你说自己一个人比赛会很寂寞很孤独，如果有染染姐姐陪伴一切都会变得很温暖。那也是你第一次在我指导之下完成了画作……后来你拿了第二名我拿了第一名……你很高兴，你说只要有我参加的比赛，你就永远都不会和我争第一……永远都不会……”

“颜颜，你还记得我十二岁生日时你送我的那幅画吗？你画的是在花园中第一次见到我时的情形，不过你将自己画成了一个小小的阿修罗，将我画成了长有一对翅膀的天使。你对我说，染染姐姐在我的心中永远都是天使，是最漂亮的姑娘——你也许认为我把它丢掉了，是吗？我一直好好地保存着，一直放在身边……你要看看吗，我拿给你……我拿给你……”

林染断断续续地讲述着他们童年的美好往事，直到泣不成声。她一边用袖子擦掉眼泪，一边从背包中取出一张微微泛黄的纸张，展开，颤抖着双手递到朝颜的面前。

那是一幅稍显稚拙的儿童画，画面上果然是一个正在画画的小天使，洁白的翅膀散发出温润的光泽。旁边是一个满脸邪气的小小阿修罗。画作的右下角歪歪扭扭地写了几个字：给我的染染姐姐。颜颜画。

朝颜的眼泪刹那间汹涌而出，迅速布满了整张脸。当他泪眼朦胧地抬起头望着林染，林染也早已是泪流满面。

她哽咽着，继续讲述：“颜颜，我出国的时候你去机场送我，你和我拥抱，然后对我说染染姐姐你在那边要好好的。我对你说颜颜也要乖，要认真地画画，等我回来的时候千万不能变成了一匹无法驯服的小野马……当时你点点头很认真地说不会的不会的，在这个世界上颜颜最听染染姐姐的话了……可是颜颜……你告诉我为什么，现在我回来了……一切却都改变得这样巨大……”

“颜颜，”林染的语气哀伤，“你永远不会背叛我的，对不对？你还是那个听话的小孩子，对不对？你很快就会告诉我这一切都是假象，对不对？”

一旁的木小葵早已落泪。她突然发现，林染与朝颜的回忆是这般地丰盛而美好。甚至美好到，让自己都忍不住地去羡慕和嫉妒。林染陪伴朝颜走过的，是一段任何人都无法企及也无法复原的，特殊的时光。

朝颜双手捧着那幅画，仍旧在哭泣。这种哭泣出现在他的童年时代，出现在没有小朋友愿意与他一起踢球一起吃饭一起做游戏一起午休的时候，出现在幼儿园的阿姨当着全班小朋友的面说他是个不乖的小孩的时候，出现在他给别人制造麻烦而暗自懊恼的时候……长大之后的朝颜，永远都是一张干净而冷漠的脸，从不哭泣，甚至连笑都少之又少。他以为自己已经彻底将这些表达感情的方式丢弃在了光阴的池水之中。可是此刻，当他面对林染挖掘出的童年旧事，当他面对林染递给自己的那幅画，哭泣犹如海浪一般，向他席卷而来。

他起身，踉踉跄跄地走到林染面前，用哭红的眼睛望着林染，哽咽着说："染染姐姐，你知道么，认识你以前，我是个无药可救的孩子，你拯救了我，将我从无望的黑暗带到了光明的天堂。你曾经以及正在施予我的恩，我永远不会忘记。其实，我从小就是一个疏于表达内心情感的小孩，直到现在也是这样。可是，每当我遇到一份值得珍惜的感情——无论友情还是爱情，我都会看得重于一切。正如你，染然姐姐，你一直是我心中的天使，我的女神，我的公主。我曾经对一个陌生人说过，这一生能够与你携手望生如夏花，且听风吟将是我最大的幸福……而且，染染姐姐，你在我心中是这般地美好，你扮演了我童年与少年时代除却母亲之外一切关于异性的角色……你的优秀时常令我感到深深的惶恐……一直以来我都有一种从未对你说起过的想法……我愿意……愿意为了我的染染姐姐，而变成……一个赏心悦目的男孩……"

"颜颜……颜颜……"听到朝颜这一番隐藏在心中许久的表白，林染泪如泉涌，不断地点头。

木小葵看着哭得难以自持的朝颜，眼泪不知在何时再度落下。心中打翻了五味瓶一般。人性总会软弱和善良的一面。正如眼前，这曾经优秀得不可一世的少年，现在又是何等深情，何等可怜。他仿佛站在童年的最后一丝光阴之中，双手紧紧握住自己如水晶球一般美好的故事，念念不忘。

"颜颜……让姐姐再抱抱你……好吗？"

"染染姐姐……"朝颜眼含热泪，一步一步地靠近林染，他深情地望着林染因眼泪而莹澈的眼眸，然后张开双臂，将她紧紧地拥入怀中。

林染的双臂紧紧环住朝颜单薄的背，少年的体温与身上散发的淡淡花香将她充满柔情地包裹起来，仿若母亲的子宫包裹着一个胎儿。她绝望冰冷得几乎停止跳动的心脏逐渐复苏。她仿佛《伊索寓言》中的那条蛇，重新焕发出生的活力。

她的下颌轻轻抵着朝颜瘦削的肩膀，并且用那双美丽的眼睛对木小葵微笑，以一种绝对胜利者的姿态。

木小葵的目光与林染不期而遇。那一刻，羡慕，嫉妒，渴望等诸多情绪搅拌在一起炼就成匕首，狠狠地刺入她已经逐渐变暖的心房，心脏瞬间迸发出前所未有的疼痛。她将头转向一边，痛苦地闭上双目，再一次逃避了林染的目光。

原来，无论如何，林染都是朝颜生命之中不可回避的情结，她在他最为茫然孤单的时光陪伴他一路走过。这种深厚的情感，又怎是自己能够望其项背的？

也许，自己唯一能做的，便是悄然离开。一切的一切，皆令木小葵望尘莫及。

朝颜同样紧紧地抱住林染，将头埋进她漆黑柔软的头发中，他伸出手，轻轻抚过林染光洁的头发，继而发出了如一只小兽般的呻吟声。

“对不起……染染姐姐……虽然你给了我许多美好的时光……但我不能选你……我不能选你……原谅我……原谅我……”朝颜在林染的耳边接连不断地低喃，仿若梦境。仿若耳语。

这是林染从未想过的结局。

她从未想过曾经对自己百依百顺的朝颜会背叛。

妒火中烧。她一下子将他推开，眼中是难以置信的神情：“为什么……告诉我这一切是为什么？！”

朝颜向后退了两步，使劲地摇了摇头，笼罩在双目之中的雾气逐渐驱散，恢复了清朗的光泽。从中已看不出丝毫的迟疑：“对不起染染姐姐，我真的，不能选择你。”

他缓缓转身，身体投下的阴影在夕阳之下逐渐拉长。

他望着站在一旁脸上写满痛苦神色的木小葵，嘴角缓缓翘起，露出了和煦阳光一般舒展的笑容，带着春风吹皱的涟漪。

他向木小葵伸出了右臂，直直地伸出了右臂。

“知道吗，第一次看到你，我就有种似曾相识的感觉。那时，你的眼神是那么脆弱，又偏偏假装做出独当一面的冷漠与强势。我知道，我们是来自同一星球的同种生物。原本，我们该是这孤寂星球之中惺惺相惜的同类。可你却一而再再而三地拒绝我，正如我一而再再而三地试图征服你。我们彼此排斥，却殊途同归——我们所希望的，仅仅是防备自己被外来物种侵犯而消磨了自己的特立独行——对吗？

“是你，是你将我从毫不自知的激情缺失的状态中拯救出来，是你让我明白绘画真正的乐趣所在，是你让我明白了画画的目的仅仅是让自己快乐，而不是需要给自己一个理由或带有功利性的目的——与你在一起，是我绘画以来最快乐最珍惜的一段时光。”

木小葵苍白的脸上露出惊诧的神色，原本干涸的嘴唇缓缓张开，想要说什么，却终究无言。她突然捂住嘴巴，眼泪从指缝迅速地流淌而过，无声无息。

朝颜的头发在寒风中变得无比零乱，可是他的眼神，却愈发灼热。

“我已经认输了，小葵。我——”

“不要再说啦！朝颜，你给我闭嘴！”林染再也无法抑制突如其来的改变带给自己无法丈量的愤怒，更加无法抑制目睹朝颜对自己深恶痛绝的女孩告白时心中源源不断涌出的耻辱，“想不到你的灵魂真的背叛了我，你不再是我的颜颜了，我恨你！我永远都不会原谅你！”

诅咒从她嘴里倾泻而出，她像是瞬间苍老了十岁的怨妇，连发泄心中的愤恨都已经变成一种变相的卑微与臣服。

“我曾经说过，我从不会与染染姐姐抢东西——现在，染染姐姐能不能也让我一次？”

听到这句话，泪水早已爬满整张脸的林染突然双手捂面，呜咽不止。她心爱的少年不知何时已逾越了她所能容忍的底线，并且渐行渐远。她看不到他的身影。她终日所面对的只是一片永远无边的黑暗，找不到通往光明的路。她彻底迷失了。

她突然转身，飞快地奔跑，像一只受伤的麋鹿，试图以最快的速度跑到一个无人的地方，独自舔舐伤口。她暴露给敌人的脆弱情绪已经太多。

芦苇高高地刺破天空，在风中更加剧烈地摇曳，悲凉得令人垂泪叹息。

深秋与初冬交替时节的风喑哑地吹过，天色逐渐昏暗。飞鸟的影子消失不见。天地之间只剩下木小葵与朝颜两人。

他们静静地凝视对方的脸，仿佛试图用目光将对方的面颊轻轻抚摸。

“小葵……”叫出这个名字，朝颜的喉咙就像被锁住了一样，再也无法发出任何声音。

“朝颜……”木小葵脸上残存的泪水被风吹干，只留下两道冗长的痕迹。

他们面向着对方，一步步走近。

暮色更加浓重，空气中凛冽地吹过寒风的味道。

朝颜突然伸出双臂，将木小葵紧紧地搂在怀中。

四周已是一片寂然，他们看不清对方的脸。

木小葵在寒风之中瑟瑟发抖，像一只被人丢弃的猫。她单薄的身躯愈发靠近朝颜，脸紧紧贴着他的胸膛。在她无比漫长而晦涩的记忆长河中，这是第一次与异性的身体接触。应该如何用语言描述呢？温暖？潮湿？幸福？

然而一切都像是笼罩了一层夜晚的水雾，氤氤氲氲，模糊不清。唯有体内传来疲倦的信号。她仿佛丧失了思考的力气，不愿再想。

她在朝颜的怀中嗅着他衣服上淡淡的花香，静静地闭上眼睛，有气无力地说道：“朝颜……我好冷……你抱紧我……抱紧我……”

朝颜将木小葵搂得更紧。眼前这羸弱的女孩，她的心灵曾经受到过多么深重的创伤导致她不由自主地抵抗外来的一切事物，她那渴望得到爱的内心终究被她不断织就的茧紧紧包裹，令人难以辨别。想起这些，一阵疼痛海啸般向朝颜袭来。他将衬衣扣子解开包裹住木小葵，他要尽自己最大的努力让她感到温暖。

“小葵……我爱你……我爱你……我不能离开你……离开你我会死的……知道吗……”

原本应该完美的谢幕，突然以出乎人意料的姿态重新开场。听到这句话的同时，木小葵紧闭的双目突然张开，接着使出全身力气推开朝颜，双手抱住肩膀，连连后退，瞳中露出万分惊恐的神色，仿佛听到了世界上最恶毒的诅咒。

“不！我不要！我不要！”她捂住耳朵，转身，头也不回地奔跑，仿佛根本没有听到身后朝颜的呼喊。

她的身影很快消失在弥漫的夜色中。

月亮出来了。

失魂落魄的朝颜低垂着头，额前长长的刘海遮住双目。衬衣仍旧是敞开的，一阵寒风吹来，夹杂着夜的冰凉，轻易穿透了他的身体。

芦苇丛重新恢复寂静。但，这次的寂静，悲凉，让人心碎。

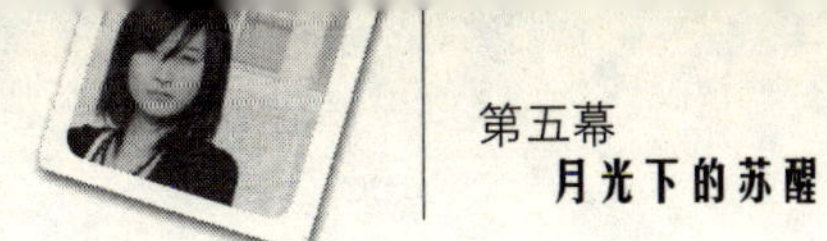

5

皎洁的月光照亮旅人回家的路。

木小葵飞快地奔跑，眼泪一路抛洒。她仿佛是一只没有双脚的鸟，停下的瞬间便是她死亡的时刻。她的头因为长时间的奔跑颠簸剧烈疼痛，家庭往事一幕幕在她脑海中闪现。

那些曾经令她窒息的梦魇。

那些终将伴随她一生一世的梦魇。

木小葵的双膝突然一软，跪倒在地。

是为什么，面对这般温柔的男孩，我会难以克制？可又是为什么，当这份在我的潜意识中渴盼了许久的爱情真正降临的刹那，我会感到恐惧？这一切都是为什么？为什么？

她终于抱住自己的头，在这片倾城的月光之中，失声痛哭。

Chapter B

小木，我亲爱的小木，无论曾经的我在曾经时光中多么流连忘返，分别的时候终于到来。

他终于要离开我了。

他就要离开我了。

我亲爱的小木，现在我试图用分段式来记录同他在一起的最后三天。

洛遥

1
星期三。

凌晨哭醒，之后又昏昏沉沉地睡去。再次醒来，似乎已经淡忘了梦境的大半内容，只有那种晦涩的忧伤为我铭记。哦，我亲爱的小木，恋爱是一件多么令人疲惫的事情。正如莎士比亚所说，爱情是一种甜蜜着的痛苦。可是，我却从未后悔。从前没有，现在没有，以后必然也不会有。

拉开窗帘，天空是这样晴朗，难道昨夜它被我的泪水冲刷过么？

我用了五分钟的时间洗脸刷牙梳头发。然后在脖颈与手腕处喷了一点点MINTROSE。香水是一种能够带给我好运的神奇的液体。

我走出家门。

他仍旧提前出现在七点四十五街道。秋天的寒气越来越重，他穿了一件白色的外套，书包背在一个肩上。

我走近他。他的脸色很白，有黑眼圈。头发刚刚洗过，散发出一股好闻的花香，弥散在晨雾中。

嗨，早上好。

早上好。

不知道是不是我的错觉，在看到我的那一刻，他的眼神刹那间失去了焦点，缓缓扩散开来。

突然发现，他的手中拿着东西——一个小笔插和一个三十二开的蓝色笔记本。

是送给我的吗？

他恍然惊醒一般，用力地点了点头，双手将礼物递给我。

笔插是日本传统的那种，有种很灵媚的感觉。可是小小的笔记本很卡哇伊——封面上漂浮着几朵带着笑脸的云，密密麻麻的英文字母串联成一段段美好的音符。几只毛绒小狗听话地趴在上面，酣然入梦。

谢谢咯。

天越来越短。现在天空还是阴阴的。

你冷吗？他突然问我。

稍微有一点，不过……我的那句“不过没关系”还没说完，他就立刻将白色外套脱下来披在我身上。

直到这时太阳才从云朵后面露出笑脸。我在毛绒绒的阳光之中悄然观察他的脸，他像孩子一样的脸，干净白皙。可是，还有不到一个星期的时间，拥有这张漂亮脸的男孩子就要离开我，离开中国，飞向一个我几乎一无所知的国家。那里，便是他的家乡。我多么地舍不得他，甚至不敢想关于他离开的一切，生怕一想便哭泣不止。那么现在，我能做的又是什么呢。我陷入了沉思。

也许，是能够多一些与他的接触？嗯。是的是的。

嗨……我们拉手吧……空气中突然蹦出这样一句话似乎有些突兀。

他的脸红了，也许，就像昨天在黑暗中的我的脸一样红。他开始支支吾吾，语焉不详。非但如此，他用右手不断地抓着头发，由于他的胳膊很细，我送给他的银色镯子一下子落到接近胳膊肘的地方，摇摇欲坠。看到这一切，我心绪平然，完全没有失望的感觉，完全在我的意料之中——毕竟，他像小王子，他们都是害羞的惹人怜爱的小男孩。

没关系，如果不行就算了。我轻声说道。

不是不是……我只是……太……而且有点……意外。他嗫嚅着说。

这时，他伸出手，不用摸索便准确无误地抓住了我的手。于是，我们的手很自然地扣在了一起，如昨晚那般，掌心相对，十指相扣。他的掌心又沁出了汗珠，我甚至能够想象得到它们顺着他掌心的纹路紊乱地流下时的样子，把我的手心也弄湿了。由于原本就有些冷，再加上紧张，我的手冰凉。被他握着，才逐渐暖了起来。

呃……你什么时候回日本呢？

这个星期六清早吧。

哦。

如果不是当着他的面，我想那一刻我会哭起来。

直到走进学校大门，由于怕被执勤的教导主任抓到，我们才恋恋不舍地松开了手。这时，我的手已经被他焐暖。同时暖起来的，还有心。

现在我才明白，曾经被自己嗤之以鼻定位为空虚无聊的少年恋爱，原来是一件多么美好的事情。

可是现在才明白，是否有些迟呢？我不知道。

2

那天放学，我们照旧并肩而行，没有什么异常情况。可是当他掏出钥匙准备打开门的时候我也下意识地摸了摸口袋——钥匙竟然不见了！也不知道是今天没带还是在半路丢了。

我像一只热锅上的蚂蚁一样急得团团转，据他说我间或用“非常无助的令人可怜”的眼神望望他，之后低下头继续找钥匙。

嗨，我陪你在你家门口等吧。他突然说。

我瞬间安静下来。

十九点零三分。父母应该很快就会回家了。天空逐渐暗淡，我们并排坐在我家门前的松树下面，头顶是一片沉默而苍翠的绿色。我低着头，间或斜着眼睛看看他。说真的，如果我能够再放得开一些，我一定会把头靠在他的肩膀上，并且我知道，他不会拒绝。

但我却偏偏做不到啊，简直糟糕透了。当我还陷于懊恼中时，父母下班回来了。

我们同时起身。他非常有礼貌地向我的父母鞠躬。叔叔阿姨好。

那一刻我突然产生了幻觉，我觉得他就是我带回家给父母看的那个人，我的挚爱。

可是，我的幻觉几秒钟之后便被无情地击碎，我甚至能够听到它们碎裂时决绝而不甘的声响。

因为他把头转向我，面容在暮色中略微有些模糊。我走了。他说。

谢谢你。

我尾随父母进门，进门的一刹那才突然意识到，从明天起，也就是星期四，一直到这周结束，由于大暴雨的突然来袭，我们都将不上课——也就是说，“我走了”、“谢谢你”就是我们之间最后的对白。

可是，可是我根本不想这样结束。这样平淡的，甚至在以后想起不会有任何喟叹的结束。

我突然冲出门去。

苍茫的街道，霓虹灯已经亮起，车灯明明灭灭，打在我的脸上。四周是安静的，天空陷入了一片沉寂。

只有我一个人，他又在哪儿?

天空在此刻下了一场不大不小的雨，仿佛是为我而叹息。我蹲在地上，哭了起来。

是谁曾经说过，当你跑过的一瞬间，或许他就在一个角落中看着你。

3

星期四。

传说中的大到暴雨在哪儿呢？今天天气分明是不阴不阳的，零零星星地下着小雨，给地面刷了薄薄的一层水雾。昨夜辗转难眠，直到凌晨四点才睡着。川端康成曾经说过，已是凌晨四点，海棠花未眠。我的屋内没有栽种哀伤的海棠，因此我也没有看到它们未眠。起床已是上午十点，没有洗漱，穿着睡裙在家中像鬼一样游来游去，游来游去。三分钟之后又倒在床上，企图让自己发霉，让自己腐烂在这场想念之中，终究一无所获。

我试图通过阅读令自己平静下来。踩在凳子上从书架最顶端翻出《圣经》。传道书中说，爱如捕风。这句看似平和的话如此深刻地刺伤了我。于是我将它放回原处，拿起一直安然于枕头旁边的《小王子》。

若是平时，我的一切情绪皆会在阅读小人儿的故事时平息下来。

可是，当我随手翻开的时候便看到这句话——

他像一棵树一样轻柔地倒下，连一点声音也没有……

这是句残忍的话。这是我在阅读整本书时最怕看到的一句话。

回想这两个星期，十四天，简直如同一场戏。而分别往往是剧中毫无选择的

结局。

不不不。不会的！不会的！我突然失控地将这本可爱的小书扔到一边，它在空中划出了一道完美的弧线，落在地板上，发出沉闷的声响。

我蜷缩在床的一角，全身都包裹在睡裙之中。

失神地望着地上的书。然后又将目光缓缓地移向床头柜……

那上面，那只小小的日本笔插和三十二开笔记本端然地摆放着。笔记本上的小狗甚至对我露出了甜美的笑容。

我终于在它的笑容中无法遏制地犹如一个孩子一般嘹亮地哭泣了起来。

分明知道今天不上课，或许还有遭遇暴风雨的危险，可我还是在下午三点的时候走出家门。低着头，漫无目的，仿佛在寻找些什么。

雨仍旧淅淅沥沥地下，空气非常潮湿。我的衣服紧贴我的肌肤。

我还是来到了七点四十五街道。雾气蒙然，整条街道像是浸泡在水中的一枚渺小的茶叶。

突然间我看到了一个熟悉的背影。白衬衣。黑色单肩包。高而瘦。

哦，我亲爱的小木，是他，是他！

当我确定是他的那一刻，不知是出于激动还是委屈，眼泪一瞬间沸腾了我的双眼，迅速地流淌下来，混着雨水，消失在空气之中。

为什么最近的眼泪总是这么泛滥？秋天真是一个令人忍不住感伤的季节。

你真的在这儿……看到我之后，他起初是惊讶，继而轻声低喃。我本来想先来这里等你……

我没有说话，只是仰起头，对着比我高了很多的他微笑。

我们谁都没有打伞，并肩而行，穿梭在烟雨蒙蒙之中。我低着头，心中的伤感犹如滴落在毛巾上的水滴，逐渐氤氲开，终于扩大到无法收拾的地步。而他，冷漠着侧脸，似乎在思考些什么，又或许什么都没想，仅仅是不想对我说话。我们就这样漫无目的地走着，路是何其漫长，仿佛已经走了整整一个世纪。

抬起头，眼前是我们的学校。

我瞬间明白：从七点四十五街道到学校的马路已经被我们轧过很多遍，因此即使在思维不受大脑支配的时刻，也能够轻易找到这条路，并且走下去。

可是这以后，以及以后的以后，他离开以后，这条路，我又该和谁一起去走？

我仿佛走了一个大圈，从原点出发，又回到原点。理论上不会有任何改变，可是最初的那些风景，又怎么可能一成不变地等待着我的归来？

纵然曾经，以及曾经的曾经，我在自己小王子的世界中自得其乐，可是他离开之后，我又该如何面对重新而至的一个人的生活？

那定然是无比寂寞的。寂寞到能够听到自己脚步踏在厚厚树叶上的声音。

他看着学校的景致，目光涣散开来。很久之后，才缓缓说道：我舍不得……离开这儿……

我没有说话。

他像是想起了什么一般，转过头很认真地看着我，我们一起拍张照片吧。

他的手机是SHARP903，320万像素。他一边把手机调到拍照状态，一边试图把脸靠近我。然而却在距离我的右脸颊还有五厘米的时候停了下来。接着，我听到了一声轻微的叹息，来自他的心。

照片拍出来之后，他给我看。照片上的我们都没有笑容，满脸结着与雨水一般颜色的哀愁。

我们向回走去。他把手伸进书包，不断地掏着什么。由于心情差到了极点，我根本无暇顾及他要找什么东西。

我感觉自己的胳膊被轻轻地撞击着。喂，他低声叫我。这个……是我给你的。

我转过头看了看他，又看了看他手中拿着的——

竟然是那本中法对照版的《小王子》！

我看着他苍白的脸，憔悴的黑眼圈，被雨淋湿的头发软软地贴在脸上。哦，我可怜的小男孩，难道昨夜你也与我一般辗转难眠？

我也将自己很久以来一直随身携带的SECRET GARDEN的专辑《earth songs》给他。这张专辑一直是我的最爱，无论别人如何问我借我都不曾给过。

他接过来，仔细地抚摸着封面。许久，才说，我的机票买好了，星期六早晨，五点十七分。

4

星期五。

下午两点二十三分，天空有点晴朗，似乎隐约可辨阳光的影子。他出现在我家门前。还给我那张专辑。

我已经把其中的音乐全部拷到我的mp3上了，他说。

然而我却坚持。不行，这是我送给你的。你必须拿着。

我没有再让同学帮我递纸条。最后的一张纸条是我亲手递给他的，折成了百合花的样子。因为我那么想要了解他看到纸条时的表情。这次之后，就再也看不到了。

最后一张纸条的内容是：东西都准备好了吗？不要忘记什么。明天那么早走，一定要早睡啊。

他小心翼翼地把纸百合按照折叠的痕迹展开。这是他第一次当着我的面看纸条。他苍白的脸在看纸条时泛起了可爱的红润，就像一颗草莓放在奶油蛋糕上一样恰到好处。念完之后，他抬起头看着我，眼圈竟然红红的。他笑，可是我却觉得他的笑容那么悲伤而勉强。谢谢你。这句话在他的喉咙中含混不清，犹如哽咽。

他再次把手伸进书包，几秒之后拿出一个木头的盒子——是我盛送给他手镯时用的那只檀木盒子！

他不动声色地吸了吸鼻子，打开盒盖。

里面竟然是满满的——我写给他的纸条——并且，都折成了不同的形状。

今天的折纸现在恢复起来可能有点困难……等我上飞机的时候再把它折起来好不好？他像个乖巧的小孩一样问我。

我拼命地点头，苦苦涩涩的泪水再次沸腾了我的双眼。可是我强迫着自己，不要流下来，一定不要流下来！要有志气，一定要有志气！

好了，我要回去收拾东西了——他走到我的面前，伸出手摸了摸我的头发，说道。

请等一等！我突然大声叫道。

他停下来，却没有回头。

你还记得你曾经问过我最喜欢《小王子》中哪个片段吗？现在，我告诉你：那个永远也长不大的小人儿躺在宇航员的怀中，宇航员伤心地对他说，我的小人儿，你受惊了！小人儿听后，忧伤地笑了，望着满目黄沙，轻声说道："今天晚上我就要离开了，路很远，也很困难……真正重要的东西是看不见的，就像水一样，因为有了轱辘和绳子，使你让我喝的水犹如音乐一般，你记得吗，它如此甜美！"

……

同学怕我伤心，将我接到了她家住下。

凌晨四点，我终于看到了如我一般未眠的海棠。

5

星期六。

我瞪大了眼睛直到五点十六分五十九秒，当秒针稳稳地指向六十的时候我的耳朵里仿佛出现了飞机腾空的轰鸣声，那么巨大，耳膜快要炸裂地疼痛。

他离开了。他离开了。我又是一个人了。我又是真正地独属于自己的我了。

可是为什么，心没着落地疼着。是谁放了一把火，一片荒凉。

一周之后他给我发来了邮件。信中平静地说："我在东京很好，一切都很好。并且，我希望你也好。"

曾经以为会一直压抑着不掉下的泪水终于大颗大颗地掉下来，砸在键盘上。

自始至终，我都感觉到疑惑，因为在我们认识的短促的两个星期中，他从未对我说过爱我，甚至连我的名字也不曾叫起。因此，我一直难以确定他是否也喜欢我，就如我喜欢他那般。很长一段时间，每每想起这个问题，就疑惑不已。直到有一天，我那个可爱同学的回答令我稍稍释然。

她说，在这个世界上不会有任何一个男生与自己不喜欢的女生拉手，并且通过半个月的接触你应该明白，他是个说得少做得多的男孩。

我静静地思考着这句话，然后对她笑了。

6

我已经开始学习法语，目的仅仅是为了能够看懂他送我的《小王子》。

我将他留给我的蓝色封面的《小王子》连同自己的橙色《小王子》并排放在书架上，每次看到，心中都漾起淡淡的温暖，就假装我与他的距离也是这样的近，虽然我们早已分隔天涯两端。

有的时候，在台灯下看着看着，我甚至产生幻觉，有两个长得一模一样的小人儿从书中走出，面带忧伤温暖的笑容。霎那间他们交融在一起，变成一个。小人儿慢慢地长大，长成一副身材颀长干净忧伤的样子，可是他的瞳仁中依旧有着单纯的神采，他望着我，您能为我画一只山羊吗？劳驾，一只山羊。

每当这个时候，我都试图伸出手去抚摸他的脸。可是他的面容却突然消失不见。只留下两本书以相依相偎的姿态靠在一起。好的，我会为你画一只山羊，并且我还会，为它画一个笼子，不会让它跑出来的……我喃喃低语道。

每当这一切幻想都结束的时候，心中总会有一闪而过恍惚的疼痛与忧伤，可是时间久了，便模糊了。

我问我的同学，他也会想我吗——就如我想他一般地想我？

同学说，他会的，只不过他和你一样太害羞——你不是也一样没讲吗？

上车的时候我仍旧在曾经的位置坐着，偶尔会有人坐在对面——但是那个人，却不再是阅读着《小王子》的他；

教学楼下面的那张长椅依旧会有人坐在那里——但那个人，却不再是忐忑不安的他；

咖啡店中依旧有许多桌椅，人满的时候我也会找一张有人的桌子坐下——可是那个人，却不再是双目静然的他；

每天上学的时候，仍旧会有人等在街口——但是那个人，却不再是面露羞涩的等着我的他。

我从未像现在一样确信他已经离开。我的小人儿已经离开。

从此以后，我便是那只等爱的狐狸。

我亲爱的小木，我突然发现，原来少年的爱情是这样美好，虽然事后想起会心存丁点的悲伤，但是并不妨碍我继续地相信爱情。是他让我明白，原来爱情或者其他的感情皆是世界上最为美丽的——就像向日葵一样，成片成片地流淌着，铺天盖地，散发着芬芳而令人迷醉的气息。

小木，我最亲爱的小木，我的故事便是这样的。

答应我，要相信爱情。一定要。

第六幕
我不能悲伤地坐在你身旁

|| Chapter **A** ||

小葵，你为什么一直都没有来。

冬天仿佛越来越深了，梧桐树的叶子噼哩啪拉落了满地。我日日挣扎在灰白的梦魇之中，仿佛哭泣过，可是醒来之后，一切都忘记了。惟有镜子前面那张冷漠苍白憔悴的面容见证了我内心无比剧烈的起伏。

那张被我亲手撕掉的画我已经凭着自己的记忆重新画了出来，仍旧是那一片芦苇，一个身影模糊的女孩站在芦苇丛中，衣裙翩跹如苇花……

母亲告诉我，瑾诗姐姐已经重新飞回了法国。她是红着眼睛流着泪上的飞机。我知道，我已经伤她太深。这种伤害，将长长久久地在她的心中扎根，成为她一生都不会原谅我的利器。但，不知为何，我的心中除却应有的愧疚，再无其他情绪。是她逼我做出选择，而我，也只是做了自认为正确的选择。

可是，小葵。为什么被我选择的你再也没有出现。你是精灵吗？你消失了吗？你为什么要将我心中刚刚燃起的爱情之焰如此无情的浇灭呢？

你为什么这样对我，为什么！？

敏颜

1

十二月。寒冬。

刚刚下过一场苍茫的大雪，覆盖了校园中的最后一丝喧嚣。

桦树高而挺直，树枝在雪的映衬下冷冷清清地伸展开，未曾留下一片叶子，唯有雪。冷清的、寂寞的、矜傲的雪，堆积在树枝上，以一种决绝而优雅的姿态。树干上错落着深深浅浅的褐色伤疤，一痕一痕，犹如月亮的眼睛。弥天大雪已停，尘埃落定，污垢结痂，天空高远，呈现出一种清澈而奇特的蓝色，阳光透过树枝，将树林浸染成银白色，与这大地白雪融为一体。

身着厚厚棉衣的木小葵独自行走在静谧而苍茫的校园之中。脚下厚厚积雪发出“咯吱咯吱”的声响，仿佛给这寂静时光注入了一丝明快的节奏。木小葵将没有戴手套的手从口袋里拿出，手掌相对，使劲搓了搓，掌心冒出了丝丝热气。又将手放在已经冻僵的脸上，用力地揉了揉。

这几个月。自初冬至深冬，她都是一个人。她的身旁不曾出现过任何人，她也不曾主动找过任何人。她又可以在这个世界中兀自绚烂、兀自起舞、兀自繁华。她不是随便的花朵。她只是自己的公主。

她又重新回到了独属于自己的世界。

可是，她却突然发现，自己的世界，身旁没有任何人的世界，竟是如此冷寂、如此暗淡、如此孤独、如此寂寞。身处这样的世界，她备受煎熬。

她像一位经历过漫长旅行的归人。然而，即使回到了终点，路旁的景致也不能同出发前的一模一样。因为，封住内心的那块巨大的冰正在逐渐消融。冰水汩汩流淌，蔓延过她的心房。

“你站住——”身后突然传来自己几个月以来最渴望听到，却也是最怕听到的声音。她本想不予理睬，转身离开，但是冥冥之中，却有一股强大的力量迫使她回过头去。

虽然只是几个月未见，可却像过了几个世纪，漫长得看不到边际。朝颜穿着黑色风衣，头发仿佛是更长了，一直遮住眉毛。颧骨至下颌处犹如刀砍斧削一般，直直地瘦下去。他的双目似一口阳光照射不到的无底之井，暗淡而漆黑，令人轻易地坠入，却又摸不到边际。

可是，当他的目光与木小葵对视的时刻，隐藏在他眼底深处那无人可辨的委屈却拨云见日一般清晰起来，夹杂着怯懦与疼痛，一并浮出水面。

木小葵低下头，躲闪过这令自己产生负罪感的目光。刚欲转身，却被朝颜一个箭步挡在了前面。他紧紧地抿着嘴，盯着眼前的女孩。

木小葵仍旧一言不发，想掉头离开，胳膊被朝颜紧紧抓住，动弹不得。她拼命挣扎，终于将朝颜的手狠狠地甩开。

朝颜再次上前，伸出胳膊，拦住木小葵的去路：“小葵，我到底做错了什么，你为什么要躲着我？！”

木小葵避开朝颜的胳膊，向前走了几步，又停下，深深垂下头，低声道：“我没有……没有躲你。”

“怎么没有？！”身后传来朝颜委屈而痛苦的嘶吼，“如果你没有躲我，这段时间为什么不去画室找我画画，我约你你也不再理会？你为什么要在我的心中燃起一丝希望然后又亲手将它熄灭！为什么？！”

他失神的双目望着木小葵单薄的脊背，然而得到的只是木小葵无声的僵持。以及大片的沉默。

雪花不知何时又大片大片地落下，在风中飞舞，美丽而放肆地颓败。

“你知道这段时间我多痛苦吗？”见木小葵无动于衷，朝颜的痛苦更加深重，“我日日将自己锁在画室里，拼命地画。我甚至试图通过模仿你的调色、你的画风而假装你还在我身旁，我们还是如以往一般的画画——你的身影时时刻刻占据我回忆中最重要的位置，可是每当我的回忆加深一分，我的痛苦就会多上十分！现在，我已经将那幅画复原到我们最后一次画就的样子——然而，再也没有任何回忆供我作画——”点点晶莹在朝颜的眼眶之中流转，他吸了一口气，“小葵，请求你再赐给我新的记忆吧！”

“不，朝颜，我已经不会再给你任何新的记忆了，”木小葵摇了摇头，声音颤抖不已，可是语气仍旧装做淡漠，“我已经没有任何新的记忆可以给你了……”

“为什么？”朝颜快步上前，冲到木小葵的面前，抓住她的肩膀，盯牢她早已满是泪花的眼睛，“你告诉我这是为什么？！”

“不要再问为什么了……求求你……”木小葵痛苦地闭上眼睛，眼泪从眼眶之中滚落出来。

“我不管！你告诉我为什么！你快告诉我为什么啊！”朝颜剧烈地摇晃着木小葵的肩膀，“难道我爱你有错吗？难道我爱你也有错吗？！”

“对！你说对了！你不可以爱我！”木小葵突然睁开眼睛，盯着朝颜，痛苦地大声说道。

“为什么……”朝颜声嘶力竭。

“因为——”木小葵几乎崩溃，“谁爱上我都是错误！”

“为什么……”朝颜双瞳灼热，仍旧不依不饶地追问，并且将木小葵的肩膀抓得更紧。

“因为爱情本身就是错的！”木小葵突然大吼一声，尾音混合着落下来的雪花，在高高的苍穹之上凄凉地回荡，“它不应该存在！它不应该存在啊！你明白吗？！”

朝颜蓦然惊醒。双瞳中的灼热瞬间熄灭。双手无力地垂下。

这个世界又重新安静了下来。雪花摩挲，缓缓地坠落，静谧苍茫。覆盖世间的泪水与悲伤。桦树光秃秃的枝干相互碰撞，发出类似哭泣一般的声音。

“我说过……我要做的事情一定会做到……小葵……我一定要让你爱上我……”朝颜的嘴角勉强扯出一丝微笑，迷离的目光逐渐变得坚毅。

木小葵抬起头，脸上还留有泪水的痕迹。她深深地望了朝颜一眼，慢慢地，转身离去。

2

迂回的风雪突然变得异常凶猛而邪气，它疯狂地吹动着路旁的树木，仿佛要将它们完完全全地吞噬。

为什么会凭空而来这样一阵邪气的风？木小葵略带疑惑地想着。右眼突然突突地跳动起来，无法停止。一种不祥的预感瞬间在她的心里弥漫，并且随着离家距离越来越近而变得越来越汹涌澎湃。

“完了……完了……这个家全完了……全完了！”

身心俱疲的木小葵站在门外，风雪逐渐平息下来，寒冷的雪花簌簌地落满她的肩膀，融化成水，与她的肌肤相触碰。母亲的哀号犹如这一季的风雪一般重新向她涌来。她并没有感到过多的不安，因为长久以来，在这个家中，她已经逐渐习惯了母亲的哭泣与父亲的暴虐无常。

她推开门。

家里意料之中的零乱。原本就露出黄色海绵的沙发现在连弹簧也露出来了，翻倒在地，像一具一丝不挂的尸体，连死亡的时刻也不能保全自己的尊严；桌子凳子的腿也全部断掉了，残缺不全，与玻璃的碎片混合在一起，满地都是。

木小葵的母亲身着打满补丁的睡袍，头发干枯并且零乱。她的面色像死人一般白，嘴唇干裂而苍紫，目光呆滞，枯干的双手漫无目的地抓着地上的玻璃碎片。有的嵌进她的指甲又刺入她的皮肤。于是血液顺着她的指甲缓缓流淌而出，零落刺目。她坐在这一片狼藉之中，犹如一个刚刚从精神病院跑出的疯子。看到木小葵进来，她呆滞的目光缓缓地望向木小葵的房间——她仿佛已经丧失了言语的能力。

这可怜的女人，她的精神势必已经到达了崩溃边缘。她以自己的身体与灵魂双重受苦为代价，十几年来苦心经营这个家。但现在，造化弄人，她却要承受分崩离析之苦。

“砸了！砸了！全都砸了！把这些破烂全都砸了！”父亲的嘶吼突然从自己的房间里传出，紧接着是物体与地板接触时沉闷的声响，以及父亲嘟嘟囔囔的咒骂。母亲的目光重新缓缓地移向木小葵，依旧呆滞而空洞。木小葵瞬间意识到什么，她飞快地冲向自己的房间，用力撞开了门……

那将是我这一生最难以忘记的情形，它终将在我心中投下永远的阴影。当我破门而入的时候，我的房间已是一片狼藉。除却文森特的画像，那些曾经被我小心翼翼地挂在墙上的一切油画全部被男人粗暴地扔到地上，他肮脏的脚掌踩着它们斑斓的身躯，那一刻我仿佛能够听到它们的呻吟以及哀求。还有书。哦，我亲爱的文森特的画集，文森特的传记……此时此刻，它们正在父亲手中逐渐变成一堆可笑的碎片，轻飘飘地在空中飞舞，犹如窗外正在坠落的雪……

我几欲晕厥！这个混蛋！

“啊——”

木小葵尖叫一声，冲上去紧紧抓住仍旧在砸画的父亲的手：“你要做什么？快住手啊！”

“给我滚开！”父亲用力推开木小葵，“我要把这房子卖掉！把这些破烂全部砸掉！滚开！”

“爸！”木小葵再次上前，用力抓住父亲的胳膊，试图阻拦，嘶声哀求，“你把房子卖掉了，我和妈妈住在哪里？求求你快停手……快停手啊……”

“老子管你们住在哪里？”父亲一把甩开木小葵，仍旧没有停止手中的动作，“你们是死是活和老子有什么关系！我养了你们这么多年，房子是我的，我想怎么样就怎么样，我就算把它一把火烧了，你们也没有权利管我！”

说罢，他又伸手揭下墙上的梵高画像，边撕扯边骂道：“他妈的小兔崽子，整天弄些没用的东西回家占老子的地方碍老子的事！”

木小葵身子一软，瘫倒在地，她紧紧地抱着自己的头，声嘶力竭地哭泣，哀求：“爸……你不要撕……求求你……你还给我……你还给我……”她双膝跪在地板上，仰起头，挣扎着张开双臂抱住父亲的腰，口中絮絮不止，“你不要撕……你还给我……还给我……”

然而，梵高的画像在父亲的手中很快变成了一堆碎纸，他紧紧捏住木小葵的手腕，将她用力向后甩去。继而恶狠狠地将这堆碎纸扔给木小葵，“还给你！还给你这些破烂玩意儿！”他布满血丝的双目像两只灯笼，无比骇人。

我的膝盖跪在了木头的碎片上，硬硬的木头硌得我膝盖生疼。可是我顾不得这么多。我的文森特受伤了，哦，我的文森特受伤了，世间又有什么事情比这更令我担心？我怀抱这一堆碎片犹如怀抱一个破碎的梦境。我在这一片狼藉之中用手拨出一片空地，木头碎片深深刺入了我的掌心，我看到我的血液滴滴落下，落向文森特残破的嘴唇。

我将碎片平放在地上，试图尽自己绵薄的力量将它们拼凑成原来的样子。哦，最好一点接缝也没有，一点接缝也没有……我想象着这是文森特的尸体。几百年之前，我没有参加他的葬礼，没有目睹他如何被人抬进棺木，我没有亲耳聆听牧师为他吟的颂词……那么现在，文森特，让我来使你复活……

复活吧文森特，我以一颗最为诚挚的心祈求你复活。可是，你的脸上为何还有粗暴的接痕？你的眼睛为何残缺不全？为何为何，我无法将你拼成原来的样子？哦，文森特，我求求你，你不要用这种冰冷的眼神看我好吗？我会感到害怕的。

文森特……你为什么还这样看着我？！

耳边仍旧回响着物体的碎裂声，我面对着眼前残缺不全的文森特画像，突然无法遏止地失声痛哭起来。

“我再也受不了了！我和你拼了！”满脸是泪的木小葵突然起身冲向父亲，双手紧紧抓住他粗壮的胳膊，指甲掐进他的肉中，牙齿狠狠地咬住父亲的耳朵：“你这个魔鬼！几百年前一定是你指使那个妓女让她命令梵高割下耳朵！一定是你！今天我要让你还！我要让你还……”她含混不清地狠狠诅咒着，仿佛自己是与魔鬼抗争的英勇不屈的女英雄。

“你这个小王八蛋！”父亲一拳将她击倒在地，一只脚踏在她的肚子上，瞬间又将她抓起，狠狠掐住她的脖子，目露凶光。“你敢咬我！我让你死！我让你死！”

木小葵的脸色逐渐变成了绛紫色，呼吸愈发困难，耳畔空荡荡地响彻着父亲接连不断的咒骂声：“我让你死……我让你死……”

哦，文森特，我要死了……木小葵痛苦地想着，闭上眼睛，眼泪流下来，落在父亲的手指上。但是转瞬又绽放了一个无比苍凉的笑靥，你会在天堂等着我的，对吗？

她突然听到沉闷而钝重的声音，那是利器与肉体接触时发出的声响。她感到掐在自己脖颈上的那双手逐渐变得无力。她的面色一点点恢复正常，呼吸也渐渐轻松起来。

睁开眼泪迷蒙的双眼。眼前这混蛋男人凶恶的脸上出现了一种奇怪的表情。她听到液体落到地上的声音，并且由嘀嗒坠落逐渐变为汩汩流淌。

他的瞳孔逐渐放大，并且仍旧以这种奇特的神情盯着木小葵，最终轰然倒地。

父亲倒下的瞬间，木小葵看到了出现在面前的母亲。她的头发仍旧散乱，双目呆滞。任何一个人看到她，都会以为她是从精神病院逃脱而出的疯子。一个可怜软弱的疯子。

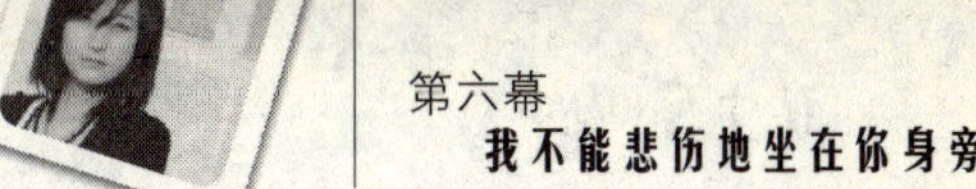

但是——她的左手赫然拿着一把斧头！

嘀嗒。嘀嗒。斧刃上沾染的血液一滴一滴坠到地板上，逐渐蜿蜒。

她伸出暗红色的舌头，缓缓舔了舔干裂的嘴唇，口中断断续续地重复着几个字："我让你死……我让你死……"

木小葵的父亲并没有完全死去，他倒在一片血泊之中，努力地瞪大了那双布满血丝的眼睛，向木小葵伸出手，含混不清地呻吟着："救我……救我……"

木小葵站在一旁，因恐惧而难以发出任何声音。然而，听到男人的呻吟声，女人顿时目露凶光。她重新抡起斧头，对着倒在地上的自己的丈夫嘶声吼叫："我让你死！我让你死！！"

斧头声再次响起，父亲的呻吟永远沉入了无声的黑暗。

木小葵感到一股温热的液体正在逐渐浸润着自己冰冷的脚掌，她的眼前一片血红。

"啊——"她尖叫一声，身体一软，眼前一黑，昏死过去。

3

木小葵坠入了漫长的寒冷之中。逼人的寒气与她的身体暧昧地接触。最初，她觉得冷，冷得彻骨，冷得可怕，冷得让她无所适从。继而，一片虚妄之中，她听到一个声音坚定地对她说，穿透寒冷，越过忧伤，朝着温暖的远方飞去吧！接着，她的身体仿佛变得轻盈，逐渐漂浮在空中，向着不可预知的远方缓缓飞去。空气中漂浮着苍白的雾气。一切如镜花水月，瞬间即逝。

木小葵缓缓苏醒，寒冷感已消失。她躺在一片透明的地面上，而透过这片地面，她看到了一片墨蓝，满天星辰犹如灿烂的花朵向她微笑着眨眼。在这一片繁星之中，一颗水蓝色的星球蒙着一层薄薄的水纱，兀自绚烂起舞，孤芳自赏。

木小葵缓缓起身，猛然发现自己赤身裸体，她不感到羞愧，只是心中升起一丝疑惑。四周空虚混沌，唯有白茫茫的雾气久久不散，包裹住她的胴体。

突然，她听到远方温柔的呼唤，木小葵……木小葵……犹如天音。

女孩木小葵瞪大眼睛，疑惑地四处张望着，试图在这一片茫茫雾色之中找寻那个声音的主人。这时，她看到，从最远处浮动的雾气之中，走出一个男人，他的须发以及瞳仁皆是火一般的颜色，他只有一只耳朵，他的背后长着一对宽大而柔软的翅膀，散发出银色的光芒。

只有一只耳朵的红瞳男人以天使的妆容出现在木小葵眼前，久久地俯视着这等待被救赎的女孩，苍白而布满雀斑的脸上出现了忧郁而悲悯的神情。接着，他俯下身，轻轻牵起木小葵的手，缓缓说道，一切寒冷，一切忧伤都已经过去了，我亲爱的孩子。

赤身裸体的木小葵看着男人的脸，痴痴地问道，亲爱的文森特，是你吗？是你吗？

男人静静地注视着木小葵的眼睛，嘴角扬起微笑的弧度，是的孩子，是我。

木小葵突然无法遏止地涌出泪水，她双膝跪地，紧紧拥住梵高的白色长袍，哽咽着，对不起文森特……我没有好好地保护你……

男人再次微笑，周身都散发出那种圣洁而不可一世的光芒。他的红色头发在雾气之中优雅地摆动，犹如一团温暖人心的火焰。他将木小葵搀扶起来，张开双臂，拥入怀中，用那双制造过无数美妙幻觉的手轻轻抚摸着她漆黑而柔软的头发，缓缓说道，千万不要自责，我的孩子。能够得到你十几年如一日的爱，我已经深感荣幸，能够成为你心中永不泯灭的神与信仰，更是我无上的荣光。世人都是自私的，他们为了自己的欲望而勾心斗角，甚至不惜伤害挚爱的亲人抑或与自己毫无仇恨的善良的陌生人。当我活着的时候，他们都以为我是疯子，是个不折不扣的癫者，然而在我心中，真正的疯子是他们。他们用一颗无爱的心灵面对这个世界，我深深地感到绝望。我从不奢望能够有一个真正爱我的人，我仅仅想以自己最为炙热真挚的情感作画。我想，既然这个世界感动不了我，那么，就让我自己感动自己吧。

木小葵紧紧依偎在梵高的怀中，低喃道，是的文森特，是的。

可是孩子，你知道吗，梵高的脸色骤然哀伤，当我死后，在这个世界上突然出现了这样多打着爱我的旗号试图购买我画的人。这样虚伪的爱令我感到更加耻辱和绝望。唯有你，我亲爱的孩子。梵高突然紧紧地抱住木小葵，声音之中略带哽咽。你对我的爱仿若圣湖之水，甘甜芬芳，并且浓烈。我在这个凌驾于人间的世界中享受着你的爱，你知道这是何等美妙的感觉吗我的孩子？

文森特，我爱你，我爱你。你知道吗？你知道吗？木小葵抽噎着说。

我知道，孩子。

木小葵擦掉眼泪，文森特，这是哪里？

这是天堂，我的孩子，无数善良的灵魂皆会在此得到安宁。梵高一边说着，一边用手指着透明地面之下的那颗水蓝色的星球，看到那颗星球了吗？那便是地

球，那便是让我受了几十年煎熬的星球。并且，在接下去的几亿年中，还会有更多的人在那里饱受痛苦。

天堂？木小葵心中的疑惑更深，难道我死了吗？

不，你没有死。梵高温和地回答死去的人是我。

突然，殷红的血液从梵高的眼睛嘴巴中流淌出来，一滴一滴落在他的白色长袍上，白色长袍顷刻间失去了圣洁的光芒。木小葵仰头看着梵高，她心中不灭的神。她不禁失声尖叫起来，文森特，你不能死！她再次双膝跪地，抱住梵高的长袍，哭泣着哀求，文森特，我爱你，我求求你不要死……

梵高的脸上仍旧带着温暖的笑容，仿若荷兰最为繁盛的郁金香。亲爱的孩子，我死了，你要珍惜爱你的人。要同样好好地爱他们，付出全部的爱，不要让他们以及你自己在有生之年留下遗憾。孩子，我亲爱的孩子，我也爱你，你是我在世间唯一的留恋……

面对这突如其来却又如此短暂的幸福，木小葵忍不住失声痛哭，双手捂面。文森特，你不要死，我听话，你不要死……我求求你……

梵高的身体逐渐瘫软，他的红色瞳孔逐渐扩大，须发无力地垂在脸上，声音愈发虚弱。拥抱我吧孩子，拥抱我，你的拥抱会让我在死亡降临的时刻感觉不到寒冷。

木小葵紧紧地抱住梵高，眼泪大颗大颗地落在梵高的衣服上，水渍浸染，犹如大朵大朵的睡莲。

梵高温暖的笑容仍旧挂在脸上，可身体却逐渐虚空，木小葵仰起头，梵高如天使一般的面容出现在她的眼前，我亲爱的孩子，我要送给你一件礼物……

那一瞬，木小葵的眼前突然绽放了无数的幻觉，她看到紫色的鸢尾在天空盛开，金黄色的向日葵摇晃着细细的身躯在她周围翩跹起舞，还有一望无际的麦田，金黄色的麦穗在风中倒伏……身旁是触手可及的金色云朵，她仿佛听到了唱诗班轻灵的歌声，看到了穿透暮霭的十字架……她的全身都浸泡在了水中，她重获新生……

幻觉恍然消失，透明的地面逐渐变成了沉闷的黑色，圣洁的金色的云朵变成了一片片乌云，一声声的惊雷在她的身旁炸开……

她突然看到了父亲的脸。他扭曲的面庞沾满肮脏的鲜血，后脑勺上插着一把斧头。他踉踉跄跄地出现在木小葵的面前，面目狰狞地嘶吼，是你杀了我！我要报复你！我要杀死你最爱的那个人，让他永世不得超生！让他永世不得超生！

不，不要，不要啊！她的尖叫声划破了无边黑暗。与此同时，她的身体急速地向下坠落，仿佛要坠入无底的深渊……

4

“啊……”

木小葵突然从梦中尖叫着醒来。她迅速坐起，大口喘着粗气，满额汗水。她迫不及待地睁开眼睛，试图尽快摆脱这场噩梦。冬日上午温暖的阳光落满这个城市的每个角落，落在她的身上，泛起微微的香味儿，一切都是这样的安详静好。

转头看过去，朝颜正坐在自己身旁的一张椅子上，双目之中布满了血丝。脸上有着说不出的憔悴与焦虑。看到醒来的她，他赶忙从口袋中掏出纸巾，一只手扶住木小葵的背，另一只手捏着纸巾，为她小心地擦拭去额上豆大的汗珠。憔悴的脸上露出了隐约的笑容：“小葵，你终于醒了，真是太好了！”

“我这是，在哪里？”木小葵疑惑地问道。

“在医院。你已经昏睡了一天一夜，简直吓死我了——刚才是做噩梦了么？”

木小葵不置可否地点点头，但很快仿佛又卷入了那一场噩梦。她痛苦地闭上眼睛，喃喃道：“朝颜……我刚才梦到了梵高……他说他爱我……我又看到了我的爸爸……他说他要杀了我……”话至此，木小葵突然睁开眼睛，“朝颜，我的爸爸呢？他怎么样了？”

“小葵，”朝颜的脸色顿时沉重下来，“你爸被送到医院的时候已经停止了呼吸。”

“那……我妈妈……她现在在哪里……”木小葵怯弱地询问，似乎想逃避这个呼之欲出的答案对自己带来的伤害。

“你妈妈她……”朝颜轻轻拍打着木小葵的肩膀，犹如在安抚一个迷路的小孩，“昨天深夜就被警察带走了。”

木小葵突然安静了下来，她呆呆地看着男孩，眸子中有难言的悲伤：“你说的是真的吗，朝颜？他们都不会再停留在我的身边了，是吗？”

“嗯。”朝颜停顿，然后艰难点头，“可是还有——”

“不！”听到朝颜如此肯定的回答，木小葵轻声却决绝地打断了他。脸上慢慢出现了一种非常复杂的表情。她缓缓地盖上被子，将被子一直盖过头顶。她的全身都包裹在被子之中，只留下了一双手长长久久地抓住被角，没有发出任何声音。

“小葵，你到底怎么了？小葵？”朝颜试图通过呼唤让木小葵探出头来，但却徒劳无功。于是，他伸手将木小葵抓住被角的两只手拿开，然后轻轻将被子掀起——

被子中的木小葵大汗淋漓，牙齿狠狠咬住发白的嘴唇，她的全身紧紧蜷缩着，并且在不住地颤抖。

“小葵，你不要吓我，你不知道你现在的样子多让人担心。”朝颜的语气仍旧像是在安慰一个柔弱的小孩，继而用迟疑的口气说道，“其实从某种角度而言……这样的爸爸妈妈不在了……也会减少你的许多痛苦吧……”

然而木小葵的双目根本没有看朝颜，而是失神地凝望着一处不可知的景致，喃喃自语：“你不会明白……以前……每当他们吵架的时候我都会告诉自己……他们只是在开玩笑……一切很快就会好起来的……我仍然是一个幸福的小孩……只要他们都还活着……一切就都有可能……可是现在……他们都没了……我再也没有什么能够掩饰的了，现在的我就像是一个被人扒光了遮体布的乞丐……我是没有人要的孩子了……我真的变成一个没有人要的孩子了……”

她的嘴唇开始苍白并且颤抖，眼圈通红，眼泪大滴大滴地掉落。

“小葵，不是这样的，”朝颜的语气突然变得很激动，“其实，有生之年，每个人最终都会变成无父无母的孤儿，每个人都必将遭受这种痛苦。你只是提前于同龄人遭受了而已。小葵，倘若你顺利地走过这段沼泽一样的痛苦，你就会变得越来越成熟……越来越坚强……你会收获比同龄人要多得多的幸福……你明白吗？”

“幸福？”木小葵叹了一口气，眼神绝望，然后自嘲地摇了摇头，“我是个得不到这些的人。”

“不，你会得到的，你一定会得到，”朝颜的双手轻轻捧起木小葵的脸颊，无比坚定地回答，“小葵，知道吗，那天与你分别之后，回到家我想了很多，我终于明白了你说的。爱情本身就是错的。是什么意思了。小葵，你真是个傻姑娘，爱情本身是无所谓对错的，倘若你觉得一个人会对你好，会好好地爱你，就够了。况且，每个人都会有一条不同的人生道路要走，你为什么一定要把你父母婚姻的不幸强加到自己身上？那不是你的错，也不可以影响你的幸福，更不可以成为阻拦我们相爱的理由。你，明白吗？”

“可是……”木小葵绝望的眼眸里闪烁出一丝光明的火焰，痴痴地望着朝颜，迟疑地问，“我真的会得到属于自己的幸福吗朝颜？我很怕……

“听我说！”朝颜眼眸里充满了疼惜，他紧紧搂住木小葵那淡薄纤弱的肩膀，“不要怕，什么都不要怕，你一定会拥有幸福。我敢肯定。你得到的幸福会比别的女孩子要多——因为，你有我。”

“我一直都想要找一个值得相信的人……并且像孩子般期待着他能够带给我幸福……”木小葵喃喃自语，继而眼眸里再次充满了恐惧，“可是……我害怕我拥有幸福后会再失去，如果真会那样，我宁可从未拥有过幸福，这样，我就不会受伤，你知不知道！”

“我知道，我什么都知道。”朝颜心疼地将木小葵紧紧搂在怀中，轻轻抚摸她的面颊，“不要胡思乱想了，只要我们好好珍惜，幸福就不会离我们而去。我的傻姑娘，你要赶快地好起来，我们还有很多事情要做啊。我想，以后，我们一定会先一起去荷兰，再去法国。我们或许还会看看阿尔让特伊真正蓝色的天空，看看那些美丽的罂粟花，看看西藏圣洁的布达拉宫。等我们回来之后，就找一个小小的院子，我会在里面种满郁金香和向日葵——当你想要作画的时候，就到院子里来，我也会和你一起作画。我们不是为了拿奖，也不是为了讨好别人——我们只是，满足自己的梦想。你说，好么？”

木小葵没有说话，此时此刻，她早已泪流满面。她紧紧地依偎在朝颜的怀中，连连点头。她再一次嗅到了朝颜衣服上淡淡的花香，令人迷醉。

而在他们紧紧相拥的同时，却不曾发现门外那一双充满怨恨的眼睛正窥探着他们的举动。她的拳头紧紧握着，指甲掐到肉中也感觉不到疼痛，她愤怒的心脏仿佛随时都会爆炸，但她自始至终都在竭力控制。

终于，她转身离去。

5

冬日午后的阳光暖暖地洒向医院的草坪。虽然一片荒凉，但坐在轮椅上的木小葵仍旧眯起眼睛，饶有兴致地欣赏着她所看到的一切。她的眼眸中闪烁着的温暖与期盼仿佛变成一条清澈的小溪，静静地流淌着。

一双手突然从她的身后环住她的双目，木小葵的嘴角露出了甜美的微笑，欢呼道：“朝颜！你来了！”

环住她眼睛的那双手微微有些颤抖。

木小葵伸出手，将这双手轻轻掰开，欢天喜地地回过头，却一下子变得惊愣："浅浅，怎么是你？"

身背一个大旅行包，穿着宽大休闲服的周浅浅面色有点尴尬，可她仍旧反问道："怎么，难道我连看你一眼都不可以吗？"

木小葵淡淡地解释道："没有，你不要乱想。"

周浅浅极力压制住自己内心灼热的慌乱与不悦，柔声说道："你身体好些了吗？"

"已经好很多了，"木小葵回答，"谢谢你。"

"嗯，那就好。"周浅浅点了点头，突然问道："小葵，我带你去一个地方好么？"

"去哪里？"木小葵疑惑地问道。此时此刻，站在她身后的周浅浅已经缓缓地推动了轮椅，一边推一边柔声说道，"我们要去的……是一个你很熟悉很喜欢的地方……"

木小葵虽然心中疑惑，但却未有做过多的制止，任由周浅浅将自己从医院的草坪上推离。

6

深冬的芦苇已不再繁盛高傲，苇杆从中间被寒风笔直地折断，深深地插进泥土之中。空气寒冷而干燥，苍白的天空之中没有一只鸟。

周浅浅走了很久的路，将木小葵推到这里。她将轮椅停在一片枯死的芦苇中央，双手松开了轮椅的扶手。木小葵仿佛是松了一口气，抬起头望了一眼随着年龄的增长而愈发瘦高的周浅浅："原来，你要带我来这里。"

"是的。"周浅浅深深地望了一眼木小葵，踩踏着枯死的芦苇，径直走到湖边，张开双臂，眺望着远方那片淡紫色的远山和房落，这些柔和的色彩试图在她炙热的心中注入一股汩汩的清泉，却被她心中的火焰瞬间炙烤得干涸。她将目光拉回近处，湖水已经冻结，可是仍旧依稀可见湖底来来回回的游鱼。更近处是一片干枯的芦苇，它们是否见证了自己与深爱的女孩漫长的成长历程？

想到这些，周浅浅重新抬起头，双瞳之中出现了一片温润的光泽："这里记录了我们所有或哀伤或甜蜜的过往。你也许不知道，每当我心情失落低沉的时候都会来到这里，躺在芦苇丛中静静望着那片湛蓝的天空，一群群飞鸟会不时地从我的头顶飞过，它们仿佛带来了一切童年时代美好的回忆，你知道吗，那都是与你有关的。那时候，你对我是那么好……我们是那么地相亲相爱……那么……幸福……"

她眼中的温润已变成了晶莹的泪水，充满了整个眼眶。

"跟你说过多少次不要再提以前的事情了，你为什么还要说。忘了它们吧。"木小葵的心中突然腾起一股反感，冷淡地说道。

"为什么要忘记？！"周浅浅突然转身，对着木小葵怒吼，"为什么不能说？我为什么一定要像你一样残忍一样绝情地将我们之间发生的所有事情统统忘掉？你知不知道我现在每天失眠，我不断地服安眠药，我的头每时每刻都像要爆炸一样疼，我不断地质问自己，为什么我这么贱这么没有骨气，我如果能够像你一样冷酷无情，就应该把你彻底忘掉彻底离开你，可是我做不到，我根本做不到！你根本无从知晓我的内心究竟有多么痛苦，因此你根本没有任何权力告诉我让我忘掉过去，我凭什么要忘掉？我忘不掉！"

看着失态的周浅浅，木小葵的心中闪过一丝不祥的预感："对不起，我听不懂你在说什么……我要走了……"说罢，她挣扎着起身，试图离开。

"不许走！"周浅浅突然大叫一声，一个箭步冲上来，抓住即将起身的木小葵的肩膀，将她狠狠地按在轮椅上，从身后的旅行包中取出一根很粗的麻绳，将她的身体死死地捆在轮椅上，一边捆，一边念念有词，但却令人难以辨别。

轮椅上的木小葵拼命挣扎，可被绳子捆起的手腕每挣扎一下都像是被针刺一样疼，徒劳无功。最终她不得不暂时放弃逃跑的念头。她的头无力地靠着椅子背，双目愤怒地盯着周浅浅："你究竟要做什么？"

做完这一切的周浅浅侧身望着木小葵，这逃跑无望的女孩此时此刻多么像一只被猎人逮捕的鹿，目光哀怨并且愤怒。周浅浅嘴角瞬间划过一丝冷然的微笑，寒风扬起她的短发，身着宽松装和牛仔裤的她看上去极像一个清秀的男生。她望着她，这与自己从小一起长大的女孩，突然笔直地跪在她的面前，攥住她冰凉而通红的手："小葵，我爱你，你知道我有多么爱你吗？我不能离开你，不能失去你。曾经，我以为只要你幸福，我也就是幸福的了，我可以默默地为你压制自己一切的情绪。但现在，我发现不是这样！我不能让你投入别人的怀抱！"说罢，她将头贴着木小葵的膝盖，声音逐渐柔和下来，目光之中也出现了温柔："小葵，再给我一次机会好吗，我们重新开始，就像原来那样相亲相爱。你画画，然后将每一张画都送给我，我在你的身边保护你，不让任何人欺负你。再给我一次机会，好不好？"

"周浅浅，你疯了是不是！"木小葵眼中的恐惧越来越深，拼命挣扎，"我根本不可能接受你的！”

“是的！我疯了！我是疯了！从你离开我的那一天起我就彻底地变成疯子了！”周浅浅的双目之中也布满了血丝，起身疯狂地吼叫着，犹如一只受伤的狮子，“木小葵，你告诉我，你为什么不能接受我？为什么不能接受我？！我有哪点比不过朝颜，为什么你要背叛我，和他在一起，你告诉我，为什么？！”

“好！我告诉你！”木小葵也大叫起来，“因为，我爱朝颜，我爱他，我爱他！是他让我明白了什么是幸福什么是爱情，是他告诉我应该努力地寻找自己的真爱！是他为我原本灰暗的未来构想出一幅美好的蓝图！是他让我明白了活着的意义！周浅浅，我爱他！你知道不知道？！”

“不要说了！你给我闭嘴！”周浅浅更加疯狂地吼叫，目光逐渐变得阴沉凶狠，“既然你背叛我，既然我再也无法得到你，那么我就毁了你！我得不到的，别人也休想得到！”

木小葵失声尖叫：“周浅浅，你到底要做什么？！你快放了我，你不要乱来啊！”

“不，我不会放开你的，我不会再让你离开我。”周浅浅痴痴摇着头，然后从旅行包里掏出一把尖锐的匕首。匕首散发出的光芒令木小葵忍不住打了个寒噤。她俯下身，将匕首逐渐伸向木小葵光洁的脖颈，脸上露出陶醉的笑容，喃喃低语道：“小葵……你不要怕……你不会孤单的……我早就想明白了……只有把你杀了……然后我再自杀……我才可以永远和你在一起……再也没有人会把你从我身边抢走了……

说完这些，她嘴角竟然流露出幸福的微笑。仿佛看到撒旦正在天空之中为她的创意而叫好。

木小葵脸色苍白，嘴唇急剧颤抖，发不出任何声响，只是拼命摇头。

“乖……别害怕啊……我们很快就可以在一起了……很快……”周浅浅就那样微笑着，手中的匕首慢慢接近木小葵的脖颈。

“救命啊！救命啊！”恐惧之至的木小葵终于忍不住呼救起来。可天地间除了风吹过芦苇丛发出的声响，再也没有任何气息。

而在她停止呼救的时刻，周浅浅手中匕首锋利的刀尖已慢慢刺入她脖颈的肌肤，木小葵强忍着疼痛，缓缓闭上了眼睛，等待死亡的来临。

“住手！”

芦苇丛外突然传来一声怒吼。

周浅浅与木小葵都是一怔，朝颜踩踏芦苇向这边奔跑而来。他漆黑的头发无比凌乱，身上的白色衬衣在冷风中张牙舞爪。

木小葵看到他，原本恐惧到极点的内心变得更加不安，她慌乱的眸子无声地望着他，这英俊而高贵的男孩，喉咙像是被锁住一般，发不出任何声音。

寒冷的空气中突然弥漫开一阵淡淡的花香，那是朝颜衣服上惯有的味道。这是木小葵曾经数次接触，并告诫自己不能迷醉其中，但最终还是倾心倾情的味道。

面对朝颜的突然出现，周浅浅显然更加惊讶。她立即警惕地起身，调转刀锋，直指朝颜："你——怎么来了？！"

朝颜大口喘着粗气说："周浅浅，你赶快把刀放下，我已经报警了！"

"不，不行。"周浅浅目光中没有丝毫恐惧，只有哀怨，她痛苦摇着头，"朝颜，我恨你！如果不是你突然出现，我和小葵会很幸福地生活在一起，无忧无虑，单纯快乐，看着天空中的飞鸟就能够露出笑容……可是自从你出现后，一切都变了，所有的幸福都没了，是你！是你拆散了我和小葵，是你抢走了原本属于我的幸福……"

风越来越大了，芦苇发出一种如泣如诉的声响，和周浅浅声音之中的悲凉遥相呼应。

"也许我当初就不该把那幅《泪》拿给你！我不该三番两次地让小葵加入油画社！都是我的错！我的错！"周浅浅的愤怒并没有因为停顿而有所缓和，眸子里的愤怒反而变得更加强盛，她发出一种近似诅咒的嘶吼声，"可是既然你不让我们活着在一起，为什么还不让我们一起去死？你为什么总是这样？我恨你……我恨你……我恨你我恨你我恨你我恨你我恨你我恨你我恨你啊……"

周浅浅的眼泪大颗大颗地掉下来，落在枯死的芦苇丛中，发出残破的声响。满腹的委屈和绝望已经占领她全部的欲望，使她暂时忘记了其他动作，她痛苦地闭上眼睛，握刀的手无力地垂下，并且急剧颤抖，仿佛随时都有放弃的可能。

在警察尚未到来之前，朝颜不会放弃任何一个拯救木小葵的良机。他冲到木小葵面前，俯下身，试图以最快的速度为木小葵解开绳子，之后一刻不停地带她离开这个鬼地方。惊魂未定的木小葵望着给自己松绑的朝颜，温热的眼泪终于顺着侧脸的弧度落下："朝颜……我害怕……我真的好害怕……"

"乖……不要怕……不要怕……一切都会好起来的……都会好起来的……"朝颜一边压低声音安慰木小葵，一边加快解绳的速度。

可就在他行将解开最后一个扣结的时候，站在一旁悲伤得不能自已的周浅浅

突然张开双目，仇恨在她的眼中凝聚成一条蜿蜒的蛇，吐着红色的信子，喷出剧毒的汁液。

“朝颜！既然你不让我们好好地死，我也不让你好好地活！”

说罢，她重新紧握行将垂落的匕首，并且调转方向，然后用尽全身力气，怒目圆睁，满心妒火地向朝颜狠狠地刺了过去。

“小心啊！”木小葵惊呼，身体随之颤动着试图上前去替代朝颜承受这一击，但她根本无法移动，能做的只是眼睁睁地看着，看着自己深爱的男孩被推向死亡的峡谷……

而在听到木小葵惊呼后朝颜慌乱转身，可一切都已经晚了。回头那一瞬间，他分明看到一道寒光从他眼前闪过，然后胸口突然钝重地一热……

时间仿佛停止。只有那疯狂摇曳的芦苇丛见证着刚刚发生并且正在进行的可怕一幕。

带着体温的鲜血慢慢从朝颜胸口逐渐溢出，顺着匕首流下去，流淌到依然紧握匕首的周浅浅手上。

她突然觉得身体被抽空，丝毫没有原以为的喜悦和快意，然后她机械地拔出了深插在朝颜心脏中的匕首。

“滋……”她分明听到一丝尖锐的声响从朝颜胸膛发出，如注的鲜血霎那间飞溅到她和木小葵的脸上。

整个世界变得一片血红。

她原本狂野的内心在面对如此汹涌的鲜血时突然感到无限的惊恐，毕竟她从未杀过人。她甚至无法相信自己刚刚完成的动作，那么遥远虚无。可又真实存在，她想骗自己这是一场梦却无能为力。

恐惧感越来越强烈，她只感觉浑身乏力，难以行走，唯一能做只是不停地喃喃自语：“我杀人了，我杀人了……”

而脱离开匕首束缚的朝颜怔怔地看着周浅浅，然后艰难却坚毅地转身凝望了一眼木小葵，接着直直地向后倒下——手中仍旧紧紧攥着木小葵身上即将解开的绳索。

“朝颜！朝颜！”木小葵声嘶力竭的哭喊声突然从空气中迸发而出，带着巨大的惊恐与悲伤，凄凉地飘荡在芦苇之间，飘荡在云朵之间，最终整个天空都响彻木小葵的哭喊声：“朝颜，你不要吓我……”

朝颜安静地倒在这一片芦苇丛中，双手无力地垂在地上，苍白的脸变得更加苍白，没有一点血色。胸口处有一个血肉模糊的碗口大的伤口，血液正从那里汩汩地向外涌，在芦苇丛中流淌，浸润进冰冷的泥土。

木小葵胳膊拼命扭动，终于挣脱了已经松懈的绳子，疯了一样地扑到朝颜身上，手上和脸上沾满了殷红温热的鲜血，她将他搂在怀中，声嘶力竭地哭喊着："朝颜……你不要死……不要死……你说过要保护我的……你说过要保护我的……你说要给我幸福的……你不要死啊！"

听到木小葵的哭泣，朝颜苍白的眼角泛起一丝晶莹，他颤抖着伸出沾满鲜血的手，抚摸着木小葵带泪的面颊，气若游丝："小葵……告诉我……你……爱我……吗……"

"我爱你朝颜，我爱你！从我们第一次在湖边说话起我就爱上你了……朝颜……你不要死……你不要吓唬我……你为什么要给我一个希望然后再亲手将它打碎……你告诉我这一切都是假的……是不是……"

"第一次在湖边……"朝颜喃喃地重复着这几个字，嘴角向上微微仰起，苍白的脸颊绽放了满足的笑靥，眼泪却流淌而出，"知道吗小葵……你这样说……我好开心……我说过……我想要做到的事情是一定会做到的……"

"嗯嗯嗯！"木小葵不停点头，"朝颜，你坚持，你坚持，我这就送你去医院，我这就送你去医院！"

弱小的她试图抱起朝颜，可已经气若游丝的他根本没有想离开的意思。

"不要了……小葵……你听我说，我害怕现在……不说，就……永远……说不了了……"脸色愈发惨白的朝颜突然无法抑制地咳嗽起来，几缕触目惊心的鲜血从他的口中涌出，渐次流淌下去，他的声音越来越微弱，"对不起，小葵，这次……我无法实现自己的诺言了……对不起小葵……真的对不起……你……要答应我……就算是……一个人……也要好好地活下去……我会在……会在天空之中……凝望……你的幸福……"

"我答应你……答应你……"木小葵已不能正常发出声音，哽咽着从喉咙里挤出她对朝颜一生一世的承诺。

"谢谢……你……小……葵……"朝颜凝视着木小葵，苍白的脸上出现了一种从未有过的安详的神色，然后他的目光逐渐地，开始涣散……涣散。

最终，在黄昏降临之前，在木小葵怀中的他，静静地闭上了眼睛。

暮色逐渐暗淡下去。寒风夹杂着夕阳的碎屑，呼啸而过。无数干枯的芦苇在夕阳中轻声地哭泣。

木小葵紧紧地搂着早已冰冷的朝颜，停止了哭泣，可晶莹的泪珠仍旧挂在脸上，被夕阳照耀得闪闪发光……

她的双目痴痴地望着朝颜，接着伸出手，替他轻轻拭去脸上的血迹。这是她的爱人，她那不惜以生命为代价教会她何为真爱的爱人，她至死不渝的爱人。

此刻的他，苍白着一张脸躺在自己的怀中，双目轻轻地合上，嘴角仍旧翘起，仿佛沉浸在睡梦之中。

他在做什么梦？他的梦中也会有自己吗？

木小葵的双手轻轻滑过朝颜漆黑的头发，紧闭的双目，高挺的鼻梁，薄薄的嘴唇。接着，她捧起朝颜的脸，俯下身，在他的额头上，轻轻留下了一个淡淡的吻，带着夕阳的芬芳。

"朝颜，你还记得吗，你说过会永远和我在一起，你说要我赶快好起来，你会和我一起去荷兰，去法国，去阿尔让特伊，去西藏……我们会在一个院子里种满向日葵和郁金香……我们一起在其中作画……永远都不会参加那些让人厌烦的比赛……"

"是吗朝颜，你说是吗？"

"你还说过，我得到的会比同龄女孩子多得多——因为我有你……"

一棵芦苇听到了木小葵的故事，然后将它悄声讲述给另一棵芦苇听。最终，整个芦苇丛都在悄声讲述着这个女孩的故事……它们以为它们的声音很小，小到只会让自己听见，实际上，它们的声音已经越传越远，一直传到忘川，那只存在于人缥缈幻想之中的地方……

暮色愈发残忍的降临，夕阳刷在芦苇之中，泛起悲凉的光。一切寂静无声。

一个目光呆滞的女孩兀自踩踏在芦苇之中，手中的匕首仍旧在滴滴答答地淌着血，犹如哭泣。

在她身边不远处，另一个女孩静静地怀抱着一个已经死去的男孩，她的心如撕裂一般疼痛，可是她已经没有泪水。

黑暗来到，所有的悲伤，所有的幸福，一切皆犹如雾气，逐渐消散。

7

陵园设在荒郊之处，异常偏僻凄凉，除却清明之时，极少有人前去扫墓。更何况刚刚下完雪，凌乱一片，荒芜寂静，曾经有人说亡灵们会在此时游荡。

可在这样一个令人恐惧的时刻，女孩木小葵仍旧出现在这里。因为她想念朝颜，她日日夜夜都在想念着他。

她上身穿一件白色的衣服，虽然探望死者应身着肃穆的黑色。可是她知道他最喜欢白色，因为那是最干净的颜色，充满了简单的朴素与干净的哀伤。倘若他在天堂之中能够见到自己穿白色的衣服来看他，也一定会很欣慰吧。

她还戴了一副墨镜，因为不想让他看到流泪的自己。

她的怀中抱着一束花。一束洁白的百合花。西班牙语中，这种花叫做卡隆布兰加。而翻译成中文意思是“白色的家”。白色的家。干净的家。纤尘不染的家。

她在一块汉白玉大理石墓前驻足，然后俯身将那束卡隆布兰加静静地放在墓前。墓碑上清晰地写着四个红色的字：朝颜之墓。红色刺得她眼睛生疼。

女孩伸出手，轻轻擦拭墓碑，手上也只是沾了一层薄薄的灰尘。墓碑是新立的。

照片上的他，在这样寒冷的冬天，仍旧穿着白色的衬衣，头发不羁地遮住双目，嘴角微微向上翘着，既桀骜又冷漠，也许只有自己才能够看出他冷漠外表背后无限的温柔。

女孩静静地望着照片上的朝颜，一直以为已经干涸的眼泪终于从墨镜后面的那双眼睛中流淌出来，越来越汹涌，无法平息。她多么希望照片上的他能突然对自己眨一眨眼睛，无限温柔地说道，小葵，我会永远保护你，你得到的幸福会比别的女孩子多得多——因为，你有我。可是他已不在。并且永远都不会再出现。

天空如亡者的坟墓一般苍白，一阵风吹来，伫立在墓碑旁边的松柏上的雪花纷纷坠落，如花朵一般的温柔，洒满大地，落在女孩的肩膀上。

一切最终消失不见。

8

没有光。

自从他离开这个世界之后，这里就再也没有人来过。

他，以及它，仿佛都被人们忘记了，这么彻底。

也许只有画室中的一幅幅画能够将这年纪轻轻便消失的生命无声地悼念，可是不久之后，这间教室便会翻修，届时它们便会被当做一堆无用的垃圾扔进粉碎机中。

“吱嘎……”

一束光线照进这昏暗的画室。门被推开。女孩木小葵苍白着一张毫无血色的脸走进画室，她环视四周，最终目光落在了一个角落里。

她从角落中取出那个对开的画板，芦苇与女孩模糊的影像几乎都已经完成，只有那片天空是空荡荡的，没有任何色彩。

她站在画前许久，许久许久。

她的眼中突然出现了一片汹涌翻滚的云海。

她拿起手中的画笔，毫不迟疑地调色。她将那些艳丽的色彩一笔一笔地摆在画布上。她眼中的云海逐渐扩大。最终占据了她的整个瞳孔。

她的心在作画的过程之中疼痛得几乎要流出鲜血，可她仍旧时不时地露出笑容。她感到自己仿佛变成了那条可怜的人鱼，美丽摇摆的鱼尾被巫婆的药水残忍地剖开，变成两条修长的腿，每一步都像是走在刀尖一样的疼痛。但是为了她心中的爱，她心中不灭的灵魂，纵然变成泡沫，她亦无悔。

也不知画了多久。

当她将调好的最后一种颜色扫在画面上的时候，她将手中的画笔放在一旁，走向远处，回身眯起眼睛，望着这幅已经完成的画作，苍白的脸上终于绽放出花朵般美好温柔的笑容。

突然，她缓缓地倒下去，无声无息……

当她倒地的瞬间，惊起的灰尘在空气中纷乱地舞蹈。

阳光照进了这间画室，照耀着女孩沉默的身体和脸，照耀着画室中一切从未见过阳光的物品，最终落在了女孩完成的画上——

一片淡黄色的芦苇在风中缓缓倒伏，湖水碧绿清澈，远处是黛色的山的轮廓与连绵不绝的群落。一个女孩站在这片芦苇丛中，高高的芦苇遮挡住她的脸，她的裙子在风中翩跹，翩跹，翩跹如这茫茫无边的白色苇花……

女孩仰起头望天，这片湛蓝色的天空，清澈得让人掉泪。

一个男孩英俊的面容在天空若隐若现，目光温柔而冷峻，他俯望芦苇丛中的女孩，嘴角露出了也许只有芦苇丛中的女孩才能看得见的笑容。

阳光缓缓滑落，这幅画最终变成了一片看不清的阴影。唯有右下角的画作名称仍旧是明亮的。

在那里，是女孩用群青色郑重其事地写下的两个字——

双生。

|| Chapter **B** ||

你不曾觉察到我，实际上，我一直在你的身后默默地注视着你，注视了很久。我一直在考虑是否要与你打个招呼是否让你看到我的手腕上已经戴起了你送我的饰物。沉默是我的弊端，是我生命中难以言说的缺憾。最终，我一贯的害羞沉默终于被性格之中忽而出现的热烈所打败。

冬泽井

1

那天之后我每天都会接到你托同学送给我的纸条，你把每一张纸条都折成不同的样子。每次我都会当着她的面把它拆开，可是却不对她说任何话。但是，这并不代表我不珍惜它们。相反，我将它们看作我在中国得到的最珍贵的礼物。每当看完一张纸条，我都会小心翼翼地将它们折回原来的样子，然后再贴在墙上。可是我一直都没有对你说起过。可是，真的，这并不代表我不珍惜。

我只是，害羞。真的，只是害羞。如此而已。

几天之后你又亲手递给我一个檀木的盒子，盒子里面是一只宽宽的银色手镯。随着盒子附带的是一封信，你已经托人翻译成了日文。

可是我仍旧没有当着你的面打开。

因为我觉得，那些在看过你送我的礼物之后理所当然应该说出的话从我口中说出会显得那么矫情。

我在放学的时候再次看到了你。

你静静地站在窗台旁边，仰起头守望天边那一片燃烧着腾起的云朵。

你不曾觉察到我。实际上，我一直在你的身后默默注视你，注视了很久。我一直在考虑是否要与你打个招呼，是否要让你看到我的手腕上已经戴起了你送我的饰物。沉默是我的弊端，是我生命之中难以言说的缺憾。最终，我一贯的害羞沉默终于被性格之中忽而出现的热烈所打败。

我伸出手，轻轻地拍了拍你的肩膀。

你没有反应。

我再次伸出手，拍了拍你的肩膀。

你回过头。

看到我，你勉强地露出笑容。与我傻傻地打了个招呼。你的笑容那么像一只小小的木偶。我向你轻轻地挥手，手腕上的银色镯子散发出零落而暧昧的光泽。

然后我看到你惊讶的神情，并且逐渐转化为欣喜。

喂，你去过你家附近的海边吗？你问。

我摇头。并且在一片夕阳下微微眯起眼睛。

邀请你去，好吗？你接着问。

我点头。心中腾起一股莫名的温暖，以及真切的愉悦。

我们并肩而行，沉默无言。你间或从口袋中掏出一颗QQ糖给我，等我吃完之后再递一颗给我。我们就这样静静地走到了海边。

天边金色的夕阳，将这温暖的时刻染红，倾听飞鸟的歌唱，心随大海的节奏起舞。曾经茫然孤单的时光，我已习惯承受隐忍。为了此刻欢乐的心，却又忍不住地想哭泣。

2

知道吗，时至今日，当我已经回到日本之后，仍旧时常回忆起那天发生的种种。每当此时，我便仿佛听到了雪白的海浪拍打岸边礁石发出的悠远的声响，看到暮色黄昏的尽头那即将坠落的夕阳。空气咸润而潮湿，你赤脚踩着浪花，捧起一汪汪海水，向着天空抛洒而去，海水纷纷落下，落在你的身上，你发出了兴奋的尖叫声。

暮色逐渐降临，周围亦变得模糊不清。我站在岸边的一块礁石上，举起数码相机，去拍头顶上那片寂静的墨蓝色云朵。然后，当闪光灯亮起的瞬间，我突然看到一道光线直直地划破天空，形成一道闪电。然后，我又将相机的镜头移向海平面，嘴角突然露出笑容。因为，我看到了大海中你恣意的身影。纵然并不清晰。然后我拿起相机，继续拍照。我多么想要留住这些美好的瞬间。

我们静静地躺在漫天的星光之下，晚风习习，海潮空灵悠远的声音连绵不绝。而你，你在我的身旁，纵然仍旧沉默，可是我突然感到幸福。

是的，我在那一刻已经确定这是幸福。幸福姗姗来迟，并且曾经，我认为它是如此遥不可及的远。而现在，一切都近在咫尺。

我伸出那只戴着镯子的手，向着天空，对着月光晃动。

在回家的路上你突然说冷。于是，在那天晚上，我们有了第一次牵手，我们掌心相对，十指相扣。在黑暗中你看不到我早已羞红的脸。知道吗，这是我第一次与女孩牵手，而且我竟然是主动的那一方，这对我而言曾经是不可能的事情。可是，当你说冷的那一刻，我的心底真真切切地升起一种心疼，伴随着心疼而起的，是一种力量。

唔唔，你的女朋友一定很幸福吧。回到日本之后代我向她问好哦。在黑暗之中，你突然这样说。

嗯，可是我还没有女朋友哦……而且如果可能……我不想回日本。

假如有可能，我真的不想回日本；假如有可能，我想日日来海边拍照；假如有可能，我愿意天天与你迎着夕阳走在回家的路上。倘若你听到了我无言的呼喊，请你不要将这句话当做儿戏，因为这是我心底深处最为真实的想法。

那天晚上，我再度陷入失眠。我不断地想起你。想起你在海水中的恣意。想起你温润而冰冷的手指。想起茫茫无边的天空与一望无垠的大海……最后，我突然想起，还有三天，我交换生的日子就要结束，我就要重新回到日本。

星期三。我将从日本带来到小笔插和笔记本送给你。你在上学的路上突然提出牵手。晚上放学的时候你说你忘带钥匙，于是我陪你站在家门前等你家人回来。当我离开的时候我对你说我走了，你对我说谢谢你。当我转身离去的刹那我猛然想起自明天开始，一直到这个星期结束，由于暴风雨我们都是不上课的，也就是说，这两句话也许会成为我离开中国之前我们之间最后的对白。

明明灭灭的街灯打在我的脸上，我仿佛是失魂落魄的乞丐，渴望奇迹的垂青。但是我的身后一直是空的，没有任何人追上来。

下雨了。雨水将我淋透。

星期四。暴雨并没有来，天空只是有点阴沉，空气只是有点潮湿。我漫无目的地走在七点四十五街道，想要在回国之前重温这两个星期发生的一切温暖的事情，只是，一个人重温，终归是有些孤单的。

而这时，你竟然出现在了我的面前。我瞬间的惊讶欣喜逐渐变为了难以言说的悲凉。

我们从七点四十五街道一直走到学校。

我望着这所我待过两个星期的学校。我舍不得……离开这儿。

你没有说话。

那天，我做了两件在我看来非常重要的事情。

1.我将我的中法版的《小王子》送给了你。我知道你一直很渴望能够得到这个版本，不是吗？我傻傻地想每当你看到这本小书也许就会想起我呢！

2.我与你拍了一张照片。可是，可是究竟是为什么，你我的表情皆是如此哀愁。你也在为了即将到来的离别而伤感吗？

你将你的《Earth Songs》送给我。我久久地抚摸着封面，我的机票买好了，星期六早晨，五点十七分。

我突然意识到自己说了一句多么愚蠢的话。

哦，对不起对不起，此刻的我甚至不敢与你的眼睛对视。

星期五。你终于亲手递给了我一张纸条，折成百合花的形状。这是我第一次在你面前拆开你写的字条。你在上面小心翼翼地写道，东西都准备好了吗？不要忘记什么。明天那么早走，一定要早睡啊。

我的眼眶突然无法抑制地红了起来。

我的喉咙突然锁住，无法发出声音。

然后，我从书包中取出原来盛放手镯的紫檀木盒子，在你的面前轻轻打开——

里面都是你写给我的纸条。一张一张。我已经将它们从墙上取下永久地装在了这里。并且，会时不时地拿出来问候。

今天的折纸现在恢复起来可能有点困难……等我上飞机的时候再把它折起来好不好?

那一刻，我看到你眼中有泪。

我走到你的面前伸出手摸了摸你的头发，好了，我要回去收拾东西了。

然后我转身欲走。

请等一等——在我身后的你突然大声叫道。

你还记得你曾经问过我最喜欢《小王子》中哪个片段吗？——现在，我告诉你：

那个永远也长不大的小人儿躺在宇航员的怀中，宇航员伤心地对他说，我的小人儿，你受惊了！小人儿听后，忧伤地笑了，望着满目黄沙，轻声说道："今天晚上我就要离开了，路很远，也很困难……真正重要的东西是看不见的，就像水一样，因为有了轱辘和绳子，使你让我喝的水犹如音乐一般，你记得吗，它如此甜美!

……

我没有回头。因为我的眼泪终于落了下来。

星期六。女孩，当我离开的时候你是在睡梦中呢，还是已经跪在床上为我默默祈祷了?

我不知道。

3

回到日本之后你给我发邮件，告诉我学校发生的点点滴滴，每一封都必然会让我眼眶通红。实际上，我知道我的内心是留恋的。真的。学校对我来说只是一座空城，那里一切冰冷的建筑都无法令我动容，唯有你，是你让我感到了温暖和真实。我觉得你是生活得这样鲜活温暖的一个女孩。你表达自己感情的方式是这般含蓄。

我是多么地喜欢你。

这句话，我一直想要对你说，可却总是没有勇气说出口。

我总是想，你一定会将那两个版本的小王子放在一起吧。

我总是想，你还会和你的同学一起去学校的咖啡馆喝咖啡吗？你是喝蓝山还是卡布奇诺？

我总是想，你也会想我吗？就像是……我想你一般地想我？

我的同学们嘲笑我仍旧没有发生什么改变，可是我听到之后心中已不再有任何伤怀，因为他们看到的只是我的外表，我在这两个星期中内心的变迁他们又怎么会知道。也许，这种变迁，只有我自己才会觉察得到吧。还有你，是你见证了我蜕变的过程。

我仍旧会时常坐在树下，仍旧会看到树上刻下的陌生女孩的名字。可是，我并没有实践当时的想法。你的名字一直没有被我刻在树上。因为，在我心中的你，是独一无二的。你的名字只能刻在我的心中，任何人都无法了解，也不配了解。

实际上，我仍旧是这样一个木讷的人，连说出的话也是这般平淡。

可是，洛遥，这是我第一次叫你的名字。我会牢牢地记住与你之间或哀伤或甜蜜的过往。

你要相信，我所说的一切，都是真的。

尾声

虚空·捕风

“嗒——嗒——嗒——嗒——嗒——”

当女孩木小葵重新听到墙上的挂钟响起时，她仍旧以一种不变的姿态蜷缩在洛遥的身旁。她的全身都包裹在白色的睡裙中，看上去像极了一枝含苞待放的睡莲。

浅淡的暮色洒进房间，一切事物在此刻都变得如此美好。

女孩木小葵笑容中那一抔清冽的忧伤逐渐变为眼中莹澈的泪水，仿若一条小溪，无声无息地流淌而下，布满她的整张脸。可是她仍旧努力地扬起嘴角，任由泪水浸入她的唇。

“我的故事讲完了，洛遥。”

洛遥静静地望着眼前泪流满面的女孩，心中泛起优雅的疼痛，她伸出双臂揽住身体轻轻抖动的木小葵：“不要哭，我的姑娘，一切都会好起来，都会好起来，上帝爱你，亦爱我。亲爱的小木，如你所说的那般，你的故事的确充满了残忍。那么，姑娘，你现在还相信爱与幸福吗？”

木小葵逐渐恢复了平静，拭去眼角的水分：“原本，我不相信了。因为，我一直觉得，在这个世界上，已经不会有如朝颜一般温暖干净并且如此博爱的男孩子了，更何况，他给我的美好是这样短暂，瞬间即逝。他已经死去了，他消失了，世界上再也不会有与他一模一样的人了。可是，洛遥，你知道吗，你的故事，让我重新燃起了对爱的希望。谢谢你，我亲爱的洛遥，谢谢你在我最最无助的时刻前来看我，谢谢你用这样一个温暖的故事让我早已冰冷无力的内心重新获得了感知爱，感知幸福的力量。”

洛遥仍旧微笑着，只是微笑在暮色之中显得有些模糊：“亲爱的小木，能够给你的灵魂带来福祉，是我存在的意义。现在，暮色已经降临，我要在太阳完全沉入黑暗之前回家。”

“那么，洛遥，你还会回来看我吗？”木小葵握住洛遥的手，小心翼翼地问道。

“会的，我会一直在你的身边，当你需要我的时候，我总会出现。”

说完，洛遥起身，淡紫色微微发光的轮廓在墙壁上消失不见。

木小葵重新倒在柔软的床上，一滴未被拭去的泪水悄无声息地落在床上，浸染开一小片水渍。

洛遥，我会非常地想念你。

时间在木小葵等待的过程之中逐渐流淌而逝，木小葵日日守望在窗台上，双目静然地望着窗外那一片翠绿色的爬山虎逐渐变得绿中杂黄，再逐渐变得黄中杂绿，最终变为了一片不可收拾的荒凉的颜色。还有阳光，曾经黏稠如蜜糖一般的阳光现在又稀薄又冷清，可是天空却愈发蓝了，云朵非常写意地静止着，一阵风吹来，它们便纷纷散开，恍若梦境。

偶尔，木小葵还会看到一群鸟，它们自西边而来，遮天蔽日，她分明记得自己曾经知道这种鸟的名字，但是现在却忘记了。

许许多多记忆都从她的脑海中抽离。她只记得，自己忘记了许多事情。她只记得，那个叫洛遥的女孩再也没有出现。

这是一个阳光淡薄的秋天的午后，时光在此时变得有些缓慢，好像舍不得离开似的。木小葵双手抱膝坐在窗台上，望着窗外已有些萧瑟的精致，脸上的表情像此时的阳光一样淡。额前的头发散落下来，挠得她的脖子有些痒，她一边将它们一圈两圈地绕在手指间，一边轻轻地叹气。

门外传来一阵稀疏的脚步声。

“吱嘎——”门开了。

木小葵惊叫着赤脚走下床，对着门大声问道：“洛遥，是你吗？”

一个身着白衣戴着白帽的年轻女孩举着一个托盘出现在木小葵的眼前。木小葵眯着眼睛看了她一会儿，突然叹了一口气，无声地摇了摇头：“请问，你看到我的朋友洛遥了吗？”她问道。

女孩也摇了摇头，疑惑地问道：“你的朋友？”

“是的，”木小葵无比肯定地补充道，“就是那个经常来看我的女生，她已经很久没来看我了……”

女孩的目光在秋日的阳光中更加疑惑，其中还出现了怜悯与同情的神色："经常来看你？你在开玩笑吧，自从你来到这里之后，就没有任何人来看过你啊。"

木小葵的表情有一点失落，她重新坐回床上，轻声问道，我这是在哪里？

"你当然是在医院了。"女孩微笑着回答，手中的托盘在阳光下散发出银色的光，"你已经住院很久了。这些天，你总是在自言自语，一会儿朝颜，一会儿洛遥，一会儿冬泽井的……他们都是你的朋友吗？"

面对女孩的问题，木小葵一时不知该如何回答。女孩仍旧微笑着，将托盘轻轻地放在桌子上，配好药丸，递给木小葵，温柔地说道："这是今天要吃的药，乖乖吃下去，你的病很快就会好起来，要听话，知道吗？"

木小葵接过药丸，她将它们一粒一粒地捏到口中，然后端起水杯，狠狠地灌下一大杯清水。冰凉的清水在她胃中荡涤，她只觉得一股寒气从她的胃中腾起，逐渐向着四肢开始蔓延。她冷得瑟瑟发抖，冷得不知所云，她赶紧将白色的被子盖在身上，可是，她体内的冰冷却并未因此而减弱半分，相反更加剧烈。她的双目终于在这片寒冷之中空洞无物。

秋风鼓起白色的窗帘。墙壁是这样寂寞的白色。被子也是这样寂寞的白色。那一刻，木小葵突然感到自己又变成了一条白色的小纸船，在宽广无边的大海中漂泊，漂泊，承载着大片大片虚空的风，并且正在寻找着那些，一直未曾出现可是一直在等待着她的爱……

两周后，木小葵被确诊为精神分裂，送到市第三精神病医院接受强制治疗。

一个月后，《双生》被评为卡隆布兰加国际少年美术大赛唯一金奖。

三个月后，周浅浅因犯故意杀人罪被判无期徒刑。

后 记

记住爱，记住时光

记住我们共同走过的地方，记住爱，记住时光。

——维吉尼亚·伍尔芙

[壹]

在创作这本小说的过程中，学校组织过一次长达四天的外出学农。我曾在某一个下午面对着一片平静的田野，在随身携带的本子上写下了这样的话：

此刻，我方从梦中醒来，身处这一片田野之中。这里错错落落地生长着未知名的绿色植物，好生奇怪。我原本以为秋天是万物凋敝颓唐的季节，却不曾料想竟然在田野之中发现了蓝色与紫色的牵牛花。它们在这一片苍颓的绿色中尤为显眼。向左看去，一片灰色的砖房，几个破旧的篮球架在旁边静默。不远处，是高而挺拔的树木。叶片已经是非常的稀疏，可却有一种难以言说的美，在灰蓝色的天空下，是那么的真切与醒目。

我的膝盖上平放着一个八开画板。一张白得有些刺目的素描纸上用黑色中性笔零零落落地画了些残景。远处有同学嬉闹，唯有我自己独坐于此，偶尔自言自语几句，又瞬间恢复沉默。

实际上，我仍旧清晰地记得那天的情形。当我欲继续往下写时，猛然发现从天而降的几滴水珠落在了我的素描纸上，继而正式下起了雨。我未干的字迹和我的画全部氤氲开去，模糊不清。因此，那些通过看到田野之中的意象而所想要写下的句子，在很久一段时间之内，便这样硬生生地断在心中。几次想要表达，却不知从何言起。直到今日清晨将结局处的几千个字完成，并且用了整个下午的时间将小说重新看了一遍之后，才下定决心要平心静气地写些东西，重拾曾经的话语。

曾经的曾经，我一直在想，当我身处十九岁的光阴之中，当我面对那场无法逃避的决定命运的风雨时，我该做出怎样的抉择。这个问题曾困扰了我初中的三年，并且在即将中考的时候无限放大，令我恐惧难安。倘若我不曾提前结束初中生活，也许便会死于这场沉溺的恐惧。现在想来，心中仍颇感酸楚。

后来，我在学习美术的过程之中逐渐自我拯救，自我扶正。然而，我最终是否会得到美术的救赎，却不得而知。有的时候，当我提起画笔，面对眼前复杂的石膏像时，甚至会感到羞愧。因为，我并不是以完全虔诚的内心面对美术。然而，我又着实不知，在这样一个急功近利的年代，又有几个人是真正地因出自于内心的热爱而做出某些决定。而我与他们最大的不同在于，当面对内心的阴暗与虚伪时，我至少做到了诚恳无欺。

[贰]

想要说的是，这本书的节奏感带给我的愉悦程度，远远大于我因这本书而付出的诸如睡眠不足、生物钟紊乱等一系列于我看来必要的代价。真的，那些小小的挫折与这庞大的快乐相比，简直微不足道，相形见绌。许多个夜晚，我独守在电脑前，敲击着一些文字，有时口中会念念有词。我总是在写木小葵的时候接连不断地联想起自己，纵然她的生活环境以及经历皆与我如此的不同。由此可知，一些我原本以为早就已经放下的事情仍旧难以割舍，这么久的时间已去，我仍旧难以让自己成为举重若轻之人。也许，这将是我终其一生需要完成的功课。

初中毕业之后的一段时间，我时常翻阅初中三年写过的厚厚的随笔。那些寥寥几千字的小说现在看上去总是那么苍白而单薄。语言构词看上去亦显得相对粗糙并且经不起推敲。时间一久便不再翻阅那些曾经也被我宝贝不已过的文字。因为每每看到，都觉得羞愧难当。

可是我从未有想过要去否定那段岁月，亦从未想过要否定在那段岁月中出现在自己生命中的一些人。纵然他（她）们所带给我的回忆并不如先前我所料想的一般流光溢彩。是谁曾经说过，人总是在不断否定自己的过程之中成长。然而，在我心中，这种否定，定然也是带着澄澈如明镜一般的心境，心存温暖地观看曾经盛开在自己记忆中的灼灼花朵。

某一日，当我发现自己已经可以按照自己的意愿，以一种郑重其事的笔调写下发生于自己菲薄流年中的诸多事情时，突然感到欣喜。因为，性格使然，我一直试图努力克服年龄所带来的诸多限制，而写下一些在外人眼中显得不那么轻佻的文字。这种尝试自十四岁开始持续至今。不断否定、不断苛责所换来的一切，最终在这本小说中得以微弱地体现。几年之后，或许我会将她重新推翻。因为，坐井观天之后的一无所获无非是咎由自取的结果。

修改第三稿的时候，我最大限度地删除了一切令小说看上去显得轻佻浅薄的字词。因为在我心中，她是如此地与众不同。我希望她能够像教堂中唱诗的女孩一样，身着黑衣，胸前佩戴一枚闪亮的银色十字架，有着肃穆的面容以及警醒的内心。正如洛遥所说，拥有忧伤姿态的人总是活得自省而严肃。将此话推及至自我反省，结论亦然。特别是在身处浅薄之人中，这种肃穆警醒以及忧伤自省便显得更为难能可贵。

[叁]

犹记得四年之前决定努力写些文字的最为原始的动机。初一时非常喜欢我的语文老师，亦喜欢听他讲课。每周他都会布置随笔，于是我便借此机会认真写字以引起他的注意。每每长假短假，会念许多书，目的只是希望能够去办公室问他问题。包括之后决定向杂志社投稿，拿自己写的字参加各种各样的比赛，亦仅仅是为了让他为我骄傲……这是我几年之前的想法，他或许从未知晓。现在想来，未尝不嘲笑自己的幼稚。然而，不得不承认，他深刻地影响我至今：进入高中一年有余，我与他只见过两次，并非心中不再挂念，而是由于过分看重这情谊而不愿轻易回去。我在无数次踌躇于回去与不回去的时候自我质问，你现在，做出了什么？既然没有，那么，你又以何颜面回去。

写下这些，我希望你能够明白，这些理由并非我长久不与你联系的一个冠冕堂皇的说辞，而是我不断苛责自己的最为原始并且本质的缘由。或者，可以将之称为一种信念。一直以来，我都将之看得重于一切。因为，就写作而言，我不想让你失望。或许看到这些话后，你会付之一笑，认为我仍旧幼稚。实际上，我从不奢望你会明白。因为，有的时候，我的某些想法，会令自己也感到深重的疑惑。

小说完稿的前一天夜晚，他请我吃饭。饭桌上，他对我说，每个人都在戴着

枷锁生活，你是，我也是。但是最为主要的，是我们该如何看待这枷锁。

我诚然明白他所说的枷锁是指什么。人的一生，倘若想要活得潇洒，完全为自己而活，并不是一件非常容易的事情。很多时候，我会想，倘若能够成为一个赏心悦目的人，于我所爱的人而言，是一种骄傲，同时，也能够给我一个足以令自己释怀的理由。

[肆]

除却考试硬性规定之外，我已很少写叙事性质的文字。因为有些抵触那些隐藏在自己心底最为真实温暖的片断被取出，那势必会令它们的温度降低。也不愿写些无关紧要的事情，因为那将是对文字的亵渎。所以现在，每每更新博客，也在刻意回避如大多数人那般浅薄无知的流水账。我要做的，仅仅是书写一种状态。牢记这种状态，牢记拥有这种状态的时光。然而此刻，决定记录下一些事，一些温暖。以供日后有所回忆。

写作这本书时，我已经开学两周，几乎日日熬夜，白天困顿，深夜与草叔通电话，与他讨论该如何安排故事接下去的走向。有时在QQ上，我将写好的章节传送给他，然后将对话框关闭掉。片刻之后，他的头像便会不断地闪动，最初点击的时候尚能做到心绪平和，发展到最后每当看到他的头像闪动，或者对话框显示“一草正在输入”的时候，内心都会变得忐忑不安。因为他势必会说：“嗯，看完了，我再给你打电话交流一下情节吧。”

我多次称他为我的超级监工。我写小说的时候，他挂在QQ上等待我提出的各种询问和假设。那段时间，他总是担心我的进度，担心我又会写那种绕来绕去的复杂的句子，担心我会写出不符合逻辑的情节……并且让我一度感到心中无底的是，他极少表扬我，因此其间得到他少数的几次肯定都会令我兴奋无比。

最初写这本小说，我怀着诚惶诚恐的心情，因为第一次接触如此繁复的情节，唯恐自己驾驭不了。而且，一直以来，无论我做任何事情，所需要的皆非一种针对我所做的事情的系统的技术性指导。我仅仅需要一句简单的肯定。自开始写这本书直到结束，我所得到的最受用的肯定来自草叔。那是在我写某一章节写得近乎绝望的时候。他对我说，我觉得自己很幸福，我们竟然真的能够一起合作了，真开心。

与草叔认识已有两年，看似漫长的岁月实则如白驹过隙。有的时候我忍不住回想两年之前同他认识时的情形。仿佛我还是那个正在为假期结束就要升入初三而郁闷不已的人，在某一个深夜将电话打到他的办公室问他“你是一草么”，他回答我：“是啊，你就是那个九零年的小孩子吧”。是的，我们彼此见证了对方的成长。我见证了他由最初的时常忧郁感伤逐渐变得愈发郑重平和，并且正在见证他变得越来越好，越来越强大，越来越幸福；而他见证了我由初三至高二的时光，见证了我开始学画，见证了这本书从无到有的漫长过程，见证了我逐渐对自己的文字苛求，并且正在见证我变成一个更加优秀的人。

他曾经在我写这本小说的时候对我说过，我是一个对自己严格要求的人，因此他也要对我严格。因为只有我们对自己严格，才能够做出与众不同的东西。

草叔于我的意义涵盖了诸多层面：无话不谈的朋友，倾心相交的知己，严格认真的长辈，彼此关心的亲人。最后一层最为重要。我一直念念不忘今年暑假去北京时他为我烧的满满一桌子菜，以及他和草婶去火车站送我帮我拿包，热得满额大汗。鲜有对人提起这些，有些温暖是该独享的——世界上哪怕只有我自己知道他们爱我，或者只有他们自己知道我爱他们，也已经足够。

我时常想的是，倘若五十年或者更久之后，我与我的草叔草婶仍旧如现在这样好，该是一件多么美妙的事情。

[伍]

写这本小说期间，我一度纠缠在一些可笑的人情冷暖之中难以脱身，日日忧愁。是我亲爱的Ci同学拯救了我。写到这里，我仿佛有些词穷。因为，我诚然不知该如何用优美的语言表达与这姑娘之间美好的情谊。我也无法完完整整明明白白地告诉你，这个姑娘究竟有多么好。时至今日，我们认识已接近三年，我的邮箱中仍旧保存着她写给我的邮件，从第一封到最后一封，一封不少，甚至连她发给我的那句“你叫我Ci，那么温暖的名字，可是我该叫你什么呢？”我都不曾删掉。有的时候，我们会一起回忆过去的种种，回忆起我在十五岁那年写给她的蹩脚的小说，在那篇小说里面我把她写成了一个考上了北京大学还毫不知足的姑娘。曾经，我们也是那么客客气气地说话，生怕毁坏自己在对方心中的形象半分。可不知道什么时候，我们之间谈话的方式开始变得肆无忌惮。她叫我程小咬或者小袄同学，这是她独创的名字。我多么喜欢它们。

一个习惯：每当完成一些自以为漂亮的章节，都一定会发给她看。她的审美

标准与我极像。并且，她虽然已十九岁，却依旧像极了小孩。《圣经》中曾经说过，孩童的行为，是清洁，是正直，都显明他的本性。我想，正是因为有了Ci同学这样一个纯粹的朋友，我才会时常感到安定。

我的手机中一共存着不到二十条宝贝消息，其中有一半以上是她发给我的。有一次，大概是凌晨，我突然发消息给她，向她诉说心中的不安与踌躇，仅仅是为了一个现在看来于我毫无瓜葛之人。她回消息说，忐忑什么？！给我骄傲起来！

她一直不知道，这是她发给我的所有消息中最让我感动的一条。

[柒]

小说写到大约十万字的时候，木小葵与父亲之间的矛盾达到了一个无法化解的高峰，并且最终以流血死亡而告终。那段日子，梦魇日日袭来，恰逢国庆，空闲不已。白天写作之际，脑海中会冷不丁地蹦出这样的意象，令我百思不得其解：

一幅油画之中，数枝向日葵开得轰轰烈烈，此起彼伏，犹如一场盛大的演出。然而，旦夕之间，画面却从中突兀地撕开一道伤口，一切的一切都已变成了一帧无法收拾的葵花残像。

《圣经》箴言中说道：心中有乐，面带笑容。心里忧愁，灵被损伤。这句话令我想起曾在教堂门口遇到的那位虔诚的教徒。他对我说，认真念《圣经》吧，念懂了，便知道自己与上帝的关系了。时至今日，我仍旧无法将之完整地念下来，只是偶尔随意翻开一页，再继续念下去。然而心中却愈发深刻地明白，一个人，倘若能够保持从容淡静(就像是我的笔名带给我的最初的感觉)，并且心中拥有不灭的信仰，将是一件多么令人感到满足的事情。

Pluto

10/22/2007 8:58:56 PM于家中

朋友的祝福

爱的Pluto

江亚慧

在厉程告诉我要为她的新书写点什么东西之后，我便开始在深夜敲键盘，借助着微弱的月光，回想着我和厉程认识以来的点滴。

我想起早晨我到她家楼下，喊着厉程厉程，她把头伸出窗外，露出半个身子，通常笑得很奸的时候，就证明我要再等上几分钟。我们会经常在准备离开时，发现时间已晚，然后打车，每天挥霍掉不少的车费。我想起放学后在一个小小的小吃店里，塞得满嘴油腻。有的时候老师经过，她就把盘子全部推到我的面前，很无辜地站到一边，大声说："江亚慧，你吃那么多干嘛？"在我没反应过来的时候，通常会看到老师满脸微笑的对我说："注意体形啊，呵呵。"

我想起每晚固定的时间，也许不同的月光下，两个身影在街上一如既往的移动，一个安静地讲着自己的心事，一个没心没肺地听着，闹着。我想起一草来青岛的时候，我们俩盘算着怎样招待他，我听厉程啰里啰唆说了一大堆，虽然没我多少戏份，因为那个时候，我对一草没有概念，甚至不知道他是何方神圣。我想起有段时间厉程给我打电话，说每天帮一草校对小说到深夜，我丝毫感觉不到她的疲惫，而是感到一种工作的快乐。我想起自己是她初中同学中唯一保持着联系的人，某些晚上依然会有她熟悉的声音洒在我们回家的路上，依然会有让我笑破肚的笑话，依然会有让我感动到鼻涕一把泪一把的文字……

我所在的城市，同龄的女孩，大多是一台机器的复制品，过着同样早出晚归、麻麻木木的生活，看不到理想和思考。或者肤浅，或者世俗，为了明星而废寝忘食，哈韩哈日，荒废学业。然而我很庆幸，这三年来有厉程这样一个完全与众不同的女子同我做伴。我在想，最初认识厉程的时候，我甚至记不住她的名字。每次叫错的时候，她总会用无奈的眼光盯我好一阵。我看到了某种穿透力在她的瞳光中徘徊，不像她的微笑那样慵散。我在她身上看到了与这个杂乱社会不

相符的高贵与聪慧。的确是这样，她生来就有一颗敏感而善良的心，她成熟稳重，是一个识大体成大雅的女孩。我想好好地矫情一下，用一句诗来形容她："清水出芙蓉，天然去雕饰"。

她拥有着与生俱来的，柔弱中透露出的霸气和不可掩盖的才华，但在大多时间，却表现得无比谦虚和淡定。

我一直认为历程这样一个女子会永远是如此的姿态，低调淡然，用修长柔软的手，写出精致华丽的文字，用低滑厚淳的声音，读一些忧伤忘季文字。一心沉醉在她的文字里，讶异于她用如此单薄的年纪驾驭成熟细腻的文字。但是我却发现在她的另一个世界，或者在我们交流的世界，有时候，她只是一个KUSO的女孩，幽默并且恶搞。

她让我当她的书童，然后总是叫我猪头。

她是我老板，然后让我叫她鸟板。

她的口头禅改成了"屎"，假如我说了一个她不赞同的事情，例如，"这个好好看"，她就会说立刻说"好看个屎"。那天放学回家，分别时我冲着她的背影喊："历程、历程"，她突然45°倾斜转身，对我大声嚷道"历程个屎"。十秒之后我反应了过来，从小区里一边笑着一边又冲了出去，发现她早已笑抽在街上了。我想我又找到了曾经的感觉，那些笑声回绕在我们放学的路上。

尽管如此，大部分时间，她依然是一个忧伤的女子，第一次听她对我讲《君生我未生，我生君已老》的时候，是在晚上回家的路上，她空厚的声音将我们与这喧哗的街道隔绝。如同她给我读她写的《雪人》，我们一边说着一边流泪，从《雪人》，或者更早的开始，我便开始感到很难过。她有美好的文字和志向，却被如今这个文学市场压制，并不是没有伯乐欣赏，而是市场没有能力去接受她的思想。我叹息的时候，她却告诉我，她写东西是为了自己写，不是为了别人，她终归是要写那种严肃文学的。

这就是历程一直以来所坚持的，尽管这个时代的文学无比杂乱甚至无理，但她依然可以在这其中找到自我。

在她告诉我要出书的时候，我激动得差点哭出来，我在想这个时候我能为她做的，只有支持和鼓励，我想，她可以越走越远，越来越成功。

十一月，寒意渐浓，这次小小的激动与惊喜，很是温暖。最后在这里，衷心地祝贺一下。

别忘了请我吃饭哦！

十一月的阳光明媚

林茜

与程程认识是两年多以前的事情。那时我并不知道，也不曾希冀一份存在于虚拟世界里，通过文字而建立的友情能维持多久。而事实是，两年多过去，即使是我高三一年的远离网络及文字，现在仍是像很久以前那样，鲜明而真诚地说着彼此的一切喜怒哀乐，就像面对着另一个自己。我们甚至未曾谋面，但我却可以在她的文字里看见如此美好的一个世界，看见她一颦一笑的每一个表情。

十六岁的时候，我和现在的程程一样，是奔波于课业的高二学生，很忙碌，忙碌中又时常陷入怀念和臆想，不能释怀的时候便会写很长的文字，只为整理杂乱无章的情绪。贴到网上，让遥远而陌生的人翻阅或是随手写下无心的点评。而我同样也会去翻看别人的文字，在那些同龄的陌生人中找寻自己的影子。

有一天，我竟真的找到了。

那个冬天，我温暖的南方小城故乡，竟下了好几场大雪。就是那个冬天里下了第三场雪的那一天，看到了程程的文字。干净美好得如同白天里落在我指尖的雪花。原来，在很遥远的地方，有人和我一样小心翼翼地经营着自己的情绪，并且如此精致而庞大，寂寞得让人落泪。

后来，竟然收到她的Mail。打开邮箱的时候我正在吃一个苹果，点开邮件，看见那个女孩子说“有些东西是可以产生共鸣的”，然后带着骄傲的情绪说“这是我十四岁之后第一次看了别人的文章后写E-mail，一般地，都是别人写E-mai和信给我。”

真是个神奇的世界，两个如此遥远的人，只是因为文字，便如此笃定地一眼看到她灵魂的姿势，笃定地说，我要和你成为朋友。

五月到七月，邮件一封一封，我们很默契地从不在邮件里嘘寒问暖，只是像日记一样倾诉着，就像对着另一个自己喋喋不休。在那样的日子里，我们真的需要很多倾诉，需要一个惺惺相惜的人来倾听。

高三之前的暑假只有十天，之后我就进入了我的高三。一年时间几乎不曾上网，连收发邮件的时间都没有。和程程几乎失去联系。我曾不止一次地想起她，想着下一次见面的时候会不会改变许多——不论是她的改变，还是我的改变都会令人惶恐。我们同时为了学业匆匆忙忙，失去联系好几个月，没有电话，短信或是E-mail，却仍是彼此挂念着——我们强调是挂念而不仅仅是想念。

十八岁的时候，程程跟我说，Ci，我希望在你二十岁之前，嗯，还有两年，你一直都像现在这样。

现在是十九岁零十一天，那么程程，你的Ci现在是不是如同一年以前，有着平和安静的微笑?

程程，我也希望你能永远像现在这样，写完美动人的文章，勇敢地追逐梦想，眼眸干净明媚，笑容波澜不惊。

我是看着程程一点一点完成《双生》的，从最开始的故事梗概到完稿，再到后记，都看着她无比认真地对待这件事情。这本书是程程一贯的风格，细腻华丽，平和温暖。

程程写完了《双生》，算是完成了她的一个梦想吧。现实总是能够如此轻易地让人改变曾经坚持过的梦想，很多人都放弃了曾经对文字的执著，很高兴的是程程一路走了下来，并且朝着她想要抵达的方向越来越出色，越来越有了耀眼的光芒。如同我高三时写给她的那篇文字里说的那样——

程程，你要一路写下去，一路歌唱，一路且歌且行。

程程，他们老了，而你还年轻。

他们的花儿已快凋零，而你的正在怒放。

他们的歌声已经远去只剩下回响，而你的正清冽嘹亮。

十一月，深秋，阳光明媚。

编者心语

忽然冬日·花开双生

现在外面很冷啊，我默默地带上耳机，听着周董如同阳光一般灿烂的《甜甜的》，试图让自己温暖一点，然后开始傻傻地发呆。

这些天，每天都重复地把“双生”两字在心里默念N遍，仿佛着了魔，却总是感到意犹未尽。《双生》最终呈现出的完美让我有些不知所措，我深怕自己的文字过于苍白，无法诠释出这些美丽而乖张的默片。

于我而言，写下这些文字是很痛苦的事情。我不是一个敏锐的人，很多时候无法洞察到事物的灵魂，一切感受完全出自于婴儿般盲目的感性，也许只是瞬间的悸动与震撼，仅此而已。

Pluto的天赋让我感到震惊。

第一次看到她的文字，是她博客上些许短短的日志，也正是那些素面朝天的只言片语，却已经让我“偏执”地认为这个女孩是个天才。

尽管如此，《双生》创作的过程异常艰辛，从故事轮廓的勾勒到人物性格的设定、从文字风格的定位到样稿的调整……每一个阶段都比我们想象得要千回百转。可是，总有一份坚实的信心支撑着我们，因为她是Pluto。

相信，所以平静。

对Pluto的信任，让我一直以来都反常似的平静。

平静地等待Pluto画上最后一个句号，平静地查看Pluto一次又一次的修改调整，平静地一遍又一遍核对这十几万字的稿件，平静地和一草讨论制作方案……

同与此时，Pluto的敬业让我深为感动，为了能达到完美演绎的状态，每一个细节她都会不停地寻求最恰如其分的表达。于是，最后摆在我眼前的仿佛已经不是文字，而是一幅画，一幅浓烈的油画，却又不失蒙娜丽莎式的神秘。

平静，所以清晰。

清晰的结果是，我们意识到，《双生》文字的优异无疑对相关制作提出了更高的要求，我们要尽可能地做到最好。这其中，封面和插图的拍摄依然是最严峻的考验。这一次摄影师和演员的专业性让我们省了不少心，当然，他们“吹毛求疵”的职业病也同样让人叹为观止……

当所有的一切都结束，残酷、美丽而又感人至深的故事终于幻化为世上合理的存在，那些霍然便触及心灵最柔软之处的文字，像火一样，照亮灵魂底片上一切模糊的影像。

平静却在此刻顿然消失，紧张的情绪乘虚而入。

有些莫名，但也没什么不好，我甚至有些享受这样的状态，就像上学时候的冬天，跑去教学楼顶层享受一个人的午后天台，一段日光落在手心三寸长。待太阳下山后，手脚冰凉，却已享受过美好的时光。

《双生：two girls》策划编辑：卢鱼

卢鱼博客：http://blog.sina.com.cn/looriam

卢鱼信箱：looriam@vip.sina.com

七年一梦

1

“我要好好工作，挣很多很多钱，然后在上海买幢大房子，把小郭和小许接过来，我们兄妹三个人永远快乐生活在一起，像童话一样美好。”

这是我七年前做过的一个梦，很美很美的梦。

后来梦醒了，并且，一切似乎成了笑谈，赤裸裸的笑谈。

而我一定还是那个天真的孩子。时至今日，早已物是人非的故事我依然会在生活某个不经意的罅隙悄悄拎出来回味，并且一次又一次、一次又一次的感动。

是的，你一定知道我在说什么。在那场七年前还未受到太多物质侵袭而变得支离破碎的友谊中，我几乎付出了全部能力。那真是一个幸福的岁月，我们还都是学生，更重要的是，我们还都是心怀温暖的小孩：小郭、小许、颜歌、李萌……

我们交流理想、文学、自由和梦想，我们一起快乐，一起忧愁——所有现在看来不真实的罪证都是那时我们言语座上客。

因为舌尖那相似的颤音，内心一致的共鸣，我们甚至会泪流满面。

就这样，我们一起度过了一段为期并不算短的美妙年华。

然而，青春散场仿佛是每个人成长过程中都会遭遇的浩劫，无路可逃。特别当年华逝去，单纯的心遭遇到物质挑衅时，谁还能坚持自己曾经羸弱的诺言？

所以后来，我们都散了。再也回不到过去了。我们大多恢复到孑然一身的状态，只有他身边又迅速聚集一批新的朋友：Hansey、落落、晴天、不二……仿佛更幸福。

再后来，这些人也都离开他了。

我们终于都无可自拔地长大，并且变得现实，世故、伤痕累累。

花儿总要谢的，青春期的梦总要醒的。

可，为什么心还是那么痛。

或许，最梦幻的青春就只有一次，最真诚的付出也只有一次。

是的，一定是这样。

2

程程和我的部分通信

随后的生活远比我想象的要艰难许多。事过之后，我时常会埋怨自己的天真：在一场开始就不平衡的交往中，为什么要无所顾忌付出那么多？

简直愚蠢。

那个时候，我刚开始自己的编辑生涯，而长达两年的广告人生活已经让我养成了每天工作十二小时的习惯，因此几乎每个晚上都会独自睡在位于宜山路的公司，因为回家也是一个人。

我必须承认，那段时间，我真的不热爱生活，一点都不。

而因为当时已经出了几本书，颇有一些读者。他（她）们几乎都会万般真诚地向我抛出友谊的橄榄枝，但我的回应往往是充满戏虐的姿态——如你所知，人在受伤后，心总会变得坚硬。并且，智慧那么一点点。

可在我完全不经意间，却又收获了一场温暖，并且延续至今。

这场温暖的主角叫厉程，一个一九九〇年出生的孩子，她的笔名Pluto。而她有一个专属我的昵称：程程小朋友。

3

程程送给我的小礼物

我必须得承认，我的内心是偏爱有才华的孩子的。一如七年前认识的小郭，以及三年前认识的程程。

我当然无意将他们两个人类比，因为根本没有可比性。这样说，只是因为他们俩都在我生命中的某一段时期占据了第一的位置。我是说，友情。

更因为，他们两个人都是那样地才华横溢。

是的，很多次，阅读程程小朋友的文字，我都会惊为天人：如此华丽和深刻，不是天才是什么？

当然，相似的只是表象，内涵还是截然不同：程程小朋友的文字更真诚，没有那么造作和目的明确。

总之，三年前的那个夏天，我们迅速地认识，成为了很好的朋友，并且，越来越好。我们没有，也不会像七年前那样炽热的交往，但一切也因为平淡而显得更真实以及理由充分。

因为生活困苦，写作成了当时我赖以生存的手段。两年内，我连续写了四部长篇，两部剧本，共计一百五十万字（在这里，做个小小广告，由我撰写，厉娜、阳蕾主演的青春偶像剧《那小子真帅》寒假就要播放了，敬请关注）。每部长篇和剧本写好后都会第一时间给程程，期待她的意见。

而她则一定会帮我修改错别字，很认真很认真地修改，然后更认真地写一篇书评。

整整持续了两年。

是的，她做了这一切，没有任何动人的词汇，有的只是安静的行为。

而作为整整年长她十岁的朋友，我理所当然以长辈的身份分享了她在十六岁到十七岁期间几乎所有的愉悦、困苦、孤独、惆怅……她对我是那么信任，很多时候，我因此而无比感动。

而在整个过程中，我明白，她是多么健康、单纯而美好的女孩——直到后来，我才知道她这些优秀品质的形成要归功于深爱她的妈妈对她无微不至的呵护。

和程程小朋友第一次见面是去年六月，在青岛。安静的海边，我们犹如多年老友一样走路、聊天，而在那家海边美丽的酒吧里，我和她的父母、亲朋一起畅聊。我犹如在场每一位她的至亲那样，说出我对她的关爱呵护以及祝福。那些发自我内心的话语一如不远处澎湃的海浪般真实。那一刻，她始终低头不语，眼眸里却闪耀着幸福的色彩，是那样精美。我们举杯畅饮，其乐融融，犹如真正的一家人。

也就是在那一刻，我知道，这一次，我不会再输。

离开青岛后，我们的交流继续紧锣密鼓进行着。每年我的生日、我女友的生日、她的生日、圣诞节……我们都会给对方致以最温馨的礼物。而每次她来北京，我也会真情邀约她住在我家，然后亲自下厨。

就是这样平淡，就是这样真实，我们一起走过了整整两年。

我更坚信，我们会一直这样交往下去，永远不会散场。

4

做程程小朋友的这本书显得有点偶然。但又是那样理所当然。

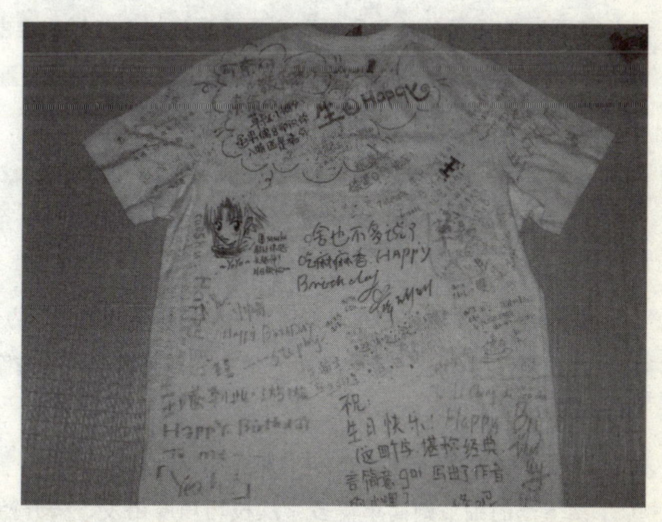

我27岁生日，程程组织其同学为我发起“盛大”祝福，感动啊！

二〇〇七年六月，我成功加盟中国最优秀的文化公司之一——北京博集天卷，成为一名青春小说编辑。很快我创建了原创青春图书厂牌——纸上偶像剧，并于九月初推出第一本书《被风吹乱的夏天》。整个过程自然充满了很多艰难，而程程小朋友一直给于了我莫大的帮助。《风乱》的精美文案就是出自她手。多年的写作经验让我逐渐明白：最好的故事一定不是胡编乱造出来的，而应该真实存在——哪怕只是最核心的感情。所以我们想生产出优质图书，最重要的就是寻找到一个优秀故事内核。因此，我策划了“我的故事我做主”——纸上偶像剧真情寻找真情故事活动。我们不要求已经成形的文章，只要最真实哪怕很粗糙的故事，因为我坚信，每个人的成长中，总有一些属于自己的故事是那样刻骨铭心，写下来，就会独一无二、无比华丽。

显然，我的思路是对的，活动公布后，短短数天即收到了很多“故事“，其中有两个高中女生的故事引起了我的注意。这两个故事几乎都是暗恋，只是一个温暖一个残忍，在慎重比较后，我决定以这两个故事为原型去创作新的小说。

确定了故事之后，我需要思考的是，是否可以将这两个故事有机地结合到一起，因为直觉告诉我，任何一个故事都太片面，唯有结合才能绽放出最大魅力。我思考了很久，却一直徒劳无获，自然，我想到了程程。很快我把我的疑惑和她说了出来，并且在那一瞬间，我有了一个更大胆的想法：完全可以让程程来撰写这部小说。

之所以说大胆，因为程程并没有撰写长篇的经验，更因为，我深知，长篇最重要的是情节，而非语言，而程程语言虽然华丽，但很容易陷在自己编造的意境中无可自拔，而这对长篇而言是大忌……

可是，在短暂的斗争后，我还是愿意这样去尝试，理由只有一个：情节可以控制，但语言却无法短期培养。也就是说，程程独有的遣词造句的能力打动了我。当然，这一切还必须得到她自己的首肯。

在短暂而严肃的交流后，程程郑重对我说：我愿意。

我知道，她承诺了，就一定会做好，她一直是这样一个言必行、行必果的孩子。

那么第一步是整体创意，如何解决将这两个故事合二为一的难题。

大约两天后，程程就给了我一个大胆且充满创意的方案：可以将温暖的故事作为残忍故事主角的幻想产物。

很好，我立即心知肚明，并且拍手叫绝。

接下来的细节则简单得多：从技巧角度出发，一开始不讲明两个女孩的身份，而是作为互相叙说；将原故事里面的音乐改为美术，因为程程自己是美术

生，自然更能游刃有余地发挥……

在明确了这些前提要素后，剩下来的就是动笔创作了——几乎在她动手敲下第一个字的时候，我已经知道这个过程会很痛苦。

理由很简单，对她而言，第一次写长篇，会遭遇很多技术和情感上的难题，况且她还是一个高中生，每天能够用来写作的时间寥寥无几，而她又是一个对自己文字要求严苛的人，这些几乎无法协调的矛盾势必造成她内心痛苦的沉重。

可更大的痛苦还来自于我：以前我是她的朋友，是她的长辈，我可以容忍她所有的问题，只会看到她的好，并且时刻褒扬，因为这是理所当然的。可是现在，我成了她的工作伙伴和管理者，我必须对作品质量负责，最可怕的是我对情节的走向有自己明确，甚至固执的观点，我要求她必须服从于我，所以无数次我劈头盖脸怒斥她情节低幼，她那颗自信的心很快被我伤害得伤痕累累。

甚至有一次，因为我气急攻心的一句“恶言”，她委屈地从六点哭到十点。她妈妈怎么劝也劝不好，最后只得打电话向我求助。我立即回电话给她真诚道歉，她却哽咽着告诉我自己并没有耽误进度，一边流泪一边按照我的要求写了两千多字。

当然了，我们更多时候还是快乐的，因为我们齐心协力解决了一个个技术难题，并且被我们创造的故事深深打动，觉得里面的人物命运是在太悲惨唉！怎么那么悲惨呢？我们甚至觉得自己是刽子手。

就这样，我们痛苦并快乐着整整坚持了一个多月，我们终于成功了。

我们成功了，不只是因为完成了一部高水准的作品，更多是我们互相信任、互相依赖。我们在此过程中加固了我们的友情。

我们成功了是因为她终于突破了难关，完成了一部长篇，并且明白了情节的编写准则。我相信假以时日她会写出更好看的作品，那绝对不是问题。

而热爱文字的我们，有这样一个机会可以去写去出书，最大限度地按照自己内心的想法去做，不受干涉，又是多么幸福的事情！

我对这部作品信心满满，不只是因为它和我们的特殊关系，更多是从一个编辑的角度做出的冷静判断。

很快，外界的反馈加固了我的判断。

作品写好后，我给了我的同事阅读，第二天早上我刚到公司，我的老大——编辑部主任——一个东北小伙特热情也特激动地抱着我说：太好了，太好了，我昨天一口气看到半夜，作者简直是天才。

那一瞬间，我突然感动得想流泪。

我知道，这一次，我们不会再输。

5

七年一梦。

七年前，我们还都是不谙世事的小孩，七年后，我们已经在社会上打拼很多年，一身风霜。

我总是那样感叹于时间的流逝，变得伤感无比，或许无论外表多少变化迁徙，内心始终逃不脱最初的悸动。

所以我一定还是那个天真的孩子，因为我依然会幻想：有一天，所有的恩怨可以抹平，所有的纷争可以消失，所有的朋友都回到原点，我们一起唱歌，一起喝酒，一如当年。

真的可以吗？

如果真的可以，我一定会好好工作，挣很多很多钱，然后在上海买幢大房子，把所有我爱的朋友都接过来，大家永远快乐地生活在一起，像童话一样美好。

但愿……

"纸上偶像剧"青春书系策划人：一草

一草博客：blog.sina.com.cn/jimotengtong

一草信箱：jimotengtong@yahoo.com.cn